ROGUE ANGEL - CONNOR

VERSIONE ITALIANA

KYLIE GILMORE

Traduzione di
MIRELLA BANFI

Rogue Angel - Connor: © 2020 Kylie Gilmore

Copertina di: Michele Catalano Creative

Traduzione di: Mirella Banfi

Pubblicato da: Extra Fancy Books

ISBN-13: 978-1-64658-047-7

1

Rebecca

Non mi ha dato buca. Do una rapida occhiata intorno al Twisted Chord, il mio bar preferito a Brooklyn, dove sto aspettando il tizio con cui ho preso un appuntamento su eLoveMatch. Non vedo nessun uomo biondo con un maglione bianco. Il posto non è così grande: oltre a tutto, solo un bar a forma di L e una fila di tavolini alti davanti. C'è un piccolo palco per una band dal vivo sul davanti. L'arredamento è funky, con delle chitarre elettriche appese alle pareti e lucine lungo il soffitto.

Do un'occhiata allo sgabello accanto al mio; a quando pare, ho un appuntamento con il mio cardigan. Ah-ah. Ho riservato il posto con la borsa e il cardigan bianco. *Sospiro.*

Guardo l'ora sul telefono. Otto e mezza. La band comincia alle nove. Se non arriverà per allora me ne andrò. Devo restare positiva.

Bevo un sorso di uno chardonnay a buon mercato, origliando spudoratamente i tre uomini sotto i trent'anni seduti dall'altro lato dello sgabello che ho riservato. Si assomigliano, capelli scuri, barba più o meno corta, figure muscolose in t-shirt e jeans sbiaditi. Credo siano fratelli, o cugini. L'uomo più vicino a me è quello più silenzioso, ma, quando parla, gli altri due lo ascoltano intenti. Continua a ripetere che non ha intenzione di parlare di lavoro, visto che è venerdì sera, ma poi lo fa lo stesso. Sembra veramente interessato a qualunque sia il progetto cui stanno lavorando, qualcosa sul litorale. Sembra siano immobiliaristi. Lui si sposta di colpo, cogliendo il mio sguardo e mi manca il fiato. Ha gli occhi di un azzurro penetrante. Provo la strana sensazione che possa vedermi dentro, a un livello profondo, fino nell'anima. I miei sensi sono immediatamente all'erta, il sangue scorre veloce nelle vene.

Guardo davanti a me, imbarazzata per l'intensa reazione a uno sconosciuto. Normalmente mi ci vuole un po' per reagire a un uomo. Sono un tipo piuttosto riservato. Vorrei rubare un'altra occhiata, ma non oso. Non credo di averlo mai visto prima. Ricorderei quegli occhi.

Lui torna alla sua conversazione, ignorando me seduta tutta sola. Mi permetto un lieve sospiro di delusione. Non per lui, mi dico. Sono delusa che Bill sia in ritardo. Ovviamente non sono qui per raccattare un tizio a caso mentre ne aspetto un altro. Controllo sul telefono se ci sono messaggi, chiamate o un messaggio privato sull'app. Niente. Il mio stomaco si stringe lentamente.

Raddrizzo le spalle e mi appiccico un'espressione piacevole sul viso. Non è poi un problema passare del tempo da soli in un bar un venerdì sera. Potrei non restare da sola a lungo. Cioè, sì, Bill è in ritardo di mezz'ora per il nostro appuntamento – io ero in anticipo e questo fa sembrare più lunga l'attesa – ma c'è ancora speranza. Mi tiro su di morale, pensando che sia gravemente ferito da qualche parte e che desidera poter essere qui per incontrarmi. Non è una cosa personale. *Non* mi ha guardata da lontano e se n'è andato.

Giuro che sono proprio come la fotografia sul mio profilo: capelli biondo chiaro diritti, lunghi fino alle spalle, occhi azzurro pallido, pelle chiara, zigomi alti, naso un po' grandino. Non un grosso naso, ma nemmeno uno di quelle cosine invisibili. Certo, sono alta come donna, quasi un metro e ottanta, ma non dovrebbe infastidirlo, a meno che abbia mentito sulla sua statura. Alcuni uomini sono così strani. Inoltre sono rimasta seduta per tutto il tempo e indosso delle ballerine nere. Non c'è modo che possa aver visto quanto sono alta.

Mi liscio i capelli, leggermente preoccupata. Mi hanno detto che ho un'algida aura regale (questo dalle persone educate) e che sono una regina di ghiaccio, dalle persone non così educate. Ed è ridicolo. Innanzitutto non posso farci niente se i miei colori pallidi fanno pensare al gelo. Inoltre provengo da un quartiere proletario del Queens. I miei genitori sono entrambi insegnanti. Sono terra terra ed estremamente pratica. Ed è la ragione per cui so che dovrò baciare molti rospi per trovare il partner giusto. Ho ventinove anni e sono pronta a farmi una famiglia. È il motivo per cui ho accettato un appuntamento la settimana per le ultime sette sull'app eLoveMatch, che ha la reputazione di essere un servizio eccellente per le persone che cercano una relazione seria.

Mi volto verso la porta quando sento il suono di voci, con la speranza che rinasce. Niente da fare. È la band che sta entrando per preparare gli strumenti. Mi cadono le spalle, mi sento improvvisamente pesante. Torno al mio bicchiere di vino e ne bevo un bel sorso. Bill sembrava così caloroso e provocante nei suoi messaggi. Non pensavo che mi avrebbe dato buca. Comincio veramente a stancarmi di tutti questi tizi deludenti. È la prima volta che mi danno buca, ma in nessun caso c'è stato un secondo appuntamento. Lo giuro, non è colpa mia. Semplicemente non c'è mai quel *clic*, e lo capisco entro la prima ora. Non sono nemmeno un tipo difficile, nonostante ciò che diceva il mio ex. Non arriverei nemmeno a dire che sono un tipo freddo, direi più intraprendente, un tipo alfa, ma sto veramente cercando di cambiare e ammorbidirmi un po', per il mio stesso bene.

È il mio ex, Oliver, quello che è uscito completamente di testa, non io. Non credo che avrebbe dovuto essere un tale shock il fatto di aver parlato di matrimonio, dopo un anno che stavamo insieme. Non è che gliel'abbia chiesto! Avevo solo menzionato il fatto che il matrimonio era qualcosa cui pensavo in un futuro non lontano e che mi chiedevo se fosse lo stesso anche per lui. La sua risposta era stata di rompere con me. Ho detto che era l'ultimo dell'anno? Bel modo di salutare l'anno nuovo. NO! Mi piacerebbe poter dire che avevo preso bene la cosa, ma, sinceramente, era stato il principio della fine. Ero già esausta a causa del mio lavoro di consulente aziendale, con le lunghe ore di lavoro e i viaggi costanti e, nell'errata convinzione di superare la delusione mettendo il lavoro al primo posto, avevo passato i sei mesi seguenti scivolando inconsapevolmente in un esaurimento. Mi sono dimessa alla fine di giugno e mi sono data qualche settimana per riprendermi e dare una nuova direzione alla mia vita. Fortunatamente avevo abbastanza risparmi da potermelo permettere. Il mio precedente lavoro era molto remunerativo, ma aveva avuto un impatto molto serio sulla mia salute. È dura passare dal lavorare a pieno ritmo, viaggiando per il mondo, a dove sono ora, cercando un modo di avere uno stile di vita più rilassato. Ma ce l'ho fatta. Ho rivisto le mie priorità e tutto sta andando secondo i piani. Quasi.

Sbircio il telefono, sempre speranzosa. Trovare il compagno giusto fa parte del nuovo progetto di vita che non sta funzionando molto bene. Devo essere paziente. Aspetterò ancora un po', nel caso in cui Bill abbia una scusa valida. Comunque, sono passati nove mesi da quando Oliver e io abbiamo rotto e ho voltato pagina. Davvero. Oliver mi ha reso immensamente più facile voltare pagina tentando più volte di tornare insieme "in modo informale". Traduzione: sesso comodo. Già, no, grazie. Non dico che sia stato esattamente facile dimenticarlo – ho il cuore tenero – ma sicuramente è stato più facile sapendo che era un vicolo cieco.

SENTO una mano pesante che si appoggia alla mia spalla, sorprendendomi. Finalmente l'uomo con cui avevo appuntamento si è fatto vivo! Mi volto con un sorriso radioso sulle labbra che rimane congelato mentre mi si annoda lo stomaco. È il mio ex, abbronzato e rilassato, con i capelli castano chiaro disordinati ad arte. Che cosa ci fa Oliver qui? Odiava questo posto, diceva che era una bettola. A lui piacciono solo i posti da hipster che servono cibo elegante. E ha portato una donna con sé. È bella. Maledizione. Lunghi capelli scuri ondulati, occhi scuri con cinghia lunghissime, piena di curve e appesa al suo braccio, come se lui potesse scappare se non lo fa. E io seduta qui, tutta sola. Sarebbe un buon momento perché si aprisse una botola e li ingoiasse entrambi. Dev'essere qui per vantarsi. Oliver sa che è questo il *mio* posto. Ha tutto ciò di cui ho bisogno: da bere, buona musica ed è vicino al mio appartamento. Merda. Probabilmente la settimana scorsa, mentre aspettavo il tizio numero sei, non avrei dovuto postare una foto su Instagram del mio posto preferito per il venerdì sera.

Oliver sorride, ma il sorriso non arriva fino agli occhi. «Come stai, Rebecca?» La sua voce assume un tono compassionevole. «Sei qui da sola?» Dà un'occhiata oltre la mia spalla, dove un paio di donne stanno aspettando di sedersi e chiacchierano animatamente. Accidenti, non potevo avere un uomo con me quando Oliver decide di fare la sua apparizione?

Raddrizzo la schiena, decisa a fare finta di niente. «Che ci fai qui? È un po' lontano dalla città, no?» Lui vive a Manhattan. Ho la brutta sensazione che sia qui solo per sfoggiare Miss Tuttacurve davanti a me. Io sono più lunga e snella. Una volta Oliver mi aveva chiesto perché poi mi prendessi la briga di indossare un reggiseno. Stronzo.

Mi cade lo sguardo su un tizio con penetranti occhi azzurri, che è appena tornato dal bagno. Lui aggrotta le sopracciglia, come se stesse cercando di decifrare la situazione. Probabilmente ho il panico scritto sulla faccia. Non posso permettere a Oliver di pensare che sia pateticamente da sola in un bar il venerdì sera perché un tizio qualunque di eLoveMatch mi ha dato buca. Non posso.

Tolgo il cardigan e la borsa dallo sgabello accanto al mio e sorrido al signor Occhiazzurri, che adesso è poco distante. «Ti ho tenuto il posto, tesoro» dico allegramente, sperando disperatamente che capisca il mio messaggio.

Il tizio accanto al quale era seduto mi guarda in modo strano. Sento il sudore che mi scende lungo la spina dorsale.

Il signor Occhiazzurri si siede sullo sgabello e – allora Dio esiste – e si rivolge a Oliver: «Ehi, sono Connor. Tu chi sei?».

Oliver sembra stizzito. «Sono Oliver, l'ex di Rebecca. Questa è Rose.»

Rose scopre i denti in un sorriso forzato. Guardo gli uomini con cui era seduto Connor, che ci stanno guardando incuriositi. *Oh Dio, per favore, non traditemi.*

«È un piacere conoscerti, ex di Rebecca, e Rose.» Connor mi mette un braccio sulle spalle e mi bacia la tempia. Arrossisco, col cuore che batte forte. Non so se sia per la vicinanza di Connor o la situazione bizzarra. Ha un profumo meraviglioso, di mare e uomo sexy. È anche molto più grosso di me – più alto, con le spalle large – e adoro il fatto di sentirmi minuta, per una volta. Mi sono sempre sentita statuaria fin dalla prima media. Il mio vecchio soprannome era Lady Liberty, come la vicina Statua della Libertà. I ragazzi possono essere così crudeli.

Do un'occhiata a Oliver e dico freddamente: «È stato bello incontrarti. Buonanotte».

Oliver si schiarisce la voce. «Sono passato per farti sapere che Rose e io siamo fidanzati. Non volevo che venissi a saperlo da altri. Ho pensato che fosse meglio avere questa conversazione faccia a faccia, data la nostra storia.»

Stringo gli occhi. È venuto solo per sbattermelo in faccia. Non abbiamo amici in comune, quindi non è probabile che l'avrei saputo da qualcun altro. Pfui. In quel fatidico ultimo dell'anno, prima aveva dichiarato che non era pronto per il matrimonio, cosa che avevo accettato, finché aveva aggiunto che non riusciva a immaginare di vivere con qualcuno *come me* per sempre. Era stato a quel punto che mi ero seccata un po' e lo avevo salutato con l'augurio *che ti caschi l'uccello.*

«Voleva solo essere sincero con te, viste le cose» aggiunge inutilmente Rose.

Che cosa le ha detto Oliver? Che ero *io* che avevo tentato di tornare con lui più di una volta. È lui quello che continuava a mandarmi messaggi, cercando di vederci per fare sesso! Almeno è quello che pensavo volesse dire scrivendo che voleva incontrarmi in modo informale. Intendeva dire nel senso di *non sposarci, ma continuare a vederci*? Gli ero mancata come lui era mancato a me? E lo avevo rifiutato seccamente. Adesso il suo ego richiede che io veda che cosa mi sono persa.

La felice coppia mi guarda ansiosamente.

Sono insieme da meno tempo di me e Oliver. Prendo la mano di Connor e la stringo, prima di incollarmi in faccia un sorriso. «Congratulazioni.» Quasi mi soffoco dicendolo. «Perché non prendete i nostri posti? Connor e io stavamo giusto per andare.»

Connor si alza e mi aiuta a infilarmi il cardigan. Ho un enorme debito con questo tizio. Prendo la borsa, felice di scappare.

Connor fa l'occhiolino a Oliver. «Non vede l'ora di riportarmi a casa sua, come al solito.»

Rido. Mi piace sembrare una donna fiera e appassionata, nonostante il fatto che la passione sembrasse una cosa elusiva con i miei passati boyfriend, incluso Oliver. «Giusto.»

Connor mi prende per mano e andiamo verso la porta. Sento gli occhi di Oliver su di me.

«Connor?» lo chiama qualcuno. È uno degli uomini con cui è venuto. Sento il cuore che batte come un tamburo. *Eravamo così vicini alla porta, per favore, per favore, per favore.*

«Sì, ci vediamo» dice Connor voltando la testa e accompagnandomi fuori dalla porta. Appena usciamo sento le ginocchia che cedono per il sollievo. *Ce l'abbiamo veramente fatta?*

«Dove andiamo?» mi chiede.

«Non ne ho idea. Continuiamo a muoverci. E grazie.» *Ce l'abbiamo fatta!* Mi sento viva come se avessi appena disputato una gara di corsa a ostacoli e l'avessi vinta. *Vittoria! E la folla impazzisce!* Sono gasatissima.

«Si capiva che era uno stronzo da un chilometro di distanza. Non permettergli di rovinarti la serata. C'è un altro bar che mi piace a due isolati da qui, con un giardino sul retro. Ti va bene?»

Mi rendo conto di colpo che in un certo senso questa sera ho un appuntamento. La sua mano è calda e callosa contro la mia, sta camminando lentamente come se fosse un tipo rilassato e tranquillo, uno stato che cerco di raggiungere da tempo.

«Certo» cinguetto nervosamente. Cioè, non so nemmeno le cose fondamentali di lui, quelle che potrei conoscere da un profilo online, come le tre cose di cui non può fare a meno, le cose che lo appassionano e il modo in cui i suoi amici lo descriverebbero. Non mi sembra giusto fargli un interrogatorio però, visto che mi ha appena salvato.

Gli do un'occhiata di sottecchi e mi si secca la bocca. È *favoloso*. Prima ero troppo presa dal panico per apprezzare in pieno la sua bellezza. Folti capelli castano scuro, un po' lunghi in cima, zigomi alti, una mandibola squadrata con appena la quantità giusta di barba. La t-shirt blu scuro aderisce alle spalle muscolose, petto ampio, bicipiti strepitosi. Sento le farfalle nello stomaco e, più giù, una pressione che mi ricorda da quanto tempo non sto con un uomo. Troppo.

Distolgo in fretta lo sguardo, sperando non abbia notato che lo sto fissando. Un desiderio così istantaneo è una cosa nuova per me, ma non ho intenzione di fare qualcosa. Non è da me, ecco tutto.

Stiamo per svoltare l'angolo quando vedo Oliver e la sua nuova fidanzata che se ne vanno con la sua Porsche rossa. È ridicolo avere un'auto vivendo in città. Pensavo che l'auto fosse un segno del suo successo, ma ciò che vedo ora è solo un'altra cosa che serve ad aumentare la sua autostima. Oliver e io eravamo entrambi ossessionati dalla ricerca del successo e forse è quello il motivo per cui per un po' le cose hanno funzionato tra di noi. Sono contenta di aver abbandonato quel tipo di vita perché, semplicemente, non si raggiunge mai un punto in cui ci si sente soddisfatti del traguardo raggiunto. Si continua a girare in circolo in un ciclo continuo di lavoro, lavoro, lavoro.

A metà dell'isolato, Connor mi ferma e prende il telefono dalla tasca posteriore dei jeans. «Lascia che mandi un messaggio ai miei fratelli. Probabilmente si staranno chiedendo che diavolo è successo là dentro.»

«In effetti, il mio ex se n'è appena andato, quindi se vuoi restare con loro non importa. Sembra che abbiate un mucchio di cose di cui parlare.»

I suoi intensi occhi azzurri si fissano sui miei mentre dice seccamente: «Non ti servo più».

Oh no, l'ho insultato. Gli metto una mano sul braccio, sentendomi immediatamente contrita. Il suo braccio è come marmo caldo, tutti muscoli scolpiti. Mi lecco le labbra e cerco di trovare qualcosa per rassicurarlo, per impedirgli di sentirsi offeso. Devo smettere di toccarlo per riuscire a pensare. «Non è così. Ho apprezzato tantissimo che sia venuto in mio soccorso. Il mio ex voleva semplicemente sbattermi in faccia la sua nuova fidanzata dopo aver rotto con me perché non riteneva di potersi impegnare. Mi piacerebbe bere qualcosa con te, ma solo se non ti senti obbligato. Avevi già programmato la tua serata.»

Fa un mezzo sorriso. Le mie dita formicolano per il desiderio urgente di toccare la sua mandibola, la barba corta. «Allora torniamo indietro e beviamo qualcosa.»

Sorrido. «Certo.»

È silenzioso mentre camminiamo e mi fa sentire il bisogno di dire qualcosa.

«Grazie ancora per essere venuto in mio soccorso» dico.

«Lieto di averlo fatto. Volevo conoscerti, ma ho pensato che stessi aspettando qualcuno, dato che avevi tenuto un posto con la tua roba.»

Le mie guance diventano di fuoco. Alla faccia di fare una buona impressione. Come prima cosa, è ovvio, vedendo il mio ex, che ho un pessimo gusto in fatto di uomini e, secondo, è chiaro che mi hanno dato buca.

«La mia amica è stata trattenuta al lavoro» dico, mentendo spudoratamente. «Non avevo un appuntamento.»

Lui inclina la testa.

«Non ti avevo mai visto al Twisted Chord» dico.

«Già. Di solito andavo in un bar nel mio vecchio quartiere, ma adesso abito qui.»

«Allora vuol dire che probabilmente ti vedrò lì regolarmente.» Sento una scarica di adrenalina a quel pensiero, il polso accelera, ho tutti i sensi all'erta. *Stai calma!* Non ho mai avuto una reazione così intensa nei confronti di un uomo appena incontrato. Non posso permettere che la veda.

«Dipende. Non frequento più tanto i bar. Ci sono andato più che altro per i miei fratelli.»

Vorrei chiedergli che cosa gli piace e come incontra la gente. Forse usa un'app per gli incontri, come me. Sembra una domanda troppo personale, quindi tengo la bocca chiusa.

Arriviamo all'ingresso del bar e Connor apre la porta per

me. Un gesto semplice, che però mi fa fremere. Le buone maniere per me sono qualcosa di molto speciale.

Connor mi sorride quando lo sfioro entrando e sono così ammaliata dal suo profumo sexy e pulito e dal modo in cui il sorriso gli illumina tutto il volto che non riesco a distogliere gli occhi.

Bam! Cado di traverso sulla porta, piombando come un masso sul pavimento di piastrelle. Ahi, ahi, ahi. Avevo dimenticato il gradino. Nel bar piomba il silenzio, tutti gli occhi sono puntati su di me. Resto lì, sul fianco per un attimo, il volto infuocato, il fianco che fa male. Più che altro è il mio ego che è rimasto ammaccato. Sarebbe così terribile fare per una volta bella figura davanti a quest'uomo?

Connor si china verso di me. «Rotto qualcosa?»

«No.» Faccio per alzarmi quando lui mi solleva dal pavimento, mi prende in braccio e mi porta a un intimo tavolo per due nell'angolo in fondo.

Sento ancora gli occhi di tutti su di me, ma io guardo solo il mio eroe. Connor, *cognome sconosciuto*. Un principe tra gli uomini.

2

Connor

Osservo la donna agitata, dalle guance rosa seduta davanti a
me. Rebecca è straordinariamente bella. Le labbra rosse in
contrasto con la carnagione chiara mi avevano colpito già
prima. È alta per una donna, con lunghe gambe snelle. Sta
anche avendo una serata d'inferno che spero di poter salvare.
Non credo di essere mai stato tanto attratto da una donna.
«Vado a prendere da bere e a informare i miei fratelli di quello
che è successo. Non cadere dalla sedia mentre sono via.»

Lei mi guarda storto, stringendo le belle labbra piene.
«Normalmente non sono così goffa. Ho fatto balletto per
anni.» Non sembra che venga da Brooklyn. Non riesco a
capire di dove sia. Non ha un accento riconoscibile.

In ogni caso, non so che cosa abbia a che fare il balletto con
il cadere attraverso una porta aperta, quindi lascio perdere.
«Altro vino bianco?» *Visto che avevo notato che cosa stavi
bevendo prima?*

Lei alza le sopracciglia. «Sì. Chardonnay, per favore.»

Torno al bar e do l'ordine prima di spostarmi dai miei
fratelli, Brendan e Garrett. Buffo. Garrett si è rasato di recente

e la barba di Brendan ha bisogno di essere regolata. Insieme avrebbero una barba di lunghezza perfetta, come me. Siamo come i tre orsi, troppo peloso, troppo poco, proprio giusto. La prova è che Riccioli d'oro ha scelto me. Ah!

Mi attengo alla cosa più importante. «Ho incontrato qualcuno, quindi ci vediamo più tardi. Parleremo di lavoro mentre andiamo verso il litorale lunedì mattina.»

«Sì, ti ho visto andare a salvarla con la vecchia manovra del falso boyfriend» dice Brendan, bevendo un sorso della sua birra e dando un'occhiata discreta in giro, probabilmente per cercare una donna. Gli piacciono le rosse, secondo la stramba teoria che siano più focose.

Garrett si china oltre Brendan, mi offre il pugno da battere, con gli occhi acquamarina che scintillano mentre sorride. «Sembra che sia uscita dalla pubblicità di un'auto di lusso. Molto di classe.» È l'unico di noi che ha preso gli occhi da nostro padre, che in teoria dovrebbe indicare i veri governanti di Villroy, dato che il colore degli occhi dei Rourke rispecchia quello del mare laggiù. Non che il figlio minore di una famiglia esiliata possa mai diventare re. Vi avevo detto che discendiamo da una famiglia reale? Il resto di noi ha preso gli occhi azzurri della mamma, e mostra il nostro lato più borghese.

Chino la testa verso Garrett. Lo chiamiamo Beast per via dei suoi enormi muscoli. Ha ragione. Rebecca sembra veramente di classe. Indossa una blusa bianca perfettamente stirata e pantaloni neri, il trucco è perfetto, non ha un capello fuori posto, perfino dopo il capitombolo sulla porta. È vestita e parla come una professionista in ambito societario, eppure è in un eccentrico bar a Brooklyn. L'avrei immaginata più un tipo da sala cocktail, mentre sorseggiava un Martini da trenta dollari. Qui le bevande costano poco. Le contraddizioni in lei mi incuriosiscono. Forse perché anche tutta la mia vita è stata una bizzarra contraddizione. Sono un principe, allevato a Brooklyn senza la ricchezza e nessuno dei privilegi che verrebbero con il titolo. Sarebbe stato più facile non sapere che cosa mi stavo perdendo, ma mio padre non ci ha mai permesso di dimenticare che eravamo di sangue reale. Non che sia amareggiato. Mi piace la mia vita qui a Brooklyn e la nostra famiglia è molto unita.

Brendan alza il mento verso di me. «Una donna di classe a cui piaci *tu*? Che cosa le hai detto?» Ci sfottiamo sempre, è il credo dei fratelli Rourke, ma ci copriamo anche le spalle a vicenda, quindi c'è equilibrio.

Sogghigno. «Quindi ammetti di avere bisogno dei consigli del tuo fratellone per rimorchiare.» Ho solo due anni più di lui, ma devo far valere la mia autorità.

Lui mi dà un pugno sulla spalla. «Per favore! Non ho problemi di rimorchio. Ne sceglierò una stasera.»

La band comincia a suonare ad alto volume una cover degli Aerosmith *Walk this Way*. Meglio così, almeno non riesco a sentire l'appassionata difesa di Brendan delle sue mosse "sofisticate". Non sono problemi miei.

Guardo il tavolo e trovo Rebecca che mi fissa. Le piaccio. E mi fa piacere che stasera le abbiano dato buca. Sì, avevo capito che stava mentendo. Riesco a leggere le persone e con lei non è così difficile. Quando l'avevo osservata prima al bar, la sua espressione era passata dal nervosismo all'ansia alla rassegnazione nel giro di tre quarti d'ora. Poi si era agitata per via del suo ex e poi, quando era inciampata, era imbarazzata, e adesso? Beh, adesso sembra che stia aspettando qualcosa di eccitante e quel qualcosa sono io.

Qualche minuto dopo, torno al tavolo con i drink. Lei mi rivolge un piccolo sorriso e alza la voce per coprire la musica. «Grazie! Ti piace la musica dal vivo?»

Tiro la sedia dalla sua parte del tavolino in modo da essere abbastanza vicini da sentirci. «Sì, è okay.»

Le sue guance diventano rosa carico. «Mi piace *mumble mumble*.» È piuttosto timida. Non mi dispiace. Non sono nemmeno io un gran parlatore e trovo stancanti le persone che parlano troppo.

Mi chino verso di lei, porgendole l'orecchio. «Ripetilo.»

«Ho detto che mio padre è un maestro di musica, quindi sono cresciuta con la musica.»

«Bello.» Bevo un sorso di birra. «Mio padre lavorava come contabile nella ditta di costruzioni di mio zio. Adesso è un agente immobiliare, quindi si potrebbe dire che sono cresciuto con gli edifici.»

Lei ride, un suono musicale che vorrei sentire ancora. Sorrido. *Finora tutto bene.* Tralascio il fatto che mio padre aveva abdicato al trono di Villroy per sposare mia madre. È una storia complicata che coinvolge l'attuale famiglia regnante e la mia. Non mi piace che molti della vecchia generazione ci considerino gentaglia. Anche se, secondo i miei fratelli, avrei veramente dovuto giocare meglio la carta del principe. A quanto pare, un sacco di donne fantastica sul trovare un principe.

Rebecca si china vicino per parlarmi direttamente all'orecchio e respiro il suo delizioso profumo di agrumi, spezie e qualcosa di unicamente suo. Mi viene realmente l'acquolina in bocca. «Tuo padre si sta occupando di una proprietà immobiliare sul litorale?»

Mi sposto per guardarla negli occhi e di colpo siamo vicinissimi. Le sue pupille si dilatano nei suoi occhi azzurro chiaro, le labbra rosse si aprono. «Stavi ascoltando la nostra conversazione?»

Lei distoglie gli occhi, con le guance che si tingono nuovamente di rosa. «Non potevo fare a meno di sentire.»

«Cosa?» dico, mettendo la mano a coppa intorno all'orecchio. Più che altro perché voglio che si avvicini ancora.

Lei mi accontenta. «Scusa. Non potevo fare a meno di sentire. Prima che la band cominciasse a suonare, c'era molto silenzio.»

«Chi avresti dovuto incontrare?»

Lei non risponde, si appoggia all'indietro e sorseggia il vino.

Mi chino in avanti. «Avevi un appuntamento con qualcuno.»

Lei spalanca gli occhi. «Perché lo stai dicendo?»

Io indico il suo abbigliamento. «Sei vestita troppo bene per questo posto.»

Lei dà un'occhiata ai suoi vestiti. «È un abbigliamento casual.» Alza il polso. «Guarda, l'ho anche accessoriato con un semplice braccialetto. Inoltre porto le ballerine.»

«Ah.» Immagino che cosa indosserebbe per un'occasione formale se questo per lei è vestirsi casual.

«Che c'è?» mi chiede, di colpo a disagio.

Scuoto la testa. «Niente.»

La band si lancia in un altro brano rock, irriconoscibile. Forse è roba loro.

Mi chino verso di lei e le sussurro all'orecchio: «Ti stavo solo chiedendo del tuo appuntamento per scoprire se sei single. Stavi aspettando un uomo?».

Lei distoglie gli occhi, mordendosi il labbro come se stesse cercando di decidere come comportarsi. Voglio solo che sia sincera con me. Forse ho interpretato male la situazione e lei vede in me più colui che l'ha salvata da quello stronzo del suo ex che un tipo che potrebbe effettivamente interessarle. «Nessun rancore, qualunque sia la risposta. Dimmelo e basta.»

Lei si china in avanti e sussurra: «Avrei dovuto incontrare qualcuno qui, uno nuovo, non un boyfriend. Comunque non si è fatto vivo, ed è veramente una cosa brutta da fare».

È single. E vai!

«Peccato» dico. *Per quel tizio.*

Lei sorride, quasi sconsolata. «Ho aspettato a lungo. Avrei semplicemente dovuto andare a casa, prepararmi un po' di popcorn e guardare il canale in cui ristrutturano le case. Mi piace quando prendono la casa di un tizio e la rimettono a nuovo.»

Le sorrido. «Mi sembra una serata perfetta.»

Sorride anche lei, con i pallidi occhi azzurri che scintillano. «Questa è migliore.»

Mi avvicino. «Davvero?»

«Sì.» Lei sorseggia il vino, cercando di apparire indifferente, ma è sempre rosa in volto e agitata. «Ti piace il canale dove fanno le ristrutturazioni?»

«Io sono il tizio che guardi su quel canale.»

Lei appoggia il drink, spalancando gli occhi. «Sei in TV?»

«Ah! No. Io costruisco e ristrutturo, sia edifici commerciali sia residenziali. Lavoro per la ditta di costruzioni della mia famiglia.»

Abbassa gli occhi sul mio bicipite e poi sul mio petto. «Non mi meraviglia che tu sia così, uhm, in forma.»

«Sì, grazie.» Nascondo un sorriso bevendo un sorso di birra. «Di dove sei?»

«Originariamente?»

«Sì, originariamente. Non sembra che tu sia di queste parti.»

Lei si china verso di me, sussurrando: «Spero che non sembri che stia denigrando gli accenti locali – il tuo è chiaramente di Brooklyn – ma ho lavorato con un insegnante di dizione per perdere il mio accento del Queens. Solo perché la gente al lavoro lo associava a una scarsa istruzione, anche se, in effetti, non ha niente a che vedere con l'educazione. È solo una percezione e avevo bisogno di essere presa sul serio».

La fisso. «No! Sei del Queens?»

Mi risponde esagerando l'accento, aggiungendo una R dove non c'è e non pronunciandola dove c'è. C'è gente che ride dell'accento di New Yaawk, ma io penso che sia favoloso. Riconoscerei un newyorchese dovunque. Rebecca è l'eccezione, con il suo sofisticato insegnante di dizione.

Sorrido. «A me sembra perfettamente normale. Un po' più squillante di quello di noi, tranquilla gente di Brooklyn.»

«Ehi, sono di Brooklyn anch'io. Vivo qui da sei anni, anche se ero praticamente sempre in viaggio per lavoro.»

«Che lavoro fai?»

«Facevo la consulente. Adesso sto ricalibrando la mia vita.»

Mi chino verso di lei. *Dio che buon profumo.* «Che cosa significa ricalibrare?»

«Sai, sto ricominciando da capo.»

«Non so che cosa intendi esattamente, ma okay.»

Lei espira bruscamente. «Fondamentalmente, sono rimasta alzata tutta la notte, facendomi domande su ogni singola parte della mia vita e che cosa diavolo volevo e sono arrivata a formulare un piano per rimodularla.»

«Come se stessi ristrutturando la tua vita.»

«Esattamente!»

«Come sta andando finora?»

Lei fissa la mia bocca. «Sta migliorando di momento in momento.»

Mi muovo lentamente verso di lei, desidero un bacio ma non so se sia troppo avventato. Resto lì per un secondo bollente e la guardo negli occhi. Sono chiusi. *Okay, allora.* E poi lei mi sorprende, baciandomi per prima. Mi sento travolgere da un'ondata di desiderio.

Rebecca si tira indietro, fissandomi intensamente negli occhi. L'ha sentito anche lei. Sostengo il suo sguardo, l'aria è piena di tensione. È passato parecchio tempo da quando un semplice bacio mi ha fatto sentire così: sveglio, vivo, voglioso. Vedo il momento in cui decide di buttarsi, con le palpebre che si chiudono mentre mi bacia di nuovo. Le sue labbra sono morbide e cedevoli sotto le mie. Sto per approfondire il bacio quando sento una voce maschile accanto a noi.

«Ehi, io sono Brendan.» Quell'idiota di mio fratello. *Maledizione.*

Mi volto e lo guardo storto, ma lui è troppo occupato a rivolgere il suo sorriso più affascinante a Rebecca per notarlo. Garrett è dietro di lui e guarda verso la porta come se avesse preferito non avvicinarsi. Il suo istinto di sopravvivenza è decisamente più sviluppato.

«Che c'è?» sbraito.

Brendan indica la mia bocca. «Quel colore è perfetto per la tua carnagione.» Devo avere il rossetto rosso di Rebecca su di me.

Mi pulisco con un tovagliolino e lo accartoccio. Penso a quali insulti posso rivolgergli sulla sua barba non curata. *Stai cercando di ottenere il vero look vichingo? Ti è morto un furetto in faccia?* Ma lui si avvicina a Rebecca e si accendono le sirene d'allarme.

Brendan alza la voce per farsi sentire sopra la musica. «Stiamo uscendo, ma volevo mettere una buona parola per Connor. Sono suo fratello, quindi lo conosco veramente bene.»

Gli occhi di Rebecca scintillano divertiti mentre guarda tra me e il mio irritante fratello. «E quindi?»

«Vattene, amico» dico dandogli uno spintone.

Lui si mette a ridere. «Connor ha veramente delle amiche donne.»

Scuoto la testa. «Ho un'amica donna.» Mi rivolgo a Rebecca. «Siamo cresciuti insieme. Adesso lei è sposata, ha due gemelle e vive a Long Island.»

Brendan si china in mezzo a noi. «Vale comunque.»

Rebecca alza un sopracciglio. «Che cosa significa realmente avere un'amica donna a Long Island?»

Faccio spallucce. Significa che mio fratello sta diventando una seccatura.

Brendan sorride estasiato. Sta per farmi un enorme favore e farmi fare bella figura, oppure sta per annullare qualunque possibilità possa avere con Rebecca. «Significa che è veramente capace di relazionarsi con una donna a un livello non fisico. È un vantaggio, no? Significa che è evoluto.»

Finirà per friendzonarmi con quel commento! Non voglio

Rebecca a un livello non fisico. «Oppure potrebbe significare che tu sei rimasto un Neanderthal» ringhio.

Lui finge di essere indignato, spalancando gli occhi azzurri. «Ehi, non c'è bisogno di prendersela con me.» Poi sorride a Rebecca. «Ti piacciono i Neanderthal?»

Lei si mette a ridere.

«Adesso te ne puoi andare» gli dico.

Lui alza le mani. «Vado, vado.» Si china verso Rebecca. «Seriamente, però, il fatto che non abbia mai avuto una relazione che durasse più di due mesi non significa che non possa averla. C'è del potenziale in lui.»

Sembra che Rebecca stia cercando di non ridere. È così imbarazzante.

Mi passo una mano sulla faccia, con un gemito. «Davvero, non mi stai aiutando.»

Brendan mi dà un'occhiata offesa. «Sì che ti sto aiutando. Lei sembra il tipo da relazione seria.»

«Chiudi il becco» gli dico bruscamente. È come se stesse tentando di rovinare tutto prima ancora di arrivare a qualcosa con lei. Sta gettando cemento sui miei piedi nella friendzone, relazione non fisica, le sue amiche donne, potrebbe durare. *È l'amico che avevi sempre voluto.*

«Non sbaglia» dice Rebecca.

Do un'occhiataccia a Brendan. «Sbaglia semplicemente per il fatto di essere qui.»

Brendan mi scompiglia i capelli e io gli schiaffeggio via la mano. «Sto rovinando il tuo stile?» Mi sorride e poi si rivolge a Rebecca. «Sto scherzando. Non ha uno stile.»

Fottiti, io ho stile. Tengo le parole per me perché non credo che Rebecca voglia sapere come il mio stile mi aiuti a raccattare facilmente le donne, tutte le volte che voglio. Invece gli do un'occhiata che significa: *Ti prenderò a calci in culo.* «Giuro che...»

«Va bene, me ne vado» dice Brendan arretrando. «Andiamo, Beast.»

Garrett ci saluta alzando una mano prima di seguire Brendan fuori dalla porta. Adesso sono coinquilini. Ora ho un appartamento tutto per me, dopo aver vissuto con Brendan per un po'. Garrett stava con un gruppo di ragazzi in un appartamento di proprietà dei genitori di uno di loro. A un certo punto hanno deciso di venderlo e si sono dovuti sparpagliare.

«Beast?» chiede Rebecca una volta che sono usciti.

«Si allena troppo, è una bestia con troppi muscoli.» Bevo un sorso di birra, cercando di calmarmi. So che i miei fratelli e io ci prendiamo per il culo reciprocamente, ma non era il momento giusto.

Rebecca mi rivolge un sorriso dolce. «In effetti riempiva bene la sua t-shirt. Penso che le sue tette siano più grandi delle mie, però.»

Scoppiamo entrambi a ridere.

«Sono sicuro che le tue siano più soddisfacenti» dico.

«Vuoi scoprirlo?»

Sono sul punto di dire *Certo* quando Rebecca si sbatte una mano sulla bocca, spalancando gli occhi. Lascia cadere la mano. «Non riesco a credere di averlo detto.»

Le faccio l'occhiolino. «A me non dispiace.»

«Dai, ascoltiamo la musica.»

Così facciamo. Faccio l'indifferente, le parlo ogni tanto della musica che le piace, toccandole il braccio e poi la mano. Ho bisogno di toccarla. È timida e insieme sicura di sé, e tutta sexy.

La band finisce di suonare alle undici ed è stranamente silenzioso con solo le conversazioni della gente al bar e ad alcuni dei tavoli.

Rebecca mi rivolge un sorriso radioso senza motivo, e mi fa pensare che stia per salutarmi. Mi faccio forza. Non voglio dirle addio, ma non ho intenzione di fare pressioni se non mi vuole. «Beh, Connor, è stata veramente una bella serata.»

Sembra formale, troppo educata. Abbiamo superato quella

fase dopo la conversazione intima e quel bacio formidabile. Le prendo la mano e le passo il pollice all'interno del polso. La guardo negli occhi e abbasso la voce a quel tono roco che le donne adorano. Almeno, quando mi desiderano. «È stata una bella serata anche per me.»

Lei fissa il mio pollice che le accarezza il polso. Abbasso gli occhi. Ha la pelle d'oca. Buon segno.

Ci fissiamo negli occhi e ho tanta voglia di baciarla che non riesco a trattenermi. Le do un bacio dolce, niente di aggressivo. Voglio che mi venga incontro a metà strada.

Le trema la voce quando dice: «Non lo faccio mai, ma ti piacerebbe accompagnarmi a casa?».

«Certo.» Mi alzo e le prendo la mano, accompagnandola fuori dalla porta e assicurandomi che superi il gradino senza inconvenienti.

Lei si ferma sul marciapiede. «Non è quello che intendevo, in effetti.»

«Oh, okay.» Immagino che abbia cambiato idea sul farsi accompagnare a casa. Peccato, ma che ci posso fare? Magari potrei farmi dare il suo numero.

Lei si avvicina. «Intendevo dire, vuoi venire a casa con me?» Fa una smorfia, con le guance che si colorano di rosa. «Oh, Dio. Non mi sono mai mossa così in fretta. È solo che...»

«Sì.»

3

Rebecca

Non riesco a credere che lo sto facendo. Sto camminando mano nella mano con un uomo sexy che sembra uscito da una delle mie fantasie sulle ristrutturazioni – ehi, quegli show possono essere di enorme ispirazione per le donne single – e stiamo tornando a casa mia. Io con il Costruttore Sexy! Io non mi muovo mai così in fretta. Ho una regola stringente, cinque appuntamenti prima di invitare un uomo nel mio apparta-mento, in modo da essere sicura che non sia interessato solo al mio corpo. Già! Sono una tale ipocrita perché adesso sono *io* quella eccitata all'idea del *suo* corpo. I muscoli di suo fratello praticamente scoppiavano dalla maglia, ma quelli di Connor sono più normali e riempiono perfettamente la sua t-shirt azzurra. Lui non è un fanatico delle palestre. Si è guada-gnato questi muscoli. E non parliamo poi di come riempie i suoi jeans. E anche le sue mani sono belle, calde e callose per il lavoro.

E quel bacio! Un'esplosione di scintille che hanno percorso la mia pelle, un'ondata di calore e un'attrazione che non ho mai provato prima.

Rubo un'altra occhiata e poi mi soffermo. *Mmm-hmm, salve, Costruttore Sexy.* Per una volta non ho timore che il sesso sia un'enorme delusione. È tranquillo e sicuro di sé. E sapete una cosa? Mi merito un po' di piacere. È passato quasi un anno dall'ultima volta in cui sono stata con un uomo. Okay, nove mesi, ma di certo sembra un anno.

Alzo gli occhi e studio il suo profilo, controllando la sua espressione. Sembra perfettamente rilassato, come se tutto andasse bene. Sono piuttosto certa che sia una brava persona. Lavora con i suoi fratelli e sono abbastanza legati da passare il tempo libero insieme. Mi ha offerto un drink, mi ha fatto domande su di me (invece di sproloquiare su se stesso come fa la maggior parte degli uomini) e, dulcis in fundo, mi ha *portato in braccio* quando sono piombata sul pavimento. Nessuno mi ha mai *preso in braccio*. Non so se sia la mia altezza o il mio atteggiamento, ma gli uomini semplicemente non mi vedono come il tipo caruccio da portare in braccio. Basta per dire sinceramente che è un uomo che mi piace non solo per il suo corpo. Il senso di colpa si attenua, mi sento immediatamente più leggera. Sì. C'è effettivamente del potenziale per più di una notte con il Costruttore Sexy. Quindi, in conclusione, ipso facto – respiro profondo – è perfettamente accettabile godersi immediatamente una selvaggia notte di passione con lui. Avevo l'obiettivo di lasciarmi andare un po' ed espandere i miei limiti. È tutto nel progetto per la mia nuova vita.

«Mi stai bucando con gli occhi» dice Connor in tono scherzoso. «C'è qualcosa di cui vorresti parlare oppure ti stai solo godendo il panorama?»

Beccata! Cerco di non arrossire. Magari non lo vedrà alla luce tenue dei lampioni. «Stavo, uhm, solo cercando di ricordare se ho qualcosa da offrirti da bere.»

«Non mi serve un drink.»

«Ho sicuramente dell'acqua.»

Lui sorride. «Mi piace un bel bicchiere d'acqua. Spero sia una buona annata.»

Rido. E poi resto in silenzio. Non c'è altro che possa aggiungere alla conversazione che non riveli più di quanto voglio che sappia. Come quanto lo desideri e quanto sia lontano dalle mie abitudini. La verità è che sono eccitata da quando si è chinato verso di me e mi ha parlato all'orecchio con quella voce profonda e sexy. Ha un profumo così buono. Come l'oceano, ma anche caldo e sensuale. È possibile che un uomo abbia questo odore? Forse è il testosterone che trasuda a ondate. Sufficiente a intontire una donna per la libidine.

Alzo gli occhi su di lui che mi sorride, stringendomi la mano in modo rassicurante. È un sorriso sincero che gli arriva fino agli stupendi occhi azzurri, che scintillano mentre mi guarda come se fosse entusiasta di essere con me. O forse è solo il riflesso delle luci della strada. A chi importa? Scelgo di credere che sia l'entusiasmo.

«Questa è casa mia» dico, indicando l'edificio di mattoni a sei piani alla fine dell'isolato. «È un palazzo anteguerra, quindi il mio appartamento ha un mucchio di particolari affascinanti come ingressi ad arco e librerie incassate. Avevano appena rimodernato la cucina prima che mi trasferissi, quindi è moderna. L'atrio è bellissimo, soffitti a travi e pilastri bianchi, pannelli di legno intarsiati alle pareti, pavimenti di marmo.» Sto quasi per aggiungere che non dobbiamo preoccuparci di essere troppo vocali, visto che le pareti sono spesse e i pavimenti di cemento, ma poi decido che è un po' troppo ovvio.

«Sembra che tu guardi spesso il canale sulle ristrutturazioni. O vuoi convincermi a prendere in affitto un appartamento qui? È una truffa immobiliare?»

Rido un po'. «Nessuna truffa.» Sto parlando a vanvera perché siamo quasi arrivati al mio palazzo e non ho mai fatto niente di simile in vita mia e non so nemmeno come si fa. Cioè, ovviamente so come fare sesso. Non sono vergine. Solo non so come dare inizio alla selvaggia notte di passione che desidero senza sembrare goffa. Ho addirittura inciampato superando una porta perché era così vicino e aveva un profumo meraviglioso.

Questo è ciò che significa superare i propri limiti. Cerca solo di essere rilassata come lui.

Accelero, immaginando che prima arriveremo al mio appartamento, meno possibilità ci saranno per me di blaterare altri fatti insulsi sul mio palazzo.

Appena entriamo nell'atrio, Connor esclama: «Guarda questa costruzione a travi e pilastri! Un bell'esempio di architettura prebellica». Mi fa l'occhiolino.

Mi bruciano le guance, apro la bocca e poi la richiudo. Non riesco a trovare una battuta spiritosa. Proprio quando mi convinco che mi veda come una completa imbranata, mi mette un braccio intorno alle spalle e me le stringe prima di dirigersi con me verso l'ascensore. *Okay, rilassati. Sta solo scherzando. Ovviamente non sta rimuginando sulle cose e preoccupandosi che lo voglia solo per il suo corpo sexy.*

«Palazzo prebellico con l'ascensore» dice, premendo il tasto. «Bello.»

«L'ho pensato anch'io.»

Entriamo nell'ascensore, piccolo e semibuio. Premo il tasto per il mio piano. Il sesto.

«L'ultimo piano» dice Connor, arcuando le sopracciglia sopra gli occhi che scintillano. «Elegante.»

L'ascensore sale lentamente, scricchiolando come se stesse per esalare l'ultimo respiro.

Mi rilasso un po'. «Ha anche i soffitti alti e i pavimenti di legno.»

Connor mi rivolge un sorriso sexy, avvolgendomi un braccio intorno alla vita e tirandomi vicino tanto da essere naso a naso, petto a petto. Arrossisco dalla testa ai piedi. «Parlami ancora di costruzioni.»

Gli fisso il petto, imbarazzata. «Probabilmente ti sto annoiando. Tu vivi e respiri questa roba.»

Lui mi scosta i capelli dalla faccia e poi mi sfiora la linea della mandibola con le dita prima di alzarmi il volto verso di lui. «È vero, ma mi piace che tu ne sia così entusiasta.»

Sento lo stomaco che sprofonda. Mi sembra di essere sul bordo di una scogliera, sul punto di tuffarmi in acque sconosciute. È lo sguardo intenso dei suoi occhi. Sento la bocca secca. «Questo ascensore è antico.»

«Uh-uh. Ho intenzione di baciarti adesso.»

Chiudo immediatamente gli occhi. «Pronta.»

Sento il rombo e le vibrazioni della sua risata attraverso il petto prima che finalmente le sue labbra sfiorino le mie. Una volta, due volte. Quasi sospiro di beatitudine, finché si tira indietro.

È tutto? Gli afferro il davanti della maglia e lo tiro verso di me. «Ehi, non avevo finito.»

«No?» mi chiede con quella che posso solo presumere sia finta sorpresa. Non ne sono sicura, però, dato che lo conosco a malapena. *Oh, Dio, lo conosco a malapena!*

Connor mi appoggia la mano grande sulla guancia e poi la sua bocca copre la mia, zittendo immediatamente la mia voce interiore. Il suo profumo sexy ci circonda, vorrei scalarlo come un sexy palo virile. Il tempo si ferma mentre mi godo l'eccitazione di scoprire che bacia da Dio. Promette bene per il seguito.

L'ascensore si ferma con uno scatto ed emergiamo per respirare. *Ci siamo. Sì!*

Gli afferro la mano e cammino decisa lungo il corridoio verso il mio appartamento d'angolo. Prendo la chiave dalla borsa, la infilo nella serratura e armeggio per aprire la porta perché mi sta lasciando una scia di baci bollenti lungo il lato del collo. Finalmente entro. Connor mi segue, chiudendo silenziosamente la porta. Rimetto le chiavi in borsa e la butto sul tavolino lì accanto.

Mi volto verso di lui, ansiosa di continuare.

I suoi occhi azzurri fissano i miei. Perché mi sembra che riesca a vedermi nell'anima? Capisce che sono eccitata e un po' nervosa? Sta aspettando di capire come comportarsi?

Il fantastico bacio in ascensore, solo qualche momento prima, mi dà la sicurezza che basta per essere audace. Gli metto le braccia intorno al collo e lo bacio appassionatamente. Lui risponde con lo stesso entusiasmo. *Sì!* Mi sciolgo contro di lui, con le gambe pesanti, mi invade un calore delizioso. Connor appoggia le mani sui miei fianchi e, di colpo, cerco di più.

Stacco la bocca dalla sua, respirando forte: «Ti voglio».

Connor mi rivolge un sorrisetto sghembo, con gli occhi azzurri che scintillano. «L'avevo capito quando mi hai avvolto una gamba intorno e hai cominciato a strofinarti, ma è bello sentirtelo dire.»

In effetti, ho la gamba avvolta in alto intorno al suo fianco, probabilmente mi stavo veramente strofinando contro di lui. Prima che possa abbassare la gamba, Connor mi solleva, in modo che possa avvolgere entrambe le gambe intorno alla sua vita. Le nostre bocche si scontrano per un bacio frenetico e il calore tra di noi aumenta. Lui si sta premendo proprio contro il punto giusto e tutto diventa ancora più bello. Si volta e mi preme contro la parete, mi divora con la bocca mentre si strofina contro di me. È così intenso, così... Oh, oh, oh. *Non fermarti, non fermarti.* È un bacio senza fine e sto salendo sempre più in alto nel mio ascensore privato verso l'attico di luccicanti esplosioni di piacere. Mi muovo di scatto quando un'esplosione di piacere al calor bianco mi toglie il fiato, irradiandosi dappertutto. Oh mio Dio.

Connor alza la testa. «Sei appena...»

«Sì» gli dico felice e lo bacio forte sulla bocca. «Era passato troppo tempo.»

Lui comincia a camminare lungo il corridoio, con me sempre incollata a lui.

«Sei una meraviglia» lo elogio accarezzando le sue spalle e la schiena calde. «Sei meraviglioso, veramente meraviglioso.»

Connor sorride mentre entra nella mia stanza e accende la luce. Il lampadario centrale emette una luce soffusa che illumina i mobili di legno chiaro con tocchi bianchi. Sono felice di essermi permessa il letto king-size perché adesso ho quest'uomo grande e grosso per riempire lo spazio. E me. Non vedo l'ora.

«Sei meravigliosa anche tu» dice Connor, tirando indietro il piumino bianco e abbassandomi sul materasso. «E bella.»

Mi bacia di nuovo e io tiro la sua maglietta, frustrata per tutti i vestiti che ci sono tra di noi. Connor si china all'indietro e si toglie la maglietta con un movimento a due mani. Io mi metto seduta, ansiosa di sentire tutti quei favolosi muscoli e poi ricominciamo a baciarci e a strapparci i vestiti di dosso.

È sexy.

È selvaggio.

È *tutto*.

Interrompo il bacio abbastanza a lungo da afferrare un preservativo dal comodino perché non mi faccio mai trovare impreparata, e poi torniamo in pista. Lui mi copre, sistemandosi tra le mie gambe e i nostri occhi si incontrano per un momento carico di significato. Mi manca il fiato per l'espressione piena di passione nei suoi occhi.

Connor mi accarezza i capelli, scostandoli dal volto prima di appoggiare la mano sulla guancia. Il gesto tenero mi distrugge. Mi si stringe improvvisamente la gola, ho gli occhi che scottano.

Connor mi bacia dolcemente. «Pronta?»

«Sì» riesco a dire nonostante la gola stretta.

Connor mi penetra con una sola spinta fluida e gemiamo entrambi. La pressione che provo è dolorosa e deliziosa insieme, il mio corpo fatica a riceverlo. È passato così tanto fottuto tempo. Connor si ferma e mi prende il volto tra le mani, baciandomi. Va più che bene. È pura beatitudine, come l'unione di anima e corpo. Infilo le dita nei suoi capelli folti e poi gli passo le mani sulla schiena muscolosa e calda. Devo riuscire ad avvicinarmi ancora di più. Avvolgo le gambe in alto intorno a lui, prendendolo in profondità per quanto posso. Lui geme contro la mia bocca.

Lui alza la testa, fissandomi negli occhi. «Rebecca.»

«Più forte» ordino.

Mi mordicchia il labbro inferiore, facendomi trasalire prima di cominciare a spingere forte, non troppo veloce, non troppo lento, così giusto. E continua, respirando forte accanto al mio orecchio. Chiudo gli occhi, persa in una nebbia di piacere.

«Sì, sì, sì» dico, quasi incoerente. Non è mai stato così bello finora.

Connor mi bacia lungo la mandibola e poi succhia il tendine del collo. Sento il piacere che mi travolge mentre un orgasmo mi colpisce inaspettatamente, facendomi ondulare contro di lui, senza riuscire a frenarmi. Connor grugnisce contro il mio collo, dando forti spinte per arrivare al suo orgasmo e dandomi ancora più piacere prima di lasciarsi andare con un suono aspro. Si appoggia sopra di me con tutto il suo peso, quasi un abbraccio e io sorrido tra me e me. Uno slancio di affetto mi porta ad abbracciarlo stretto.

Porca paletta. Due orgasmi in una sera! Mai successo! Ed erano molto più intensi di quelli che riesco a procurarmi da sola. Che uomo meraviglioso. Di colpo ho questa voglia matta. È come se avesse risvegliato il mostro degli orgasmi che adesso pretende di più.

Gli accarezzo la schiena, godendomi la sensazione e la forma di tutti quegli spettacolosi muscoli caldi. «Una domanda.»

«Sì?» La parola è calda contro il mio collo. L'ho esaurito? È troppo stanco per alzare la testa?

Non riesco a farne a meno. Voglio, voglio, voglio. «Posso convincerti a restare abbastanza a lungo per un altro orgasmo? So che sei stato veramente generoso con i primi due, ma in un certo senso mi hanno spinto a volerne ancora.»

Connor alza la testa, con un enorme sorriso sul bel volto. «Siamo ingordi, eh?»

«È solo che è passato tanto tempo.»

Lui mi bacia. «Non hai bisogno di darmi una ragione. Sì. Ti darò di più. Più tardi.» Rotola via e va verso il bagno.

Allargo le braccia e mi stiracchio languidamente. Sesso favoloso, orgasmi favolosi. Sono così maledettamente fortunata ad aver trovato questo tizio. Costruttore Sexy. Connor qualcosa. Dovrei scoprire il suo cognome. Più tardi. Adesso sono così rilassata e assonnata.

Qualche momento dopo, Connor spegne la luce e si infila nel letto, spostandomi in modo da potermi abbracciare da dietro. Sono in paradiso. È passato tanto tempo da quando qualcuno mi ha tenuto abbracciata.

Mi accarezza i capelli e sussurra: «Sono stanchissimo per via del lavoro di oggi. Abbiamo fatto un sacco di demolizione. Lasciami dormire per un po' e poi sarò al tuo servizio».

«Nessun problema. Sono stanca anch'io.» Che magnifica inversione di tendenza per la mia serata. Prima un tizio qualunque su un'app di appuntamenti mi dà buca, e adesso ho avuto due orgasmi *e* un uomo mi sta tenendo abbracciata con la promessa di altri orgasmi. Dentro di me si espande una bolla di pura felicità e il mio corpo si rilassa, soddisfatto. «Dovrei sapere come ti chiami.»

Lui mi dà un piccolo morso sulla spalla e io squittisco, sorpresa. «Hai dimenticato come mi chiamo eppure chiedi altri orgasmi?»

Sento il sorriso nella sua voce. «So che ti chiami Connor, ma qual è il tuo cognome?»

«Niente cognomi. Sono come Beyoncé. No, cancellalo, qual è la versione maschile?»

«Elvis? Bono? Prince?» Lui strofina i fianchi contro di me come se stesse facendo una delle mosse di Prince.

Mi addormento con un sorriso sul volto.

MI SVEGLIO SULL'ORLO di un orgasmo e mi rendo conto di essere al culmine del mio solito sogno sul Costruttore Sexy del mio show preferito, *Reno Magic*, solo che questa volta, invece di essere il conduttore, Clint Owens, eravamo io e Connor, *cognome sconosciuto*.

Mi volto e lo vedo che dorme sdraiato sulla schiena, non so che ora è, ma è ancora buio fuori. Riesco a malapena a vedere i suoi lineamenti nel bagliore dei lampioni che filtra dal bordo degli scuri. «Connor, sei sveglio?» sussurro un po' rumorosamente. «Ti voglio di nuovo.»

Lui borbotta qualcosa di inintelligibile nel sonno, quindi mi accontento di abbassare lentamente le coperte lungo il suo corpo nudo, solo per ammirarlo per un po'. Non solo ha pettorali e addominali definiti, ma c'è una V profonda all'altezza della vita. Il suo sesso è impressionante, anche a riposo, le cosce grosse e muscolose. Non credo di essere mai stata con un uomo così favoloso. Guardo il suo volto. Sta ancora dormendo. Decido che è una buona idea baciargli la guancia ruvida di barba, quindi lo faccio. Ha ancora un odore meraviglioso, come l'oceano, sole caldo e una lieve brezza di sex appeal di costruttore sexy. Che cos'è quel profumo? Non so se sia una colonia o solo lui, ma mi piace. Lo bacio dolcemente lungo il collo, respirando avidamente il suo odore e poi scendo lungo il torace. Deposito un bacio sui suoi addominali, che sono follemente belli con quelle creste muscolose e poi mi sdraio accanto a lui, guardandolo dormire pacificamente. Bellissimo uomo sexy.

Non riesco a trattenermi. Mi serve sveglio. Forse ce la farò con un altro bacio. Aleggio sopra di lui, mettendo le mani ai lati delle sue spalle, attenta a non pesare su di lui e lo bacio dolcemente sulle labbra.

Lui non si muove.

Sospiro. Dovrei lasciarlo in pace. Ha detto che era stanco per via del lavoro di demolizione. Ammiro le sue spalle possenti e i bicipiti, immaginandolo al lavoro a torso nudo, mentre usa una mazza, demolendo cartongesso e travi di legno, asciugandosi il sudore dalla fronte. Oh Dio. Adesso sento una pressione al basso ventre e pulso in mezzo alle gambe. Non ho mai desiderato qualcuno in questo modo. Solo ancora un bacio e poi lo lascerò dormire. Un bacio della buona notte.

Premo dolcemente le labbra sulle sue. «Ahhh!» strillo a pieni polmoni. Mi ha appena ribaltato!

Ha gli avambracci appoggiati al materasso, che sostengono il suo peso mentre mi sorride. «Hai svegliato la bestia.»

Ho il cuore che batte forte nella cassa toracica e sto respirando affannosamente. Tento di fare l'indifferente. «Pensavo che Beast fosse tuo fratello.»

«Dimmelo tu.» Mi bacia dolcemente lungo la colonna del collo, leccando e ogni tanto graffiando con i denti, suscitando un brivido caldo. L'adrenalina svanisce lentamente, sostituita dal piacere che aumenta, le terminazioni nervose che si svegliano mentre continua a baciarmi scendendo lungo il mio corpo. Mi accarezza i seni, baciando e succhiando, prodigando loro tutta la sua attenzione. Quest'uomo. Sprofondo senza ossa nel materasso, gemendo piano. Sento brividi che mi percorrono il corpo quando Connor continua a scendere, lasciando una scia di baci sul mio stomaco e più giù, giù. Mi manca il fiato e alzo i fianchi, pronta.

«Sei una meraviglia!» esclamo, quando entra in contatto con la centrale del piacere.

Connor mi sfiora col naso la parte interna della coscia.

«Perché ti sei fermato?» gli chiedo.

«Sei una meraviglia» dice e sento che sorride. «Sei veramente entusiasta.»

«Per favore, non fermarti.»

Lui ubbidisce, abbassando la testa tra le mie gambe e

procedendo a farmi impazzire. Le sue labbra, la sua lingua. Oh mio Dio. Mi mordo il labbro per evitare di blaterare qualcosa che potrebbe porre fine all'intenso piacere. Stringo le lenzuola tra le dita e poi ripeto il suo nome come se fosse l'unico modo per farlo continuare, sempre più veloce. *Connor, vieni, vieni, vieni.* Mi manca il fiato e sono *andata*. Un'ondata dopo l'altra di piacere mi travolge come uno tsunami. Connor resta con me, insistendo, mentre ondulo contro di lui, persa nel piacere senza fine.

Finalmente crollo e lui si sposta. Sono morta. Una specie di morte beatamente soddisfatta.

E quando riesco a muovermi di nuovo, Connor è pronto per me, già col preservativo infilato. Mi metto a cavalcioni e lo cavalco con selvaggio abbandono.

Non voglio che finisca.

E nemmeno lui, perché ci siamo addosso per il resto della notte.

Finché, a un certo punto, crolliamo esausti, mettendo fine alla miglior notte della mia vita.

4

_____

Rebecca

Mi sveglio in un letto freddo, con il sole del mattino che filtra intorno agli scuri e il fruscio di vestiti lì accanto. Apro un occhio e trovo Connor che si sta vestendo, dandomi la schiena. Do un'occhiata al comodino. Sono le sette del mattino di sabato. Mi si stringe lo stomaco. Alla fine non è quello che pensavo. Deglutisco forte. Pensavo ci fosse il potenziale per qualcosa di più tra di noi. Ovviamente è stata solo una notte bollente. Se ne sta andando alla chetichella all'alba di sabato. Fa schifo. Alla violenta luce del giorno, mi sento malissimo pensando che era solo sesso. Cioè, sì, mi è piaciuto, E TANTO, ma immagino che una parte di me in qualche modo sperasse che fosse l'inizio di qualcosa.

Ho rovinato tutto. Già. Andare a letto con un uomo appena conosciuto ovviamente manda il segnale che è temporaneo. Probabilmente pensa che lo faccia sempre. Diavolo, probabilmente è ciò che fa sempre lui. Ho deviato dal mio progetto di vita ed è questo che succede. Ventinove anni, pronta a farmi una famiglia, eppure, stupidamente, ho fatto una cosa stupida. Solo per via delle mie fantasie sul Costruttore Sexy e la mancanza di sesso. Devo migliorare.

Mi volto sul fianco, dandogli la schiena e chiudendo gli occhi. Non voglio guardarlo andare via. E pensare che all'inizio della serata mi sentivo così in colpa per aver pensato che stavo approfittando di lui, desiderando il suo corpo sexy, mentre era effettivamente il contrario. Almeno *io* mi sono presa il tempo per pensare alle sue altre qualità.

Lo sento muoversi intorno al letto mentre viene verso di me e cerco di respirare regolarmente in modo che pensi che stia dormendo. Lo so, lo so, ma il fatto è che non ho mai dovuto affrontare il mattino dopo l'avventura di una notte. È esattamente per quello che ho la regola dei cinque appuntamenti prima del sesso. Per eliminare la possibilità di tutto questo imbarazzo.

Il materasso cede quando si siede accanto a me. Mi liscia i capelli, mettendomeli dietro le orecchie. «Peccato che tu stia dormendo, perché volevo offrirti un orgasmo d'addio.»

Spalanco immediatamente gli occhi. «Cosa?» *È una brutta cosa che lo desideri?*

Connor ride, con gli occhi azzurri che scintillano. «Sapevo che stavi fingendo di dormire. Ho cinque fratelli che tentano sempre di gettarmi fumo negli occhi. Di solito non ci casco.»

Rotolo sulla schiena. «Ero veramente stanca.» *E imbarazzata.*

Connor mi tiene la mandibola mentre si abbassa e mi bacia la guancia bollente. «Non conosco nessuno che arrossisca mentre dorme.» Si raddrizza e prende il telefono dalla tasca posteriore. «Qual è il tuo numero?»

Spalanco gli occhi. «Vuoi il mio numero?»

«Perché sembri così sorpresa?»

Fisso il soffitto, sbattendo un paio di volte le palpebre mentre cerco di rivalutare la situazione. Ha pensato anche lui alle mie altre qualità?

«Rebecca?»

«Pensavo che fosse una volta e basta» dico senza riflettere. Non che lo volessi, ma sono confusa, molto stanca e decisamente fuori dal mio elemento. Il tizio sexy con cui ho fatto sesso adesso vuole di più. Ma più di che cosa? Ha intenzione di mandarmi un messaggio tutte le volte che vuole fare sesso oppure è qualcos'altro?

Lui piega di lato la testa, studiandomi. «Magari potrebbe trattarsi di due volte.»

«Due volte» ripeto. Suona casuale. Dovrei dire di no perché è ovviamente una cosa che non andrà da nessuna parte, ma poi c'è da considerare la situazione degli orgasmi multipli. Non posso scartali completamente.

«Sì, o altro. Il numero per favore.»

Glielo do senza pensarci due volte perché è stato educato. È mia abitudine premiare le buone maniere perché le apprezzo.

Connor sorride, rimette in tasca il telefono e si china verso di me. Mi aspetto un bacetto frettoloso, ma lui mi bacia dolcemente la fronte, la punta del naso e poi le labbra. «A più tardi, Rebecca.»

«Ciao, a più tardi» mormoro, un po' stordita dall'inaspettato colpo di scena.

Lui esce dalla stanza. Ascolto la porta d'ingresso che si chiude silenziosamente alle sue spalle.

Che cos'è successo?

È stato dolce e tenero qui alla fine. Rivado alla nostra conversazione, cercando degli indizi nella sua espressione, nel suo tono, le sue parole. "Sì, o altro" potrebbe avere un vero potenziale. Due volte o forse di più. Forse stanotte non è stata un errore.

Mi rimetto sotto le coperte. Qualche minuto dopo, la mia sveglia suona, sorprendendomi. Merda. Balzo fuori dal letto e corro in doccia. Avevo quasi dimenticato. Stamattina ho la mia prima lezione come insegnante alla facoltà di economia aziendale alla NYU. I novellini ottengono i corsi del sabato mattina, per gli studenti che hanno un lavoro a tempo pieno. Io sono in prova e lavoro solo part-time. Mio padre è andato al college con il rettore della facoltà di economia, ed è così che ho ottenuto il posto. Al rettore è piaciuto anche che avessi un Master in economia aziendale e parecchi anni di esperienza come consulente per una ditta prestigiosa, dove aiutavo le società a navigare i cambi organizzativi. In effetti è esattamente questo che riguarda il mio corso: gestire i cambi organizzativi. È un corso elettivo, nel percorso verso gli avanzamenti di carriera. Spero di poter tenere più corsi sulla leadership e sulla strategia il prossimo semestre. In effetti, sono piuttosto eccitata.

Apro l'acqua nella doccia e, mentre aspetto che si scaldi, mi do un'occhiata allo specchio del bagno. Wow. Ho un aspetto favoloso. Che meraviglie possono fare alcuni orgasmi a una donna. La pelle è luminosa e i miei capelli biondi di solito flosci hanno un po' di corpo. Probabilmente è dovuto al fatto di essermi rotolata tanto sul materasso, ma, ehi, mi sta bene.

Concentrati! Non puoi fare tardi il tuo primo giorno di lezione.

Entro in fretta sotto la doccia. Rivedrò i miei appunti in metropolitana mentre vado in città. Voglio veramente questo lavoro. È l'inizio della mia nuova carriera. I miei genitori sono così orgogliosi del fatto che abbia intrapreso la professione cui hanno dedicato tutta la loro vita. Mio padre insegna musica alla scuola media locale e mia madre in prima elementare. Mi faccio mentalmente un piccolo discorso d'incoraggiamento per caricarmi. È sempre un'ardua battaglia superare la mia naturale timidezza, ma non le permetterò di mettersi in mezzo. *Sei nata per questo. È nel tuo DNA.*

Il fatto è che la materia mi piace e adoro la mia nuova missione di aiutare i nuovi uomini e donne d'affari a navigare il mondo societario. L'insegnamento è una vocazione e sono pronta alla sfida. Mi lavo in fretta e mi sciacquo. Le mie tre ore di lezione saranno un completo successo. *Lavoro al progetto della mia vita e il progetto lavorerà per me. Forza dai!*

Poco più di un'ora dopo, esco dalla metropolitana accanto al campus, sentendomi un po' stordita mentre sbatto gli occhi al sole di una frizzante giornata d'autunno di fine settembre. Ho bisogno di caffeina, dopo essere rimasta sveglia per metà della notte. *Non pensare a lui. Concentrati, concentrati.* Vado in un bar all'angolo, fissando fuori dalla vetrina mentre aspetto in coda. Ho sempre amato il mese di settembre perché mi piace la scuola. *Sono fatta per questo. Oggi è l'inizio della miglior parte della mia vita e realizzerò il mio destino.*

L'attesa per il caffè è più lunga di quanto mi aspettassi e adesso sto facendo tardi per la lezione.

Cammino a passo veloce verso il palazzo, un po' agitata, cercando al contempo di tranquillizzarmi. *Ce la farai. Conosci la tua materia. Dovrai solo condividere quello che sai con altre persone interessate, che la pensano come te.* Indosso il mio tailleur blu scuro portafortuna, le mie decolté nuove, nere con il tacco grosso, e spero di essere ancora luminosa per il post-orgasmo. *Non pensare a quello. Comunque, come trattamento di bellezza è veramente miracoloso!*

L'edificio è bello: una costruzione nuova con una rotonda di quattro piani, finestre a tutta altezza e tanto vetro lungo la scalinata moderna. Mi precipito di sopra nella mia aula al secondo piano. È una delle aule più piccole, non un grande auditorium.

La lezione comincerà tra pochi minuti. Mi fermo nel corridoio rivestito di pannelli di legno chiaro, appena fuori dalla mia primissima aula, un po' senza fiato e faccio qualche profondo respiro prima di aprire la porta ed entrare sicura. C'è già un bel gruppo di persone sedute ai lunghi tavoli bianchi in file di quattro. C'è molto bianco: i tavoli, le pareti e parecchie lavagne sul davanti dell'aula. Tre finestre in fondo alla stanza aggiungono ancora più luce che si riflette su tutto quel bianco.

Do un'occhiata veloce ai miei studenti, auguro loro buongiorno e vado direttamente al leggio. Probabilmente dovrei scrivere il mio nome sulla lavagna dietro di me, ma sono troppo sulle spine in questo momento. Prendo il telefono, per tenere d'occhio l'ora, appoggio la borsa accanto al leggio e prendo i miei appunti e copie del programma di studi dalla borsa portadocumenti. Ho intenzione di esporre il programma, tenere una lezione, fare una pausa di un quarto d'ora e poi far discutere i casi oggetto del corso in piccoli gruppi. La lezione verte sul modo di affrontare i cambiamenti organizzativi in società di qualunque dimensione, che è la mia specialità, grazie alla mia precedente carriera di consulente aziendale. Rivedo i miei appunti mentre arriva altra gente, controllo l'ora e finalmente alzo gli occhi sulla classe. *Inizia lo show.*

«Buongiorno a tutti. Sono Rebecca Edwards, benvenuti a...» Mi manca improvvisamente il fiato e resto a bocca aperta, con lo stomaco che sprofonda verso i piedi. Non è possibile.

Risucchio l'aria. Che cosa ci fa qui? Il Costruttore Sexy, Connor *cognome sconosciuto come Prince*, è seduto in fondo alla classe e i suoi occhi azzurri sono fissi nei miei.

Oddio, e adesso che cosa succede? Sembra che non riesca a tirare il fiato. Il cuore sta tentando di uscire dalla gabbia toracica tanto batte forte. È un infarto?

Non riesco a crederci.

Mi ha seguito qua? Ho attirato uno stalker? No, aspettate. È arrivato prima di me. Dov'essere così. Lo avrei notato se mi avesse seguito vista la sua statura, i suoi muscoli e il suo sex appeal. Non è possibile che sapesse che sarei stata qui. Non ne ho mai parlato. Può solo significare che...

Il Costruttore Sexy è un mio studente.

«Solo un attimo» borbotto superando il ruggito nelle orecchie.

Fisso i miei appunti, pietrificata, per non so quanto tempo. Qualcuno tossisce e torno in me. Devo andare avanti. Questa gente non si è trascinata in quest'aula di sabato mattina presto solo per guardare la loro insegnante restare ferma e catatonica davanti a loro. Mi viene in mente che ho l'elenco degli studenti. Farò l'appello e chiederò a loro di presentarsi. Ecco, idea eccellente. Sposterà l'attenzione da me abbastanza a lungo da permettermi di riprendere il controllo. Inoltre finalmente saprò chi è l'uomo con cui ho avuto orgasmi multipli ieri notte.

Possono licenziarmi per quel motivo?

Ho le guance che scottano. In effetti tutto il corpo è bollente e un po' tremante. Non posso mandare all'aria il mio primo lavoro nella mia nuova carriera per una sordida relazione insegnante-studente. Non sarò accusata di niente di inappropriato. Nossignore, non io. Eviterò semplicemente di guardarlo negli occhi e fingerò che non ci sia.

«Farò l'appello» annuncio, concentrandomi sul mio telefono mentre cerco tra le mail l'elenco degli studenti che avevo ricevuto dalla segreteria. «Quando dirò il vostro nome, per favore, dite qualcosa sul vostro background e che cosa sperate di ottenere da questo corso.»

Trovo la mail e scorro velocemente l'elenco cercando Connor. Non che abbia intenzione di rivederlo fuori da quest'aula. Ah, trovato. Merda. Ci sono due Connor: O'Sullivan e Rourke. Non so nemmeno quale dei due sia! Come dovrei chiamarlo? Connor O oppure Connor R? Perché so che penserò a lui come Connor Orgasmo o Connor Ristrutturazioni oppure Connor Realmente sexy.

Sto perdendo la testa.

Al diavolo l'ordine alfabetico. Ignoro il cognome che comincia con la A in cima alla lista, cercando invece di risolvere il mistero del cognome di Connor. «Connor O'Sullivan.» Tengo gli occhi fissi sul telefono.

Sento una voce dalla prima fila. «Sono io.» Guardo negli occhi il tizio con i capelli rossi, sui trent'anni e mi impasto un sorriso sul volto. Lui si sposta sul sedile per rivolgersi alla classe. «Lavoro in una start-up e...»

Smetto di ascoltarlo e fisso il cognome che finalmente conosco. Connor Rourke. Qualcosa in quel nome mi ricorda qualcosa. Lo fisso con un'espressione assente per un lungo momento, con il cervello che si rifiuta di funzionare. Dovrò cercarlo su Google. Mi rendo conto di colpo che la classe è silenziosa. Dico in fretta un altro nome, questa volta dalla cima della lista. «Michael Ahern.»

Sii realista, non hai bisogno di cercarlo su Google. È ovviamente off limits. E so che mi sto illudendo aspettandomi che qualcuno così stupendo, sexy e ruvidamente dolce come lui possa aspettare tre mesi che finisca il corso prima di uscire con me. Diavolo, probabilmente è uno studente di economia aziendale part-time e questo significa che farà dei corsi per anni e io, almeno lo spero, starò ancora insegnando qui, e questo significa che Connor Rourke è proibito.

La mia mente decide in quel momento di fornirmi l'informazione mancante riguardo il suo cognome: la famiglia reale dei Rourke. Ecco come conosco il nome. E se Connor fosse imparentato con loro? Fa di lui un principe? Mi sono denudata con un principe? C'è la possibilità, in qualche momento nel futuro, quando questo corso sarà finito e saremo entrambi convenientemente single in cui potrei visitare il palazzo? È possibile che ci sia una tiara da principessa nel mio futuro?

Uffa, non riesco a credere di essere finita in una terra di fantasia. Che sia o meno un principe, non è la persona giusta con cui lasciarmi coinvolgere.

Il costruttore sexy, forse anche un principe, è uno studente di economia. Che probabilità c'erano? Sono così curiosa e muoio dalla voglia di andare su Google per scoprire tutto. Non che abbia intenzione di farlo.

«Anita Beecher» dico nel silenzio.

Ovviamente, deviare dal mio progetto di vita è stato un enorme errore di giudizio. Aspettate, è quello il motivo per cui ieri sera aveva detto di non avere un cognome, come Prince? Forse non si stava riferendo al cantante, ma mi stava dando un indizio sul suo status di reale. Dico in fretta qualche altro nome, assorta nei miei pensieri, mentre cerco di ricordare che cosa ho sentito di quella famiglia reale. Ah sì, c'era stato un enorme scandalo quando la principessa Emma era fuggita dal suo matrimonio per stare con la grintosa rockstar Jackson Walker.

Alcuni ridono di qualcosa che ha detto uno degli studenti e mi rendo conto che non sto prestando loro tutta la mia attenzione. Ci sarà abbastanza tempo per soddisfare la mia curiosità dopo la lezione. Internet non andrà da nessuna parte.

Non vado in ordine, in modo da tenere Connor Rourke per ultimo perché devo farmi forza per resistere alla sua profonda voce sexy.

«Sì, sono qui, Rebecca Edwards.»

Alzo la testa quando sento il mio nome completo. Mi sta facendo sapere che finalmente sappiamo il cognome della persona con cui abbiamo fatto sesso selvaggio e animalesco ieri notte. Oh Dio. Gli altri studenti riescono a capire che sto andando a fuoco per quel ricordo e che sono estremamente imbarazzata allo stesso tempo? Forse potrei tirare l'allarme antincendio. Se mai una donna che va a fuoco ha avuto bisogno di una veloce via di fuga, beh, sarebbe adesso. Solo che non infrangerei mai le regole azionando l'allarme se non c'è veramente un incendio e sono inchiodata sul posto dal potere di quegli intensi occhi azzurri che sembrano vedermi dentro, fino al mio vulnerabile e tenero cuore.

Connor continua: «Lavoro per l'impresa di costruzioni e sviluppo immobiliare della mia famiglia. Le cose sono diventate più complicate da quando abbiamo cominciato con lo sviluppo immobiliare, c'è un mucchio di roba di cui tenere conto e sono qui per vedere che cosa posso imparare per far funzionare tutto senza intoppi».

Distolgo a fatica gli occhi da lui. «Che gruppo variegato e interessante.» Prendo i miei appunti con le mani che tremano. «Cominciamo. La maggior parte delle organizzazioni, dalle start-up fino alle società che fanno parte del Fortune 500, devono cambiare o fallire.» Ho imparato a memoria l'intera lezione, ma tengo comunque gli occhi inchiodati sul foglio. Devo solo abituarmi a questa circostanza inaspettata; devo solo riuscire a finire questa prima lezione.

Oh, merda. Ho dimenticato di parlare del programma. Consegno la pila di fogli allo studente più vicino. «Per favore passali in giro.»

Devo darmi una regolata. Oddio, tre mesi sono un periodo molto lungo.

∿

Connor

Tre ore in un'aula per la prima volta da anni e non riesco a concentrarmi. Sto avendo dei flashback della notte scorsa...

Rebecca al bar, così sexy con le labbra rosse e le gambe lunghe.

Quelle gambe lunghe avvolte intorno a me.

I suoi sospiri d'estasi.

Il suo tenero entusiasmo.

La mia amante, la mia insegnante. *Oh cavolo.*

Lo sapevo. Sapevo che non avrei dovuto iscrivermi a questo corso. Non sono mai andato al college e ho dovuto ottenere un permesso speciale per poterlo seguire. Questo non è il mio posto e ho continuato ad avere dei dubbi da quanto mi sono iscritto. Ma c'è il fatto che diventerò il direttore operativo nonché il braccio destro di mio fratello Dylan, che è l'amministratore delegato. Mi occuperò delle operazioni quotidiane dell'azienda mentre lui farà i programmi e si occuperà delle questioni più importanti. I miei fratelli e io siamo co-proprietari della Byrne Construction (in origine la ditta di mio zio, lato Byrne) e della nuova società correlata, la Rourke Management, che si occupa di sviluppo immobiliare.

Non avevo mai pensato di diventare il direttore operativo perché Dylan si era sempre appoggiato a mio fratello Sean. Aveva senso, Sean è il secondogenito e lui e Dylan sono molto legati. Ma i tempi cambiano. Sean voleva occuparsi del ramo benefico, la Royal Rourke Foundation US (il ramo statunitense della fondazione dei nostri cugini) per ottenere donazioni e altre cose che possano aiutare la comunità in ognuno degli sviluppi immobiliari di cui ci occuperemo, per costruire parchi e campi gioco, ad esempio. Il vero motivo del suo cambiamento è che si è innamorato di un'attrice e vuole essere libero di lavorare da remoto, in modo da poterla seguire sui set dei film o delle serie TV. In effetti, ci ha informati questa mattina che si sono fidanzati ieri sera quando sono finite le riprese del film di Josie ad Atlanta. Quindi immagino che per lui sia andato tutto bene. Jack non voleva questo ruolo, Brendan ha già trovato la sua nicchia, perché si occupa ti trovare nuove proprietà e Beast è troppo giovane e inesperto. Io ho ventotto anni e dieci di esperienza lavorativa alle spalle. Esperienza come costruttore, non manageriale.

Immagino di poter dire che questo corso era stato una reazione istintiva al mio nervosismo all'idea di diventare il direttore operativo. Avevo cominciato a pensare che forse non ne sapevo abbastanza per gestire con successo la nostra società in rapida espansione. Volevo solo essere preparato per quanto possibile, specialmente sapendo che tra qualche mese Dylan si prenderà un congedo di paternità per stare con il suo primogenito. Ricadrà tutto sulle mie spalle e non posso deluderlo.

Appena finisce la lezione, Rebecca ci comunica la sua ora di ricevimento e si unisce in fretta alla fila di studenti che stanno uscendo, senza darmi un'altra occhiata. Ho la sensazione che mi stia evitando, non mi ha quasi mai guardato in tutte le tre ore, ma dobbiamo affrontare il problema. Ho visto com'era agitata quando ha alzato gli occhi e mi ha visto seduto in fondo all'aula. Io ero rimasto altrettanto scioccato quando era entrata. La gatta selvatica della notte scorsa è un'insegnante di economia con un MBA e un'esperienza di lavoro impressionante. Per un attimo mi sono meravigliato che le nostre strade si siano incrociate non una ma due volte. Penso che normalmente non sarebbe mai successo, ma due volte? Forse il fato esiste.

Esco in corridoio in tempo per raggiungerla. Sta parlando con un altro studente. Aspetto che il tizio se ne vada e mi avvicino appena è da sola. «Ehi.»

Le sue guance si tingono di rosso. «Salve. Uh, devo...» Indica il corridoio come se avesse bisogno di andare.

«Ti accompagnerò fuori.»

«Non è appropriato» dice sottovoce, continuando a camminare in fretta.

«Stiamo solo camminando. Non mi ero reso conto che tu fossi Rebecca Edwards. Non conoscevo il tuo cognome. È una coincidenza veramente bizzarra.»

Lei abbassa la voce. «Sapevo che ieri sera era un errore.» Gesticola selvaggiamente. «Mi prendo sempre tutto il tempo, faccio le ricerche...»

«Ricerche?»

«Tu non cerchi su Google le persone con cui sei coinvolto?»

«Uhm, no.»

Alza il mento. «Beh, io sì.» Accelera.

Tengo il passo. «Guardiamo i fatti.»

Lei scuote la testa. «Avrei dovuto rivedere con più attenzione l'elenco degli studenti.»

«Non ti avevo mai detto il mio cognome, ricordi che avevamo scherzato sul fatto che avessi solo il nome, come Prince?»

Il rosa sulle sue guance si espande verso il collo. Sta ricordando che eravamo nudi e accoccolati a cucchiaio quando abbiamo avuto quella conversazione. Se non fossi stato così stanco, avrebbe portato a inforcarla di nuovo. Reprimo un sorriso al mio silenzioso e stupido gioco di parole. Voglio che torni quella calda sensazione tra di noi. Decisamente non voglio che passi così in fretta.

«Rebecca, so che è stata una sorpresa per entrambi, ma non cancella la notte scorsa.»

«Shh!» Smette di camminare e si avvicina. Niente rossetto rosso oggi. È rosa. Un rosa tentatore. Dio, com'è bella. «Ovviamente non ci può essere più niente tra di noi. Per favore, cancella il mio numero e fingiamo che la notte scorsa non sia mai successa.»

«E se non volessi fingere che non sia mai successa?»

Lei stringe i suoi pallidi occhi azzurri. «Devi farlo. Sono solo un professore associato e questo è il mio primo corso. Voglio che questo lavoro funzioni.»

Abbasso la voce a un tono roco. «E se avessi bisogno di un aiuto extra?»

Lei si irrigidisce. «Allora potrai vedermi durante l'ora di ricevimento il giovedì sera.»

Chino di lato la testa. «Non è pericoloso, tu, io, in un ufficio da soli la sera?»

«Non credo che tu stia prendendo la faccenda abbastanza sul serio» dice a denti stretti.

Io sto scherzando, ma chiaramente non è il momento giusto. «Fidati, non ho intenzione di fare niente che possa metterti nei guai.» Lei annuisce e poi il diavolo ha la meglio su di me. «A meno che tu decida che non vuoi darmi il massimo dei voti.»

Lei mi dà un colpetto sulla spalla. «Non è divertente.»

«È una coincidenza assurda. È questo che la rende buffa. Un po', almeno.»

Lei apre la bocca e poi la richiude di scatto. Volta sui tacchi e si allontana, con la testa alta.

La guardo allontanarsi per un momento, cercando di capire che cosa fare. Ci vedremo ogni sabato mattina. E magari il giovedì sera se ho bisogno di un aiuto extra. *È così sbagliato.* Giuro che di solito non sono così diabolico. Quello è mio fratello Brendan. Io sono l'angelo della famiglia. Almeno è ciò che i miei genitori dicevano sempre. Sono il quartogenito e dicono che ero talmente un angioletto che avevano deciso di averne un altro. Il figlio successivo, Brendan, li aveva stupiti per il suo comportamento dispettoso (lo chiamavano "diavoletto"). Sono piuttosto sicuro che Beast (Garrett) sia stato un "oops", perché dopo di lui mio padre si era fatto fare una vasectomia e la nostra famiglia si era fermata a cinque maschi turbolenti e me, l'angelo. Non sono poi così angelico, solo un po' riservato, e tengo i miei pensieri per me. Immagino che i miei genitori avessero apprezzato un po' di quiete. Ah-ah.

Continuo a camminare lentamente, mantenendomi a una certa distanza da lei. Sono quasi sicuro che ci stiamo dirigendo alla stessa fermata della metropolitana. Viviamo entrambi nel quartiere Flatbush di Brooklyn. Decido di fermarmi a prendere un caffè, per darle un po' di vantaggio. La ritroverò più tardi in treno. Ovviamente non è pronta ad avere a che fare con me, sia come favoloso amante sia come studente così-così. Sono sicuro che allora abbia cantato le mie lodi. Dovrò rammentarglielo la prossima volta che la vedrò.

Fuori dall'aula, ovviamente.

5

Rebecca

Ce l'ho fatta. Sono sopravvissuta alla mia prima lezione, nonostante lo studente che non mi aspettavo. Non sono svenuta, non sono uscita di testa né mi sono messa in imbarazzo in nessun modo. Scendo le scale della metropolitana. In effetti potrei addirittura dire che oggi è stato un successo. Ho perfino preso un caffè freddo per festeggiare. Bevo l'ultimo sorso e getto il bicchiere nella pattumiera. Una volta superata la prima mezz'ora, mi sono rilassata e penso di aver avuto qualche discussione di classe interessante e significativa. Non con lui. Lui è rimasto in silenzio. Grazie al cielo perché non credo che sarei riuscita a ignorarlo così facilmente se avesse partecipato.

Mi cadono le spalle quando mi invade il senso di colpa. Non è giusto sperare che Connor non partecipi per il resto del semestre. Si è iscritto a questo corso per imparare qualcosa e questo significa far parte delle discussioni di gruppo. Sabato prossimo, durante la pausa, lo tirerò discretamente da parte e lo incoraggerò a partecipare. Sono sicura che, col tempo, diventerà più facile per me sentire la sua profonda voce sexy e vedere il suo stupendo... *tutto*. Espiro bruscamente. Mi sto veramente comportando in modo superficiale. Il mio progetto di vita dice che è il momento per me di trovare un vero compagno, qualcuno che vada bene nel lungo periodo, qualcuno di *adatto*. Connor Rourke è l'esatto opposto di ciò di cui ho bisogno a questo punto nella mia vita.

Sono sicura che potrei essere licenziata per essere andata a letto con uno studente. Non oso chiederlo a nessuno. Dovrò andare a controllare discretamente il manuale. È un territorio veramente rischioso, specialmente per un nuovissimo professore aggiunto, in prova. Non sono sicura di riuscire a nascondere l'attrazione se continueremo a vederci e mi lascerò coinvolgere più profondamente. E se gli altri studenti pensassero che ho dei favoriti? Sarebbe orribile per la mia reputazione.

La chiave è mantenere confini decisi.

Scendo sul binario per aspettare il mio treno e prendo il telefono. Solo per chiudere definitivamente la porta "Connor", controllo la politica ufficiale sulle relazioni professori-studenti. Nessuna sorpresa. Sono strettamente proibite anche a livello universitario e l'unica eccezione sono circostanze straordinarie che devono essere approvate dal supervisore per eliminare qualunque possibilità di conflitti di interessi. Non c'è la benché minima possibilità che io vada dal rettore Sears, amico intimo di mio padre dal college, per chiedergli il permesso speciale di continuare a vedere un tizio con cui ho fatto sesso una volta. Io, un'insegnante in prova. Non riesco nemmeno a immaginarlo. Non solo sarebbe orribilmente imbarazzante chiedere al mio capo un permesso che probabilmente non mi accorderebbe, ma sono sicura che il rettore Sears lo direbbe a mio padre. I miei genitori sarebbero così sbalorditi e delusi. Prendono molto sul serio il loro lavoro di insegnanti – mio padre è stato nominato Insegnante dell'Anno a New York l'anno scorso – e non incoraggerebbero mai e poi mai una relazione professore-studente. Non accetterebbero mai Connor. Sarei già fortunata se non mi ripudiassero.

Okay, quindi ci siamo divertiti, ed è tutto. Prima o poi mi sentirò a mio agio a insegnare in una classe dove c'è lui. Tutto ciò che devo fare è tenere saldi quei limiti. Mantenermi professionale.

Dondolo sui piedi. Speravo veramente che ieri notte fosse l'inizio di qualcosa di più, è il primo uomo con cui mi sono trovata immediatamente a mio agio. Tutto è sembrato così facile, così naturale. Mi dispiace veramente di non poter continuare. A volte, fare la cosa giusta fa veramente schifo.

Mi concentro nuovamente sul telefono e vado su Google. Fare una ricerca personale solo per soddisfare la mia curiosità su quella storia della famiglia reale non significa superare i limiti, mi dico. Per strada, mentre venivo qua, ho ricordato altre cose dei Rourke. Quando ero in Inghilterra per lavoro la primavera scorsa, nei notiziari parlavano del matrimonio regale Rourke nella vicina Villroy. Il particolare più importante era che lo sposo proveniva dal ramo esiliato della famiglia e sono quasi sicura che venisse da New York. Il mio cuore accelera al pensiero che potrei aver fatto sesso con un vero principe la notte scorsa. Scrivo "Rourke Villroy New York" e appare una quantità impressionante di articoli e immagini. Parlano moltissimo di Dylan Rourke.

Ho la sensazione improvvisa che qualcuno mi stia fissando e guardo negli occhi proprio lui. Non Dylan. L'uomo che non la smette di seguirmi!

Rimetto in fretta il telefono in borsa, con il cuore che fa un balzo, le guance rosse.

Connor getta il bicchiere di caffè nella pattumiera prima di avvicinarsi. «Rilassati, non ti sto seguendo. Viviamo nello stesso quartiere.»

Oh, perfetto, quindi possiamo prendere insieme la metropolitana ogni sabato, penso, ma non lo dico perché non sono così meschina. *E probabilmente lo incontrerò in giro per il quartiere.*

Uffa! Come farò a mantenere dei confini ben delineati continuando a vederlo dappertutto? Sono solo un essere umano e sono incredibilmente attratta da lui. La distanza è la mia unica difesa contro la tentazione.

«Non devi sembrare così inorridita al pensiero che siamo vicini da casa» mi dice. «Ieri notte sembrava che ti piacessi abbastanza.»

Mi guardo attorno, controllando se c'è il volto familiare di qualche studente. Via libera. Anche se non sono sicura di riuscire a riconoscere ognuno dei miei venti studenti in questa folla. Incrocio le braccia e dico con la mia voce più severa: «Non dovrei essere vista con te fuori dalla classe, a meno che sia durante l'ora di ricevimento».

Lui mi studia così a lungo che devo cercare di non agitarmi. *Sospetta che lo stessi cercando su Google? Che anche adesso trovo difficile resistergli?* «Sei proprio fissata con le regole, vero?»

Oh, bene, non sospetta niente. Rilasso le braccia. «In questo caso sì.»

Lo stridio dei freni annuncia che il treno è arrivato. Mi precipito a salire appena scesi tutti i passeggeri. Sono fortunata e trovo un sedile vuoto da tre posti nella parte frontale della carrozza, il tipo migliore. Visto, non è così strano, orribilmente imbarazzante oggi. Mi siedo accanto al finestrino e metto la borsa portadocumenti sul sedile in mezzo. Ah, spazio.

Connor si siede sul terzo posto e io reprimo un gemito. Non capisce l'importanza di questa situazione insegnante-studente-amante? Dobbiamo stare lontani.

Passa qualche minuto e lui resta semplicemente lì, seduto, in silenzio, come se fosse uno sconosciuto qualsiasi seduto in metropolitana, ma sappiamo entrambi che è più di quello. L'ho visto nudo. L'ho baciato, toccato, assaporato. Mi bagno a quel ricordo libidinoso. *Basta con il porno cerebrale. Basta! Smettila! Per sempre. Il porno cerebrale è ufficialmente disattivato.*

Mi volto verso di lui, decisa a prendere il controllo della situazione. «Non ti rendi conto della difficile circostanza in cui mi trovo? È il mio primo lavoro da insegnante e voglio veramente che vada bene. Lavoro lì part-time e sono in prova. Non posso mandare tutto all'aria.»

«Non succederà.»

«Non posso stare con uno studente!»

Lui si sposta sul sedile in mezzo, appoggiandosi la borsa sulle gambe e mi sussurra all'orecchio: «Ti aiuterebbe sapere che sto seguendo il corso solo come uditore e che non avrò una valutazione ufficiale? Ho avuto un permesso speciale per seguire il corso da uno dei vicerettori».

Sospiro di sollievo perché non ha trattato direttamente con il rettore Sears perché è quello il mio capo e l'amico di mio padre. *Non* voglio che ci sia un collegamento, in nessun senso.

Mi sposto per guardarlo e all'improvviso siamo molto vicini, abbastanza da baciarci. Ignoro la botta di calore, ignoro il polso che accelera e mi sposto con nonchalance fuori dalla portata di bacio. «Perché stai seguendo il corso?»

La sua voce è una carezza di seta, distensiva, morbida, affascinante. «Non frequento la facoltà di economia. Volevo solo imparare qualcosa di più prima di passare a un ruolo manageriale al lavoro. Non sono mai andato al college. Dovrei fare quello prima di poter passare alla facoltà di economia.»

«È l'unico corso che hai intenzione di seguire?»

«Probabilmente. Non è facile farli coesistere con il lavoro.»

Mi appoggio all'indietro sul sedile, riflettendo su questa nuova informazione. Un corso, il *mio* corso. Non dovrò evitarlo per anni. È più che altro un visitatore. Le cose cambiano?

No, l'immagine non migliora. *Sembra* uno dei miei studenti. E non c'è modo che lui aspetti tre mesi perché finisca il mio corso. Ci siamo appena incontrati e guardatelo, ovviamente può avere tutte le donne che vuole.

Dovrei chiedergli se aspetterebbe che il corso finisca per stare con me? Ma se la vedesse come una cosa casuale? Aspettarmi rientrerebbe nel territorio di una relazione seria.

«Va tutto bene adesso?»

Sospiro. «Resta un problema. È una brutta situazione, potrebbero licenziarmi perché sto con uno studente.»

«Ma tu non dovrai darmi un voto. Non è diverso?»

Non riesco comunque a immaginare di chiedere al rettore Sears un permesso speciale per vedere Connor. Come farei a spiegarmi? Ci siamo incontrati in un bar la sera prima del corso e non conoscevo il suo cognome, quindi è stata tutta una sorpresa. Sembra brutto, anche tralasciando la parte del sesso. Super casuale e frivolo. Devo apparire come il professore che vorresti avere nel tuo staff a tempo pieno. E non voglio che la cosa arrivi ai miei genitori.

«Sembri comunque uno studente» dico fermamente. «Gli altri studenti ti vedranno come uno di loro.» *E io mi tradirei.* Non sono per niente sicura di riuscire a nascondere la mia attrazione se continuerò a vederlo. La mia libidinosa banca dati sarà piena di molte, molte notti piene di orgasmi multipli. Uffa. Che schifo. Ho finalmente trovato la passione e ora devo dirle addio. E nemmeno con un bacio. Solo un addio. Basta baci meravigliosi, basta orgasmi meravigliosi da parte di quest'uomo meraviglioso. È la mattina dopo peggiore di sempre.

Connor mi prende la mano e mi accarezza il polso con il pollice. Sento un brivido che risale lungo il braccio. «Non voglio nemmeno io che ti licenzino, quindi se lo tenessimo solo per noi?»

Tolgo la mano dalla sua. Non posso lasciarmi tentare. «No.»

Lui guarda in avanti. «Okay.» Mi passa la borsa portadocumenti.

Ma la metto in grembo, appoggiando sopra la borsetta. È

tutto, eh? Pensavo che gli sarebbe interessato di più. Deve averlo visto come un incontro casuale.

Digrigno i denti e mi volto. Seriamente, dopo tutte le cose sconce che ci siamo fatti a vicenda la notte scorsa! Sono scocciata e anche conscia dell'ironia della situazione. Non posso semplicemente farne a meno. Detesto ammetterlo perché sto cercando di resistere e fare la cosa giusta, ma sarebbe stato carino se anche lui fosse seccato. Immagino che sia meglio così. Certo, il sesso sarebbe stato fantastico, ma se non porta da nessuna parte, qual è lo scopo? Non è quello che voglio. Mi conosco.

Gli do un'occhiata. Ha gli occhi chiusi, come se stesse per fare un pisolino. *Davvero? È seduto lì, proprio accanto a me in un sedile a tre posti e mi ignora?*

Gli sussurro all'orecchio: «Visto? Ho appena dimostrato che avevo ragione. Non sei serio riguardo a noi due, quindi perché dovrei rischiare il mio futuro solo per il sesso?».

Lui non si prende la briga di aprire gli occhi. «Che sesso? L'ho dimenticato, come hai detto tu.»

Sprofondo nel mio sedile. Gli ho detto di dimenticarlo, ma perché dev'essere così accomodante?

«Va bene» gli assicuro. «L'ho dimenticato anch'io.»

Lui sorride, con i denti che brillano bianchi sullo sfondo della barba scura. «No, non l'hai dimenticato.»

Così spavaldo, così arrogante, così maledettamente sexy. Mi rifiuto di farmi attirare. L'unica cosa da fare è ignorarlo. Dobbiamo imparare a coesistere senza interagire troppo da vicino se vogliamo arrivare alla fine del semestre.

Prendo il telefono dalla borsa e lo volto in modo che non lo veda se aprirà gli occhi. Un momento dopo sto facendo scorrere le fotografie del matrimonio di Dylan Rourke. *Oh mio Dio, è lui!* Il Costruttore Sexy è veramente un principe in incognito. Oddio, va male. È una doppia fantasia per me, in un unico pacchetto, un ristrutturatore regale. Che possibilità c'erano che incontrassi un uomo che spunta tutte le caselle della mia fantasia? Prima di diventare una fan degli show dei costruttori sexy, prima di fantasticare sull'uomo sexy con gli attrezzi, fantasticavo su un principe. Mi avrebbe portato via, nel suo palazzo dove sarei vissuta con tutti i bei vestiti e i cavalli che una ragazza poteva sognare. Ero un po' più giovane quando era cominciata quella fantasia, ma resta eccitante pensandoci. Come farò a resistere alla tentazione per tre lunghi mesi? Specialmente sapendo che è un ristrutturatore regale che regala orgasmi multipli. È così ingiusto.

Gli do un'occhiata, sta ancora riposando con gli occhi chiusi. «Sei un principe.»

Lui apre di occhi di una fessura. «Mi stai cercando su Google?» Sembra divertito.

«Perché non mi avevi detto di essere un principe?»

Lui chiude gli occhi, con un'espressione compiaciuta sul bel viso. «Peccato che tu non sia interessata, perché sono veramente un buon partito.»

«Già» borbotto.

Dato che ha gli occhi chiusi, torno immediatamente su Google e leggo la storia affascinante e complicata del legame della sua famiglia con questo regno lontano. Suo padre aveva abdicato al trono per sposarsi per amore. È così romantico! Non mi meraviglia che il principe Connor mi abbia presa in braccio quando sono caduta. Ha quelle galanti maniere regali nei suoi geni.

Sospiro nostalgicamente e mi rendo conto di colpo che il treno si è fermato e che Connor è in piedi. È la mia fermata. Prendo la mia roba e mi affretto a scendere.

Lui mi segue. *Ah, diavolo. Adesso si scoprirà che vive a un isolato dopo il mio.* Questo è il modo dell'universo di ricordarmi che deviare dal mio progetto di vita crea solo casini. È il motivo per cui ho questo progetto, tanto per cominciare.

«Puoi rilassarti» dice, mentre saliamo le scale per uscire dalla metropolitana. «Abito a tre isolati da te. Mi vedrai solo se lo vorrai.»

Tengo gli occhi fissi in avanti e mi sforzo di assumere un tono sereno, rilassato. «Non è un problema. Tu vivi la tua vita e io vivrò la mia. Semplicemente, non tornare al Twisted Chord.» Lui è nuovo del quartiere e quello è il mio bar preferito. Mi piace per la musica dal vivo e il fatto che il bar sia vicino al mio appartamento. Lui può trovare qualche altro posto dove raccattare donne. Di sicuro non voglio assistere.

«Perché, stai riservando quel posto per te?»

«Sì. Ci vado da anni e non ti ho mai visto lì prima di ieri sera. Mi sono guadagnata il diritto di frequentarlo.»

Raggiungiamo il marciapiede e lui continua a camminare con me verso il mio palazzo. «E se volessi una birra?»

«Puoi comprare una confezione da sei nel tuo negozio di liquori.»

«Intendi dire quello nel tuo isolato?»

«Quello che vuoi.»

Connor mi afferra il braccio, fermandomi. Ha le mascelle serrate e la frustrazione è evidente quando parla. «Vuoi che smetta di seguire il corso?»

Sento lo stomaco che si stringe e deglutisco, travolta dal senso di colpa. «No. Non voglio. Hai tutti i diritti di essere lì. Spero che lo troverai utile.»

«Okay. Allora, a un certo punto smetterai di essere ostile nei miei confronti?»

Sono sbalordita. Stavo solo cercando di mettere dei paletti. «Non sono ostile. Sono solo rimasta sorpresa. La settimana prossima andrà meglio. Lo prometto.»

Lui inclina la testa e continuiamo a camminare in silenzio. Il mio cervello è una matassa intricata di pensieri in conflitto. Voglio continuare a vederlo, ma so bene quanto sia ipocrita e sbagliato. Il fatto è che lui è tutte quelle cose che trovo affascinanti – un principe e un costruttore – e di sicuro il miglior amante che abbia mai avuto. Scommetto che è abilissimo con le mani. Probabilmente è in grado di fare quei complessi lavori di falegnameria che adoro, nelle modanature e nei mobili antichi.

«Sei bravo nel tuo lavoro?» gli chiedo.

«Sì, penso di sì.»

«Che cosa fai esattamente?»

«So fare di tutto. Mio zio, il precedente proprietario della ditta, mi ha fatto lavorare a rotazione in tutti i settori: cartongesso, parte idraulica, elettrica, tetti...»

«Falegnameria?»

Le sue labbra si curvano e i suoi occhi azzurri scintillano di buonumore. «Sì, anche quello.»

Mi mordo il labbro. È proprio come la mia fantasia *Reno Magic*, dove sono in cantiere con il conduttore sexy, Clint Owens, e stiamo scambiando battute sugli attrezzi e il legno e roba simile e poi di colpo ci stiamo dando dentro sul parquet restaurato di recente. *No, devo rimanere forte.*

Qualche momento dopo arriviamo davanti al mio palazzo. Connor mi guarda negli occhi. «Sembra che siamo arrivati a casa tua.» Vuole sapere a che punto siamo. Forse intuisce la mia confusione. Il mio cervello e il mio corpo sono in lotta per la supremazia. E il mio cuore non sa che cosa fare. Non so a che punto sono con lui. E non so se valga la pena rischiare la mia carriera per ciò che abbiamo, che poi è veramente una sola notte.

«Connor» dico, e siamo veramente solo noi due, Connor e Rebecca, non lo studente-principe-restauratore Connor Rourke e la professoressa Rebecca Edwards. La verità è che lui non è solo una fantasia, ma è un uomo vero con veri sentimenti e non voglio giocare con lui. So qual è la cosa giusta da fare. Devo solo trovare la forza di farla.

La sua voce è sensuale, e mi fa venire le ginocchia molli. «Sì, Rebecca?»

Apro la bocca e la richiudo di nuovo. *Respiro profondo. Strappa via il cerotto.* «Ci vediamo in aula la settimana prossima.»

Lui fa un passo indietro, con le labbra strette, prima di rivolgermi un cenno con la testa e incamminarsi verso casa sua.

Ho fatto la cosa giusta. Ne sono sicura. Allora perché mi fa male il petto come se avessi appena perso qualcosa di importante?

6

Connor

Mi lascio cadere pesantemente su una sedia pieghevole al tavolo da pranzo improvvisato, solo una tavola di legno su due cavalletti, e grugnisco un salve ai ragazzi, Brendan, Beast e alcuni nuovi membri della squadra. Il mio sonno è andato in malora. Sono passati due giorni dal mio momento *insegnante sexy*. Mi rifiuto di pensare alla nostra notte insieme, ed è facile durante il giorno quando sono abbastanza preso da essere distratto. Il problema è la notte. Mi giro e mi rigiro prima di addormentarmi e poi la sogno, svegliandomi duro come una roccia. La pelle morbida, gli occhi azzurro pallido, le labbra rosa piene, tutto di lei è inciso nel mio cervello. Devo dimenticarla, lo so, ma è impossibile. Il fatto è che sembrava avessimo ingranato subito. Ridevamo delle stesse cose, la conversazione era facile e il sesso fantastico. Che possibilità c'erano che mi imbattessi in lei due volte in due giorni? Mi sono appena trasferito nel quartiere, quindi incontrarla al bar era una cosa, sono tutti nuovi per me lì. Ma che probabilità c'erano che la vedessi alla NYU?

Smettila di pensare a lei.

Scarto il mio solito sandwich – patatine su fette di roast-beef e formaggio provolone – e ascolto il chiacchiericcio intorno al tavolo, qualcosa su un club underground. Abbiamo aumentato il personale per questo progetto, motivo per cui non conosco così bene alcuni della squadra. Stiamo ristrutturando una vecchia fabbrica di funi marittime nell'ex area industriale sul litorale di Brooklyn, convertendola in spazi commerciali in stile loft, sperando di attrarre affittuari nel settore tecnologico e artistico. Entra moltissima luce dalle grandi finestre ad arco e la vista dello skyline di Manhattan è spettacolosa. Parte della nostra idea filantropica per questo spazio è di includere degli studi a prezzo abbordabile per persone che hanno bisogno di grandi spazi per i loro progetti artistici, come lavori di falegnameria e metallo, o artisti della ceramica. Il terreno circostante necessita di un nuovo molo che diventerà prima o poi parte di un piccolo parco in riva al mare con un percorso pedonale e uno spazio erboso per i picnic e per prendere il sole. Finora è il nostro progetto più ambizioso e comincio a sentire la pressione della parte commerciale, specialmente dato che lo sta finanziando la nostra famiglia. Grazie a Dio, continuare a lavorare con la squadra mi mantiene sano di mente. Non potrei mai essere un tipo completamente da scrivania.

Brendan prende il telefono e si lamenta. «Chi ha aggiunto la mamma al nostro gruppo di messaggistica? Gente! Il mio telefono continua a suonare con le notifiche. Non tutto quello che diciamo nel gruppo è adatto alle sue orecchie.» I ragazzi della squadra sogghignano. I miei fratelli e io abbiamo un gruppo per i messaggi.

Brendan fa scorrere i messaggi, borbottando. «La pagheremo tutti.» Alza la testa, guardando me e Beast. «Chiunque l'abbia fatto, deve cancellarla.»

«Ma lo noterà se la eliminiamo» dice Beast, tradendosi. «Pensavo solo che sarebbe stato più facile trovare una data che funzionasse per tutti per la festa di fidanzamento di Sean e Josie.»

Brendan agita in aria il telefono. «Non smette mai di mandare messaggi.»

«Crea un gruppo separato, senza di lei» gli dico.

Beast comincia ad armeggiare sul telefono. È il piccolo della famiglia. La mamma lo chiama il suo orsacchiotto. È probabilmente il motivo per cui si è pompato tanto, per liberarsi da quel nomignolo. Ammetto che ora assomiglia più a una bestia che a un orsacchiotto. Specialmente da quando si è tagliato i capelli a spazzola. I capelli così corti fanno veramente sembrare la sua faccia più spigolosa e dura. Tutto fumo e niente arrosto, per nascondere il suo lato segretamente sensibile.

Mio fratello maggiore, Jack, si siede e appoggia una bottiglia di salsa piccante sul tavolo. Ha i capelli scuri più lunghetti in cima, acconciati con qualche tipo di prodotto che lo fa sembrare più hipster di quanto sia. Scarta il suo sandwich. «Qualcuno vuole della salsa piccante? È una nuova miscela di Lola.» È il ristorante della sua amica. Per quanto ne so, non vendono condimenti.

Nessuno fa una mossa per prendere la salsa piccante. Jack è il re degli scherzi e siamo stati tutti bruciati in passato, perfino i ragazzi nuovi. Specialmente quelli nuovi. Peccato per loro, visto che ora Jack è il capocantiere.

«Assaggiala prima tu» dico, mangiando un boccone del mio sandwich.

«Già fatto» dice compiaciuto. «È nel mio sandwich.»

«Preferirei vederti prenderla direttamente dalla bottiglia» dico.

Jack cerca di fare l'offeso, spalancando gli occhi. «Dai, gente. Sapete che ho ridimensionato i miei scherzi. La mia fidanzata mi ha aperto gli occhi su com'è quando sono io la vittima designata.» Gli piace dire *la mia fidanzata*. L'ha già detto un centinaio di volte e sono fidanzati da sole tre settimane.

Brendan si mette a ridere. «Te l'ha proprio fatta a Las Vegas.»

«Non una volta sola» dice Jack.

Tutti cominciano a fare domande su che cos'altro ha fatto Riley.

Jack alza una mano. «Non ho intenzione di condividere i particolari più raccapriccianti. Dirò solo che quella donna subdola mi ha dato una lezione.» Un sorriso da imbranato gli fiorisce sul volto mentre apre una bottiglia d'acqua. Lui non ha idea di quanto appaia idiota con quel sorriso sognante. Jack innamorato è sia irritante sia divertente. È la prima volta in cui ha una vera relazione e c'è cascato in pieno. Sono felice per lui, ma devo prenderlo un po' in giro. È quello che facciamo tra fratelli.

Scatto una fotografia alla sua espressione ridicola e gliela mostro. «Guardate il babbeo.»

Lui sorride. «È così che appare un uomo innamorato.» Afferra la bottiglia della salsa piccante e ne lascia cadere qualche goccia direttamente sulla lingua. «Visto? È solo... brucia-brucia-brucia.» Afferra la bottiglia d'acqua e la tracanna, con la faccia rossa.

E tutti si mettono a ridere.

«Il pane funziona meglio dell'acqua» dice Beast tra una risata e l'altra.

Getto un pezzo di pane del suo sandwich in testa a Jack, che ride e poi tossisce come un matto.

«Non è veramente così piccante» afferma, respirando a fatica «Solo non usatela da sola.»

Dylan, il maggiore dei nostri fratelli e amministratore delegato, entra dicendo con la voce tuonante: «Ehi, tutti. Sembra che sia giusto in tempo per il pranzo». Assomiglia a nostro padre più del resto di noi, non solo come lineamenti, ma per l'innata sicurezza di sé e la postura. Papà e Dylan sono entrambi leader nati. Solo che invece di essere rispettivamente il re e il principe ereditario, sono diventati il capo della famiglia e amministratore delegato. Sono comunque dei leader nelle cose che contano.

«Perché sei così di buonumore?» chiede Brendan, con la bocca piena di patatine frette. «Hai una pista per una nuova proprietà?»

Dylan ci aveva detto di avere un appuntamento questa mattina, ma non ci aveva rivelato di che cosa si trattava. Non so a che cosa stia pensando Brendan. Non abbiamo i fondi per comprare un'altra proprietà mentre stiamo ancora lavorando su questa.

«Hanno approvato la torre idrica?» chiedo perché è il nostro problema più pressante in questo momento.

Il sorriso di Dylan svanisce. «No a entrambe le domande. Connor, dobbiamo parlare della torre idrica.» Si avvicina e alza il telefono. «È una bambina. Abbiamo appena fatto l'ecografia.»

Ci chiniamo tutti in avanti, cercando di capire qualcosa dalla macchia bianca e nera sgranata.

«Come fai a capirlo?» chiede Beast.

Dylan stringe i denti.

«Congratulazioni» dice Beast, e ci uniamo tutti alle congratulazioni, sia pure in ritardo.

«Io non riesco ancora a capire che è una femmina» dice Brendan, alzandosi e spostandosi per guardare oltre la spalla di Dylan. «Che cos'è quella cosa lunga?»

Dylan mette il palmo della mano sulla faccia di Brendan e spinge. «È il cordone ombelicale, idiota. Non c'è il pene. Visto? È una bambina.» Dylan fissa il suo telefono, con un sorriso enorme sul volto. «Una figlia.» Ci guarda tutti, con gli occhi pieni di lacrime. «Diventerò papà.» Scuote la testa, sembra ancora sorpreso. «Riuscite a credere che diventerò padre?»

Io deglutisco il groppo che ho in gola. I miei fratelli

maggiori si stanno sistemando, sposando, fidanzando e ora Dylan diventerà presto padre. E io sono fissato su una donna che non posso avere. Ho lo stomaco sottosopra, gli occhi che pungono per la mancanza di sonno. Detesto sentirmi geloso. Ma Dylan sembra così felice e io tutt'altro. Ecco tutto. La vedrò di nuovo. Non so dove o quando; devo solo giocarmela nel modo giusto. Ci parleremo a faccia a faccia e troveremo un modo per poter stare ancora insieme.

Mi rivolgo a Dylan: «Sarai un padre meraviglioso. Ti sei sempre occupato di noi quando eravamo bambini». Colgo lo sguardo di Jack. «Ricordi quando hai preso a pugni sul naso Andy Wilson perché ci aveva rubato il pranzo?»

«Sì, è stato favoloso» dice Jack. «Andy Wilson. Che coglione, rubare ai ragazzi più piccoli.»

Dylan si lascia cadere lentamente sulla sedia vuota accanto a me. «Oh, merda. So come comportarmi con i fratelli. Non ho mai avuto una sorella. Una ragazza è una cosa completamente diversa.»

«Ariana ha una sorella» gli dico. «Saprà che cosa fare.» Ariana è sua moglie. È cresciuta nella casa di fianco alla nostra, una ragazza tranquilla, sempre con un libro in mano. Avevo una specie di cotta per lei, quando eravamo più giovani, ma lei aveva quattro anni più di me, quindi non avevo nessuna possibilità.

Dylan si passa la mano sulla guancia. «Ariana è la sorella minore. È Rosalie che si occupava di lei. Non credo che sappia nemmeno lei che cosa fare.» Guarda la gente intorno al tavolo, come se stesse cercando risposte. Nessuno di noi è un padre. I nuovi membri della squadra stanno parlando di feste e sesso. Torniamo in silenzio a mangiare, senza riuscire a suggerire qualcosa.

Brendan si siede davanti a me e solleva il suo sandwich al pollo, tenendolo appena fuori dalla bocca. «Non preoccuparti, Dylan. Sono sicuro che le ragazze siano proprio come i maschi.» Dà un morso al suo sandwich, mastica e continua.

«Eccetto i capelli.» Ingoia il boccone e continua, con aria pensierosa: «E i nastri e i vestiti e tutto quel rosa...». Smette di parlare davanti allo sguardo di pietra di Dylan e dà un grosso morso al suo sandwich. Credo proprio che ci sia di più nell'allevare una femmina dei nastri e vestirle correttamente, ma, diavolo, nemmeno io so niente su come si alleva una ragazza. Erano un mistero quando ero un ragazzino e lo sono solo leggermente meno adesso che sono adulto. I loro processi mentali sono complicati e sembra che conti ogni sfumatura. Non credo che il mio tono o la mia espressione significhino la metà di ciò che sostenevano le mie ex. Io sono veramente "quello che vedete è ciò che avrete", non c'è nessun profondo significato segreto in ciò che dico.

Dylan lascia andare il fiato. «Troverò una soluzione. È il motivo per cui mi prenderò tre mesi di licenza all'inizio, per creare immediatamente un legame.»

Sento le spalle che si irrigidiscono. È il motivo per cui sono diventato direttore operativo così in fretta, in modo da poterlo sostituire durante la sua assenza. Non posso fare casini.

«Fino agli anni dell'adolescenza» aggiunge inutilmente Jack, con un sorriso. Cerca continuamente di causare guai. Grazie al cielo adesso ha una *fidanzata* per tenerlo a freno. «Non dovrai semplicemente permettere a tua figlia di uscire con un perdente.»

«Non mi stai aiutando» dice seccamente Dylan.

«Ignoralo» dico.

Dylan mi batte una mano sulla spalla. «Mi aiuta il fatto di avere Connor alla guida quando sarò assente. E, parlando di questo, ho bisogno che tu domani vada a una riunione in città, riguardo la torre idrica.»

Reprimo un gemito. Quella torre idrica è un vero pugno nell'occhio sulla nostra proprietà – arrugginita e coperta di graffiti – ma i residenti locali la vedono come un monumento storico e vogliono che resti. È proprio nel bel mezzo del futuro parco e potrebbe essere un pericolo se i bambini decidessero di scalarla. È un incidente in arrivo, se lo chiedete a me.

Mi volto a guardarlo. «Me ne occuperò io.»

Lui annuisce, sembra contento e torna a guardare l'immagine sfuocata della sua bambina. «Sapevo di poter contare su di te, Connor.»

IL GIORNO dopo mi trascino verso casa lungo il marciapiede. Sto esaurendo le energie, dopo un'estenuante riunione con i burocrati e un sonno agitato perché *lei* tormenta i miei sogni. Altre riunioni incombono in futuro perché questa è finita senza una decisione finale. Lo stato è: servono altre discussioni. È tardi, sono quasi le quattro, quindi non ha senso tornare al lavoro. Un po' di caffeina potrebbe farmi bene. Queste riunioni non mi piacciono. Sono abituato a essere pratico, a risolvere le cose, ad agire. Niente di queste chiacchiere su chiacchiere che non portano a niente. È solo il secondo progetto di sviluppo per la Rourke Management. Il primo, la conversione di una vecchia scuola elementare in uffici commerciali con un campo gioco accessibile alle sedie a rotelle sul retro è stato un grande successo. Ci siamo guadagnati gli encomi del municipio per aver aumentato il valore del quartiere e anche dei premi per l'eccellenza urbana e la responsabilità sociale. Dovrebbero essere punti a nostro favore ma ci sono dei residenti molto coinvolti in questo nuovo progetto che credono che stiamo tentando di cancellare la loro storia.

Mi fermo in un bar e mi metto in fila, pensando che dovrei concedermi un doppio espresso, anche se di solito prendo il normale caffè della casa. Sto attento coi soldi perché sto risparmiando per comprarmi un posto tutto mio. Ma mi aspettano in città questa sera per vedere la mia futura cognata Josie in uno spettacolo comico (è la fidanzata di mio fratello

Sean, l'attrice). Non voglio addormentarmi mentre recita. Josie è piena di energia contagiosa, quindi immagino che sia veramente spassosa davanti a un microfono. Sarà la prima volta in cui la vedrò recitare.

Un padre con un bambino sulle spalle si porta avanti nella fila e mi fermo, con i peli sulla nuca che si rizzano. È *lei*. La donna che tormenta i miei sogni. Rebecca è la barista che manovra con fare esperto le macchine del caffè. Sento l'adrenalina che mi scorre nelle vene e di colpo sono più sveglio e all'erta di quanto sia stato da... dall'ultima volta in cui l'ho vista. È la *terza* volta che mi imbatto in lei, completamente a caso. Non posso ignorarlo. È come se fosse destino che faccia parte della mia vita. Perché dovrebbe continuare ad apparire sulla mia strada? Di solito non mi fermo per un caffè nel mio quartiere il pomeriggio, durante la settimana. Di solito sono al lavoro. E perché sta lavorando qui? Pensavo fosse una professoressa.

Do il mio ordine al cassiere e mi sposto alla fine del lungo bancone per aspettare il caffè. Rebecca non mi ha notato, ha gli occhi fissi sul suo lavoro. La guardo aggiungere la schiuma, miscelare e richiudere diversi bicchieri. Non posso fare a meno di pensare che ci sia una ragione per cui continuo a imbattermi in lei. Non possiamo ignorare questa cosa tra di noi solo a causa delle strane circostanze in cui ci troviamo. Avevo pensato di invitarla a bere qualcosa con me da qualche parte, ma il fato ha deciso diversamente. E a me sta bene.

È occupata, quindi resto in silenzio finché non annuncia il mio nome perché vada a prendere il caffè e alza gli occhi per vedere chi è Connor. Spera che sia io?

Le sorrido. «Ciao, Rebecca.»

Lei strilla e si porta la mano alla bocca, spalancando gli occhi. Senza volerlo l'ho spaventata.

«Non sapevo che lavorassi qui.» Abbasso la voce. «Perché lavori qui?»

Lei si toglie la mano dalla bocca. «Allarme stalker.»

«Giuro che non sono uno stalker.»

«Okay, stalker.»

«Se fossi uno stalker decente mi aggirerei dalle parti di casa tua. Inoltre, non sei tu quella che mi ha cercato su Google?»

La sua espressione si addolcisce mentre mi guarda per un momento con un'espressione quasi di meraviglia, prima di dire: «Devo tornare al lavoro».

«Quando hai una pausa?»

Lei continua a preparare gli ordini. «Stacco tra mezz'ora. Perché?»

«Potremmo parlare quando stacchi?»

Lei si blocca e poi si volta lentamente verso di me. «Di che cosa?»

«Cose.» Non posso dire niente qui, davanti a tutti. «Come stai?»

Lei sospira e torna al lavoro. «Non preoccuparti per me, ho un progetto per la mia vita.»

Penso in fretta, non voglio perdere quest'occasione. «E io ho bisogno di un progetto per la mia. Mi piacerebbe sapere da un'esperta che cosa ci vuole.»

Rebecca si volta a guardarmi con un sorriso sulle labbra. «Okay, bene. Ti darò qualche consiglio per il tuo progetto se risponderai ad alcune domande su quello che ho trovato su Google.»

«Ha a che fare con Villroy?»

Il suo sorriso diventa più ampio e gli occhi si illuminano. «Sì.»

Non ho mai giocato la carta del principe.

E adesso ho tutte le intenzione di giocarla.

«Affare fatto.»

7

Connor

Mezz'ora dopo, Rebecca mi raggiunge a un tavolino sul davanti del bar. «Ho solo un quarto d'ora.» Apre una bottiglietta d'acqua e beve un lungo sorso. «Puoi spiegarmi perché continuo a imbattermi in te?»

Alzo una spalla. «Sono rimasto sorpreso di vederti qui. Di solito non mi fermo il pomeriggio, ma ho finito presto. Sono stato in questo bar solo un paio di volte, nei fine settimana.»

Mi ficca un dito nel petto. «Giuri di non essere uno stalker?»

Incrocio il mio mignolo con il suo. «Lo giuro sulla vita di mia sorella.»

«Non hai una sorella.»

Rido perché l'ho scoperta: mi ha cercato su Google e ha detto che lo fa prima di uscire con qualcuno. «Dei due, direi che sei tu quella più inquietante, visto che fai ricerche online sulla mia famiglia.»

Lei arrossisce e poi sussurra. «Come ci si sente a essere un nobile?»

Mi chino sul tavolo e le sussurro. «Lo sono in segreto,

quindi non è che lo sappia qualcuno.»

«E?»

«E dato che non lo sa nessuno, mi trattano esattamente come se fossi un tizio di Brooklyn.» Mi tiro indietro e alzo una mano. «E sai, io *sono* un tizio di Brooklyn.»

Lei si appoggia allo schienale, irritata. «Hai detto che mi avresti dato i particolari.»

Proprio non sto riuscendo a giocare la carta del principe. «La verità è che quando si cresce sentendo che tuo padre è stato buttato fuori dal regno per aver sposato tua madre e che tutti noi eravamo chiamati gentaglia, beh, non si ha una bella sensazione pensando alla nobiltà.»

Lei si appoggia la testa su una mano, con un sorriso sognante sul volto. «Com'è il palazzo?»

È una donna che fantastica su un principe. Devo accontentarla, per il bene di entrambi.

Cerco di mettere un po' di entusiasmo nella voce. «Okay, immagina come sarebbe un palazzo reale preso da un libro di fiabe o da uno di quei cartoni animati con le principesse. È così. Una grossa mostruosità di pietra con torrioni e guglie.»

Lei annuisce vigorosamente. «Ho visto una fotografia presa da lontano. È così bello. C'è un fossato?»

«No, solo una grande corte davanti.»

«E dentro com'è?»

«Come un museo.»

Lei agita una mano. «Dai, particolari per favore!»

Ripenso a quando l'avevo visitato la primavera scorsa per il matrimonio di Dylan. C'ero stato anche per il matrimonio di mio cugino Adrian. «Ingresso di marmo bianco, alto due piani, con tappezzeria di seta e un lampadario di cristallo. Un enorme salone da ballo con pavimenti di legno intarsiato, tappezzeria dorata, soffitti affrescati e altri lampadari. Troppe stanze. È come stare in un labirinto, quando si cerca di andare da qualche parte. Le ali est e ovest formano una corte dietro con giardini formali, siepi scolpite e aiuole geometriche.»

Lei sospira. «Wow. Sei così fortunato. Ho visto delle fotografie di te e dei tuoi fratelli al matrimonio di Dylan.»

«Già. Quello sono io. Principe Connor Rourke al tuo servizio.» *Guardatemi, sto cominciando a capire come sfruttare la fantasia del principe.*

Lei sorride, guardandomi da sotto le ciglia. «Non riesco a credere di conoscere un vero principe.»

«Quindi sei veramente appassionata di questa faccenda dei reali, eh?»

Lei si tira indietro, con le guance e il collo arrossati. «È interessante.» Tracanna la sua acqua. *Lei* è decisamente interessante. Mi fa quasi venire voglia di mettermi in contatto con mio cugino Adrian per organizzare una visita in modo che Rebecca possa vedere il palazzo, ma una cosa per volta. Mio cugino è veramente accomodante ed è perfino più facile arrivare là, grazie al jet reale. Innanzitutto però devo fare in modo che Rebecca si senta abbastanza a suo agio da accettare di rivedermi.

«Tocca a te, parlami di questa faccenda del progetto di vita.»

Lei stringe le labbra rosa. La mia mente finisce immediatamente in posti sconci. *Devo. Smetterla. Con. I. Pensieri. Sconci.* «Vuoi veramente saperlo o hai intenzione di prendermi in giro?»

«Voglio veramente saperlo.»

Appoggia la bottiglietta d'acqua. «Fondamentalmente, fai un inventario della tua vita e di dove vorresti vederti nelle varie categorie: lavoro, salute, vita personale, e poi lavori a ritroso, scomponendo i vari passi per arrivarci. Io ho fatto un programma a un anno, tre anni e cinque anni. Ma tu puoi variarlo a seconda di quello che ti serve.»

«Quindi è un po' come un piano aziendale per la tua vita.»

«Esattamente!»

«Visto, ho già imparato qualcosa dal tuo corso.»

Lei sembra sgonfiarsi. «Uhm, bene.»

Idiota. Perché ho dovuto menzionare il corso? È l'esatto motivo per cui la preoccupa frequentarmi.

«Mi piacerebbe fare un progetto di vita. Parlami del tuo in modo che possa pensarne uno per me.»

Lei mi guarda sospettosa.

Mi chino in avanti. «Sono serio. Voglio conoscerlo.» *Più che altro in modo da conoscere meglio te.* Vedere Rebecca oggi ha fatto sì che valesse la pena di avere tutte quelle notti insonni. Solo sentirla parlare e vederla sorridere mi fa rilassare le spalle.

«Okay. Sul lato lavorativo, ho deciso che volevo passare all'insegnamento. È una cosa che fanno e amano i miei genitori e mi piace l'idea di aiutare la gente a crescere nella carriera che hanno scelto. Sono stata fortunata e ho trovato subito un posto. Sono solo un'associata per ora, ma è un inizio. E insegnare mi permette di avere un miglior equilibrio tra la vita e il lavoro. Prima lavoravo cento ore la settimana, ero continuamente in viaggio in tutto il mondo. Era insostenibile e sono arrivata all'esaurimento fisico. Sono sicura che avrei avuto seri problemi di salute se avessi cercato di continuare a quel ritmo. Quasi non dormivo.»

«E adesso riesci a dormire.»

«Sì. Comincio a sentirmi come la vecchia me stessa.»

«Quanti lavori fai?»

«Solo due. Lavoro qui part-time per l'assicurazione malattie. Il mio boss vorrebbe promuovermi a manager, ma sto cercando di dare a me stessa un po' di respiro.»

Deve aver fatto un sacco di soldi nel suo vecchio lavoro se può permettersi di lavorare solo part-time e avere quel bell'appartamento. Significa che è una che risparmia, come me. Archivio nella mente quell'informazione.

Poi continua. «Per quanto riguarda la salute, mangio sano, il sonno è una priorità e faccio qualche forma di esercizio tutti i giorni.»

«Quindi, lavoro e salute.» Mi chino in avanti e abbasso la

voce a un tono sensuale. «E sul lato personale?»

Lei abbassa la testa, strofinandosi la nuca. «Che ora è?»

Controllo il telefono. «Hai ancora sette minuti. Noi due parliamo in fretta. Specialmente tu.» La maggior parte dei newyorchesi parla in fretta.

Sospira. «Innanzitutto sto cercando di prendermela comoda. Cercando di essere più rilassata.»

Lavorare a prendersela comoda sembra impossibile, ma lo tengo per me. «E che altri obiettivi personali hai?» Sto pressandola perché ho la sensazione che si tratti di cercare un uomo. *E provare a pensare a chi è proprio seduto di fronte a te? L'uomo con cui hai fatto sesso, e un sesso da favola, venerdì notte.* Le ho sicuramente fatto girare la testa. Non riusciva a smettere di lodarmi. *Sei un uomo meraviglioso.* Nessuno me l'aveva detto prima, specialmente con quell'entusiasmo. Lo risento nei miei sogni.

Beve un po' d'acqua, guardandomi da sopra la bottiglia, mentre cerca di prendere tempo.

Aspetto, perché sospetto che, in fondo in fondo, lei voglia parlarmene.

Lei appoggia nuovamente la bottiglietta e parla a voce bassa, tanto che mi devo chinare in avanti. «Ho ventinove anni e voglio avere una relazione stabile e significativa prima dei trenta, quindi accetto un appuntamento la settimana, ogni venerdì, per bere qualcosa. Ne ho uno anche questo venerdì, in effetti, secondo il programma. È ciò che significa avere un progetto di vita. Tu fai funzionare il progetto e il progetto lavorerà per te.»

Mi tiro indietro. Ha un appuntamento questo venerdì? Mi passo una mano tra i capelli, cercando di capire come bloccarla o fare in modo di essere io l'alternativa migliore. Ovvio che sia io l'alternativa migliore. Abbiamo passato una notte favolosa insieme. E non c'è assolutamente la possibilità che lui sia un principe. *Dai! Non può essere una cosa a senso unico!*

Sento il sudore che mi gocciola sul petto. Cerco di fare l'indifferente. «Come fai ad assicurarti di raggiungere il tuo obiettivo uscendo ogni venerdì per un drink? Non significa lasciare al caso chi incontri?» *Come continuiamo a incontrarci noi?*

Lei sorride. «È questo il bello del progetto. Seguo le tappe. Prima faccio le mie ricerche e...»

«Le ricerche per avere una relazione?»

Lei scuote lentamente la testa, rivolgendomi un'occhiata compassionevole. «Non puoi aspettarti di trovare qualcuno per una relazione seria raccattandolo in un bar. Prima devono essere vagliati.»

Non riesco a fare a meno di chiedere: «Su Google?».

Lei ride. «Quello viene dopo. Comunque io accetto un appuntamento la settimana e se non ingraniamo entro la prima ora, volto pagina.»

Mi si gonfia il petto. Io sono arrivato ben oltre la prima ora. Mi viene in mente che lei incontra le persone per un drink al Twisted Chord, ed è il motivo per cui era là da sola venerdì scorso, solo che il tizio le ha dato buca. Ed è probabilmente il motivo per cui non vuole che vada lì io. Ha un progetto: appuntamento il venerdì sera per un drink nel bar più vicino a casa. *Per poter fare un comodo controllo di compatibilità sessuale dopo?* No. Ha detto che non lo fa mai quando mi ha chiesto di accompagnarla a casa. Inoltre sembrava nervosa all'inizio e imbarazzata dopo. Sono stato un'eccezione. Qui c'è decisamente qualcosa di speciale.

E questo significa che sta cercando un uomo per una relazione seria. Non direi proprio che io stia cercando di farmi una famiglia, ma non sono nemmeno contrario a una relazione. I miei genitori hanno un bellissimo matrimonio e la mia famiglia è unita. I miei fratelli maggiori, Dylan, Sean e Jack hanno trovato tutti delle donne di cui sono follemente innamorati. Forse tocca a me. Perché dovrei continuare a imbattermi in lei? Spiegherebbe anche perché non riesco a smettere di pensare a lei, di sognarla. Non sono mai stato così fissato su una donna prima d'ora. Non posso permetterle di andare a quell'appuntamento venerdì. E se dovesse ingranare con quel tizio?

Maledizione, ha ingranato con me per primo e non voglio che volti pagina. *Mantieni il controllo, riflettici.*

«Dove trovi gli uomini?» le chiedo.

Lei abbassa la voce. «Ho fatto una ricerca e ho trovato il miglior servizio online di appuntamenti, per gente che cerca una relazione seria.»

Visto che avevo ragione. Sta cercando... me.

«Intendi dire New York Edge?» L'ho inventato sul momento.

«No, eLoveMatch.»

Bingo!

Lei aggrotta le sopracciglia. «No ho mai sentito parlare di New York Edge.»

«Non so. Pensavo di averlo sentito menzionare da Beast. Dovrebbe darti un vantaggio, come se fossi già abbinato talmente bene che è come se fosse già il secondo appuntamento invece del primo.»

«Davvero?» Prende il telefono per cercarlo. «Forse lo proverò.»

Metto la mano sul suo telefono. «Non è per le relazioni serie.»

«Ma hai detto che sono abbinati bene.»

«Sì, in modo che si sentano a loro agio per passare in fretta alla fase del sesso. Sesso con potenziale, senza grosse aspettative.» *Come noi venerdì scorso.*

«Oh.» Apre le labbra mentre mi guarda negli occhi. Sta ricordando quella notte. *Bene!*

Lei indica vagamente alle sue spalle. «Meglio che vada. Prima in bagno e poi al lavoro.» Si alza e mi tende la mano. «In bocca al lupo con il tuo progetto di vita.»

Vado da lei e le stringo la mano. «Anche a te, Rebecca. Ci vediamo in giro.»

Lei scuote la testa, sorridendo. «Sì, ma non troppo spesso, maniaco.»

Sorrido. «Sarà meglio che cancelli la mia fotografia dal tuo screensaver.» Sono sicuro che mi abbia visto tutto elegante con lo smoking al matrimonio di Dylan quando ha fatto le sue ricerche online.

Le si arrossano le guance. «Non ho la tua fotografia come screensaver! Quanto sei arrogante!»

«Tienila sul telefono, però.» Le faccio l'occhiolino. «Il tuo principe segreto.»

Lei si infila i capelli dietro l'orecchio. «Ridicolo, non sei... non...» Mi guarda negli occhi, con un'espressione colpevole. Ha salvato la mia foto da Internet. «Adesso vado.»

«Arrivederci, Rebecca.»

Mi volto ed esco. C'è decisamente qualcosa e adesso ho un piano che ci mette direttamente sulla stessa strada. Via libera.

Purché non ci becchino.

～

Rebecca

È giovedì sera e sono seduta nel piccolo ufficio all'università per le ore di ricevimento del mio corso. C'è silenzio in fondo al corridoio, nell'edificio ci sono solo alcuni corsi la sera. Ho lasciato la porta aperta e ogni minimo rumore mi fa accelerare il polso. Non posso fare a meno di chiedermi se Connor si farà vivo. Si è fatto vivo all'altro mio lavoro, completamente a caso. Se si farà vivo qui sarà significativo. Perché adesso sa esattamente quali sono le mie intenzioni riguardo a una relazione. Non so che cosa farò se vuole ancora stare con me. Potrei osare di rischiare la mia carriera per la possibilità di quel tipo di relazione che desidero da tanto?

Non ho dubbi su cosa succederebbe se qualcuno lo sapesse: licenziamento e nota negativa, non essere mai più in grado di lavorare in ambito accademico. Quel tipo di violazione delle regole ti segue ovunque. E quelle regole sono imposte per una buona ragione. Solo, non so se la mia situazione sia il tipo cui hanno pensato gli amministratori quando le hanno imposte. Dopotutto, è completamente consensuale. Semmai è Connor quello che mi cerca, non l'opposto. E ci siamo conosciuti prima che diventasse un mio studente. Sì, sto cercando giustificazioni.

Potrebbe venire. L'ho praticamente invitato a farlo, dicendo che era il luogo appropriato in cui parlare con me. Mi sventolo con il programma del corso, la voce sensuale di Connor mi risuona nella mente. *E se avessi bisogno di un aiuto extra?*

E io: *Allora potrai vedermi durante l'ora di ricevimento giovedì sera.*

Il Costruttore Sexy, Principe segreto, Miglior amante che abbia mai avuto: *Non è pericoloso, tu, io, in un ufficio da soli la sera?*

Appoggio il programma e mi liscio i capelli. Spero che non si faccia vivo perché sarebbe inappropriato e non posso permettermi di lasciarmi trasportare. Cioè, se entrasse in questo momento con il suo sorriso affascinante e la profonda voce sexy e mi baciasse...

La mente torna a quella notte. Connor che mi teneva contro la parete, la sua bocca imperiosa sulla mia. Le sue grandi mani callose, il suo corpo duro, il suo profumo inebriante. Tutti quei meravigliosi orgasmi che mi ha procurato. Divento rossa, e la pressione al basso ventre mi ricorda di com'ero vogliosa, e come lo sono ancora. Basterebbe un bacio e poi staremmo dandoci da fare su questa liscia scrivania di metallo, pelle bollente contro il metallo freddo, stop! Qualcuno potrebbe vederci e sarei licenziata. Perdere il lavoro, la vergogna di dover affrontare i miei genitori, porre fine così presto alla carriera che ho appena cominciato... No, non posso farlo.

Chiudo gli occhi e faccio un respiro profondo. Se si farà vivo, gli dirò che parleremo mentre camminiamo lungo il corridoio. Mi congratulo con me stessa per il piano brillante. Saremo in pubblico, quindi nessuna possibilità di qualcosa di intimo e sarò comunque in grado di vedere se si fa vivo qualche altro studente.

Controllo l'ora sul telefono. Sono passati quindici minuti della mia ora. In genere le chiamano ore di ricevimento ma in realtà si tratta solo di un'ora. Alcuni professori le hanno parecchie volte la settimana, ma a me hanno chiesto solo un'ora. Mmm. Mi chiedo se si farà vivo qualcuno. Il rettore ci incoraggia ad avere una politica delle porte aperte, assicurando ai nostri studenti che possono fermarsi anche solo per parlare. Non devono necessariamente avere una domanda. Serve a fare in modo che i professori conoscano gli studenti e le loro aspirazioni, in modo da poter essere un sostegno per i loro obiettivi di carriera. Qui mettono veramente gli studenti al primo posto. Anche se, per essere sincera, era lo stesso alla facoltà di economia e penso di essere andata nell'ufficio di un professore forse due volte negli anni che ho passato là.

Sobbalzo quando sento bussare alla mia porta. «Salve, entra.» Sorrido all'uomo che non è Connor Rourke, cercando di nascondere la mia delusione. Perché non riesco a smettere di pensare a lui? So che è off-limits.

«Mike Ahern» dice, entrando e tendendomi la mano. Allungo la mia e lui mi dà una stretta decisa, prima di sedersi davanti a me. Probabilmente ha un po' più di trent'anni, capelli biondi corti con la riga da una parte. In classe, era stato chiaro sul fatto che è una persona ambiziosa, parlava velocemente e a voce alta, dominava la discussione.

«Sì, ricordo il tuo nome. Come trovi la classe finora?»

«Eccellente. Buon inizio e sono veramente lieto di essermi iscritto. Il caso del caffè era affascinante. Non ho mai pensato alla differenza tra il commercio equo e il commercio diretto. Si sente sempre parlare del caffè da commercio equo e c'è un sovrapprezzo, giusto, ah-ah, ma quale è meglio per i lavoratori? Qual è lo scopo ultimo e come ci assicuriamo gli standard di qualità del caffè?»

Riesco a malapena a rispondere prima che cominci con una lunga tirata sulle pratiche di marketing e di come alcune società hanno cooptato il gergo senza realmente implementarle. È piuttosto appassionato e mi fa pensare che è il tipo di pensatore originale che un giorno sarà importante nel mondo.

Quando finalmente si calma, dico: «Ricordami che lavoro fai, Mike».

«Sono un capoprogetto di IT. Lavoro importante. La gente vuole che la tecnologia funzioni sempre e velocemente. Torniamo al caffè. Mi affascina la catena di rifornimento. Non ci avevo mai veramente pensato.» Si lancia in una conferenza *molto* simile a quella che ho tenuto in classe.

Apro la bocca per parlare un paio di volte, ma sembra che non ce ne sia bisogno. Mike è qui per condividere con me tutto ciò che ho già condiviso io, con qualche ripetizione e le sue opinioni personali. Mi sento quasi come se fossi io lo studente e lui il professore, solo che sta letteralmente ripetendo ciò che ho già insegnato io. Forse, tutto sommato, non è poi questo pensatore originale. Oddio, non ho veramente voglia di essere sequestrata qua dentro con lui un'altra volta durante l'ora d'ufficio. Sabato, mi assicurerò di ricordare ai miei studenti, che vorrei veramente vederli durante l'ora d'ufficio per discutere ciascuno dei loro obiettivi futuri e collegarli alle risorse necessarie in qualunque modo sia in grado di fare. Prego solo che si faccia viva almeno un'altra persona. E se finissi per avere una conferenza di Mike ogni giovedì, nella quale mi ripete la mia lezione? *Uccidetemi subito.*

Finalmente, grazie al cielo, l'ora è finita e mi alzo, raccolgo la mia giacca leggera e la borsa. «Bene, Mike, è ora che vada.» Infilo il programma nella borsa portadocumenti. «Ci vedremo sabato in classe.»

Si alza anche lui. «Wow. L'ora è passata in fretta.»

Aggiro la scrivania e aspetto che esca. Devo chiudere a chiave la porta quando esco.

Lui mi rivolge un sorriso. «Ehi, perché non andiamo a bere un caffè, per continuare questa conversazione? Non sarebbe bello, bere un caffè mentre discutiamo?»

«In effetti, è tardi e io devo veramente andare. Grazie, comunque.»

«Certo, certo, nessun problema.» Si volta ed esce dalla porta.

Lo seguo e chiudo a chiave.

Lui mi tende di nuovo la mano e me la stringe ancora con decisione. «Bella conversazione. Non vedo l'ora che arrivi la prossima lezione.»

Bisogna dargli dei punti per l'entusiasmo. Gli sorrido. «Mi fa piacere che il corso ti piaccia.»

Lui mi saluta con un sorriso troppo brillante prima di dirigersi in fondo al corridoio.

Sbuffo piano e vado nella direzione opposta. Non penso di aver mai subito un'ora di conversazione così stancante. E pensare che la mia peggiore preoccupazione era che si facesse vivo Connor.

Mi cadono le spalle. Connor non si è fatto vivo. Immagino che tutto sommato non abbia voglia di continuare a cercarmi. Non avrei dovuto annullare il mio appuntamento di venerdì su eLoveMatch. Raddrizzo la schiena e cammino più in fretta. Va tutto bene. Sono stata chiara riguardo ai miei piani per il futuro con lui e ovviamente non siamo allo stesso punto della nostra vita e ci sarebbero troppe complicazioni per noi due. Ora non mi devo preoccupare. La vita continua come prima, si torna alla eLoveMatch per il mio prossimo primo appuntamento. Ci potrebbero potenzialmente essere uomini meravigliosi in questa app. Ignoro il terrore che sta già aumentando al pensiero. Ho fatto un progetto di vita per una giusta ragione e lo seguirò nonostante tutto.

8

Rebecca

Alla faccia della stellare reputazione di eLoveMatch. Non riesco a crederci. Eccomi qui, al Twisted Chord, ad aspettare un altro tizio che non si è nemmeno preso la briga di farsi vivo. Avevo risposto all'invito di Matt proprio ieri sera, dopo l'insopportabile ora d'ufficio. Sembrava sinceramente entusiasta quando avevo risposto. Sapete, ho intenzione di mandare un'e-mail molto dura a eLoveMatch e chiederò un rimborso. Controllo il telefono. Ancora nessun messaggio ed è in ritardo di un quarto d'ora. Non mi interessa se aveva un'ottima scusa. Non resterò seduta qui fingendo che sia stato investito da un'auto. Se non riesce a essere puntuale, è fuori. Non mi piace sprecare il mio tempo. Mi bruciano gli occhi e ingoio le lacrime. Perché è così difficile incontrare una persona nuova? Sto emettendo vibrazioni che dicono "state lontani". Non posso certamente sorridere per tutto il tempo in cui resto seduta qui. Che cosa posso farci se i miei colori mi danno una faccia algida, che alcuni considerano un po' da stronza?

Tranguglio il vino e decido che è la serata giusta per

mangiare popcorn per cena, rannicchiata sul divano, e guardare il mio show preferito sulle ristrutturazioni. Clint Owens di *Reno Magic* sarà il mio compagno per questa sera. Prendo un po' di contanti dalla borsa per pagare il drink proprio quando un uomo con una camicia bianca si siede accanto a me.

«Ehi, Rebecca» dice una voce familiare e sexy.

Alzo la testa di scatto, con il cuore che sbatte contro le costole. «Connor.»

Lui sorride e mi ritrovo a sorridergli anch'io. Ha un sorriso così caldo che arriva fino ai profondi occhi azzurri, creando piccole rughe ai lati. È benvestito, una camicia bianca button-down, jeans e stivali neri. Informalmente sexy.

«Spero che non ti dispiaccia se sono tornato nel bar del nostro quartiere» mi dice.

Avevo dimenticato di dirgli di restare lontano. «Ehi, è venerdì sera. Goditi la serata. Io me ne stavo andando.»

«Aspettavi qualcuno?»

Stringo le labbra. Non posso ammettere che il mio progetto di vita sia così incasinato, quando ho appena cantato le lodi di averlo e in particolare di eLoveMatch. Sono sconvolta e sto diventando paranoide, dopo essere stata piantata in asso due settimane di fila. Ribalto la domanda. «Sei qui da solo?»

Lui solleva un angolo della bocca. «Speravo di trovare qualcuno.»

Sbuffo. *Si comporta come se la nostra notte insieme non abbia significato niente! Come se mi importasse qualcosa che raccattasse qualcuno davanti a me. Nel mio bar! Avevo rivendicato questo posto!*

«Divertiti» dico seccamente. Mi alzo, mi volto per girargli attorno e lui mi afferra il polso.

Mi fissa negli occhi. «Speravo di trovare te. Sono io la persona che stavi aspettando. Scusami, ero un po' in ritardo a causa del lavoro.»

Aggrotto le sopracciglia, confusa. «No, sto aspettando Matt Williams. È un consulente finanziario. Capelli castani corti, occhi castani, gli piace...» Smetto di parlare quando continua a guardarmi fisso. «Sei serio.»

Mi sta ancora tenendo il polso e mi piace un po' troppo. Resto lì a fissarlo mentre la mia mente passa da scioccata a confusa a – detesto ammetterlo – estremamente lusingata. Vuole vedermi di nuovo dopo aver saputo che cerco una relazione seria e ha veramente fatto uno sforzo. D'altra parte, ha infranto le regole e questo non promette bene per le nostre regole professionali che non possiamo assolutamente infrangere. Ciò che ha fatto non è etico. Perché sono così attratta da lui? Preferirei non esserlo. È troppo complicato.

«Connor, hai usato la sua fotografia. È contro le regole impersonare qualcun altro. Potrei farti bandire da eLove-Match a vita.»

«Okay.»

Allenta la presa sul mio polso e mi prende la mano, avviluppandola nel suo calore. Si sposta, tirandomi più vicina. Sono in piedi tra le sue gambe e i nostri occhi sono allo stesso livello. Non so che cosa fare. Non mi aspettavo di vederlo stasera e mi ero auto-convinta che non volesse una relazione. Ora forse invece è così, ma è estremamente rischioso. I miei genitori non accetterebbero mai che io esca con uno studente, non accetterebbero mai lui. Il livello di sotterfugi che dovremmo usare per far funzionare la relazione supera di molto i miei limiti. E, sì, sto cercando di superarli, ma mentire è andare troppo oltre. Inoltre ho dovuto farmi coraggio per questo primo appuntamento con Matt e tutto il lavoro che ci vuole per tentare di presentarmi al meglio e al contempo cercare i segni di potenziale nella persona che incontro.

Sono così confusa.

«Vuoi restare per un drink?» mi chiede Connor.

Guardo verso il bar, ma non mi attira. So che cosa voglio realmente e penso che capirà. Ha detto di non essere più così attratto dalla scena dei bar. «Sinceramente, voglio solo andare a casa, mangiare popcorn per cena e guardare il canale delle ristrutturazioni domestiche.»

«Perfetto, verrò con te.»

Per qualche motivo non me l'ero aspettato. «Ti stai auto-invitando a casa mia?»

Lui mi prende il mento, con gli occhi azzurri che scintillano di buonumore. «Il tuo principe segreto adora il canale delle ristrutturazioni domestiche.»

Sento che sto cedendo. Mi sta toccando. Ha un profumo così buono e gli piace quello che piace a me: guardare costruttori sexy al lavoro. No, aspettate.

«Perché ti piace quel canale?»

«Tutto l'insieme. Vedere un progetto arrivare a completamento. Alla fine è sempre tutto migliore. Inoltre rido di nascosto quando so quanto hanno sottostimato il costo di qualcosa. È come se trascurassero sempre il costo della manodopera.»

Mi viene in mente che potrebbe veramente aggiungere la sua prospettiva unica, e potrebbe essere affascinante. «Okay, ma non dovresti presumere...»

«Non presumo niente.» Mi guida fuori e poi cammina di fianco a me, con una mano sulla schiena. Il calore della sua mano mi elettrizza, ci sono scintille che si irradiano da quel punto. Poi rovina tutto. «Ora permettimi di essere sincero con te, Ms. Edwards. Non voglio scrivere quel saggio. Non fa per me.» Si sta rivolgendo a me come insegnante.

È completamente sbagliato.

Comunque il mio cervello si focalizza sul motivo per cui ritiene che scrivere quel saggio non faccia per lui. Penso che gli manchi la sicurezza nelle sue capacità accademiche perché ha saltato il college. Ma si capisce che è intelligente.

«Perché non vuoi scriverlo?» chiedo e ansimo sorpresa quando mi solleva per farmi superare la porta, con le mani intorno alla mia vita. E poi arrossisco quando mi rendo conto che il motivo è presumibilmente perché sono caduta proprio entrando da questa porta.

Mi deposita sul marciapiede e mi prende la mano, dirigendosi verso casa mia. «La mia grammatica è atroce.»

Mi concentro su questo problema e non sul mio imbarazzo. Inoltre devo dire che mi piace come mi solleva, quasi non pesassi niente. «Fallo comunque. Fa parte del corso.»

«Mi giudicherai.»

«Ti giudicherò se non lo scriverai. Perché ti sei iscritto a questo corso se non avevi intenzione di fare il lavoro?»

«Per ascoltare e vedere se mi ero perso qualche grande segreto nel mondo degli affari.»

«Ed è così?»

«Non direi proprio segreti, ma è interessante sentire come altre società hanno affrontato problemi difficili. La mia visione era veramente ristretta, dato che lavoro con la stessa squadra da anni, sullo stesso tipo di progetti. Almeno fino a poco tempo fa. Riesco a vedere come il corso possa essermi veramente utile, andando avanti. Specialmente visto che molto dipende dal progetto attuale. Ci sono un mucchio di soldi in ballo e tante responsabilità sulle mie spalle.»

Cerco di nascondere la mia delusione. Sono una persona terribile perché avevo intenzione di suggerire che, se non stava imparando niente, avrebbe semplicemente potuto lasciar perdere il corso in modo che potessimo tornare a divertirci. *Pessima insegnante, veramente pessima.* Non posso chiedergli di lasciar perdere il corso per ragioni così egoistiche.

«Sono lieta che lo trovi utile» dico, tentando di sorridere.

«Ma non voglio veramente scrivere quel saggio» dice cercando di avvantaggiarsi solo perché ci siamo visti nudi.

Mantengo ferma la voce. «C'è un motivo per cui esistono i compiti a casa. Servono per imparare a un livello più profondo. Scrivere un saggio farà sì che ripensi alle cose da solo, invece di ripetere solo quello che ho detto in classe.»

Penso che è esattamente ciò che ha fatto Mike durante l'ora di ricevimento, ma lo tengo per me. Non ritengo di dover parlar male di un altro studente con quello che ho con me. *Oddio, che cosa sto facendo?*

«Va bene, Prof. Scriverò quel fottuto saggio.»

Stiamo entrando troppo in profondità nel territorio studente-insegnante, e mi tornano in mente tutti i motivi per cui ho posto quei paletti tra di noi.

Mi fermo e tolgo la mano dalla sua. «Non penso che stare insieme sia una buona idea. Vai a guardare la TV a casa tua e io la guarderò a casa mia. Punto. Potrai mandarmi un messaggio con le tue opinioni sulla ristrutturazione, ok?»

Lui mi fissa con quegli intensi occhi azzurri. Giuro che riesce a leggere tutte le mie emozioni in conflitto e la mia intensa attrazione per lui. «Rebecca, ecco i fatti. C'è questa folle attrazione...»

«Connor...»

«Non negarla. Io non riesco a ignorarla. A entrambi piace quel tipo di show e penso che potremmo passare qualche bella ora insieme guardandolo. A nessuno dei due piace la scena dei bar. Sii sincera, ti costa fatica andarci tutti i venerdì sera per incontrare qualcuno e non ti piace. Beh, sei fortunata. Hai già incontrato qualcuno, me, e quindi non sei più obbligata a farlo.»

«Ma...»

«Non riesco a smettere di pensare a te» dice in tono burbero.

Oh, è bello. Veramente bello. «Anch'io, ma...»

«Rebecca.» Mi mette i capelli dietro l'orecchio. «Mi sono detto di lasciarti in pace, ma continuo a imbattermi in te, e forse significa qualcosa.»

Il mio polso accelera e qualcosa dentro di me esplode, qualcosa che assomiglia pericolosamente alla speranza. Connor è caloroso, sincero e per lui non è solo una cosa fisica.

«È rischioso» sussurro, come se il mio capo fosse proprio dietro l'angolo. «Per me. Ho parecchio in gioco.»

«Lo so e giuro che non farò niente che possa danneggiare la tua carriera.» Mi prende la mano e me la stringe. «Non è necessario che lo sappia qualcuno.»

«Nascondere una relazione a tutti. Tutte quelle bugie e gli inganni... Non so se riuscirò a farlo. Il mio capo, il rettore Sears, è amico intimo di mio padre e i miei genitori, entrambi insegnanti, se ricordi, probabilmente mi rinnegherebbero se ci fosse uno scandalo. Inoltre sarei licenziata e non potrei più lavorare in ambito accademico. Il mio intero progetto di vita imploderebbe.»

Connor soffia fuori il fiato, aggrottando le sopracciglia. «Okay, lo capisco. Credimi, vorrei che le circostanze fossero diverse, ma è questo che abbiamo. E non voglio abbandonare te, noi.»

Vorrei dirgli di no, ma ciò che mi esce dalla bocca è solo il suo nome, detto con tutto il desiderio che provo veramente dentro. «Connor.»

«Andiamo.»

Balbetto mentre praticamente mi trascina lungo il marcia-piede. «Resta ancora un grosso problema.»

Lui si ferma e mi tira verso di sé. «Baciami.»

Lo fisso, senza fiato, con la testa completamente vuota. Il calore del suo corpo si irradia verso di me, tutta la mia morbi-dezza premuta contro la sua figura muscolosa. Sono così presa da lui.

Connor mi appoggia la mano sulla guancia e accarezza con il pollice il punto sensibile dietro l'orecchio. «Per favore.»

Ubbidisco perché ha detto per favore ed è meraviglioso esattamente come prima. La mia pelle è percorsa da scintille e il calore esplode tra di noi. Gli metto le braccia intorno al collo e mi perdo nel tipo di passione che avevo solo immaginato.

Un momento dopo, Connor interrompe il bacio e le sue dita scendono lungo il lato del mio collo, procurandomi un brivido caldo. «Rebecca, altra gente ha un problema, ma *noi* non abbiamo un problema.»

Connor si tira indietro e io lo voglio disperatamente più vicino. Qualcuno verrebbe veramente a saperlo se venisse a casa con me a Brooklyn? Non è probabile che incontri i miei studenti della NYU qui. Probabilmente se ne stanno in città. Ma dovrò comunque guardarlo in faccia in classe domani mattina. Sarebbe impossibile nascondere l'attrazione. Un'occhiata da quegli occhi sognanti e sensuali e arrossirei.

Perché è così difficile fare la cosa giusta?

«Connor?»

«Sì?»

«Che ne dici se riprendiamo alla fine del corso? A quel punto non ci sarebbero problemi.»

Lui espira bruscamente. «Il corso finisce a dicembre. Adesso siamo a settembre.»

«Sì, ma allora non ci sarebbe questo dilemma etico e per allora saprò se vogliono tenermi come docente. C'è la possibilità che mi prendano a tempo pieno.»

Lui guarda in alto prima di rivolgermi un'occhiata dura. «Quindi vuoi che io aspetti quattro mesi prima di decidere se vuoi guardare la TV con me il venerdì sera?»

«Poco più di tre mesi. E tu sai che non si tratterebbe solo di guardare la TV.»

Lui si avvicina e mi rimette i capelli dietro l'orecchio prima di prendermi il volto con le mani. «E come faccio a saperlo?»

Arrossisco. «La folle attrazione. Qualcosa succederebbe. Vorrebbe dire giocare con il fuoco.»

«E tu non vuoi bruciarti.»

«Esattamente» dico piano.

«E se ti abbrustolissi solo un po'?»

Mi ha fatto ridere.

La sua mano scende lungo il mio braccio in una carezza calda prima di prendermi per mano. «Non aspetterò quattro mesi. Vorrebbe solo dire perdere tempo. E se nel frattempo tu incontrassi qualcuno tramite quell'app online, o se io conoscessi qualche altra professoressa sexy?»

Stringo gli occhi. «Perché non hai detto una sexy studentessa nerd?»

Mi stringe la mano e ammicca. «Immagino di avere un debole per l'insegnante. L'offerta scade tra dieci secondi.»

Tolgo la mano dalla sua. «Non apprezzo questo genere di pressione. Sai che sono combattuta.»

«Sto cercando di farti smettere di pensare tanto e lasciarti trascinare dai sentimenti. Noi due insieme siamo una cosa bella.»

«È più complicato e lo sai.»

«Dentro o fuori, Rebecca? Ultima possibilità.»

Mi metto una mano sul fianco. «Ci vediamo domani in classe.» Volto sui tacchi e cammino verso casa. Cavolo. Non apprezzo quell'atteggiamento prepotente ed esigente. *Dieci secondi. Pfui.* Solo perché sono un tipo tranquillo non significa che non abbia una spina dorsale.

«Se ti vedrò con un altro tizio al Twisted Chord, dovrò venire a salutarti» dice.

Mi volto di scatto. «È una specie di minaccia?»

Lui fa spallucce. «Non incontrare i tuoi uomini nel mio bar di quartiere, è tutto quello che sto dicendo. È scortese verso un tizio che si è offerto di guardare la TV con te.»

Marcio verso di lui. «Quello è il *mio* bar. L'avevo già reclamato io.»

«Sei avvisata» dice, come se la faccenda non dipendesse più da lui.

Mi inalbero. «Che problema hai?»

«Io non ho problemi.»

«Sì, invece. Ed è anche grosso.»

I suoi occhi azzurri luccicano, sul volto ha un piccolo sorriso. «E sarebbe?»

Alzo le mani. «Sei prepotente e pensi di sapere tutto e non ti interessano i confini professionali. O quelli personali!»

Mi guarda piegando la testa di lato. «Ora, Rebecca, se sapessi tutto, perché starei seguendo il tuo corso?»

Mi sento improvvisamente surriscaldata nonostante la serata fresca. Mi tolgo il cardigan bianco e lo lego intorno alle spalle. «E tu sei troppo tranquillo riguardo a tutto.»

«Troppo fico per la scuola» dice con un sorriso.

«Smettila di scherzare sulla scuola e gli insegnanti.»

Connor mi afferra il polso, tenendolo dolcemente e mi accarezza con il pollice. Ignoro il calore che si irradia da quel punto. «A volte dimentico che le donne non sopportano gli scherzi.»

«Io sopporto benissimo gli scherzi.»

«Allora, perché ti stai agitando tanto?»

Ho le guance che scottano, in effetti sento caldo dappertutto. Sono oltremodo agitata, eppure non riesco a togliere il polso dalla sua mano. È troppo bello quando mi tocca. Fisso il mio polso traditore e lo guardo mentre lo volta, mettendo in mostra la vena che pulsa rapidamente. Vado quasi in deliquio.

Lui abbassa la mano, con le dita saldamente avvolte intorno al mio polso in modo che non possa scappare. È quasi un sollievo il fatto che prenda il controllo, tenendomi vicino. «Rebecca.» La sua voce è roca.

«Sì?» mormoro.

Connor si china sul mio orecchio. «Tu sai che quegli show sulle ristrutturazioni sono finti, vero? Se fossi lì con te potrei dirti qual è la verità e ti sarebbe utile se intendi comprarti una casa. Personalmente, sto risparmiando da anni per comprarla.»

È il discorsetto sconcio più sexy che abbia mai sentito. «Sei un risparmiatore?» Tanti uomini non hanno la capacità di pianificare per il futuro. È una delle cose che cerco in un uomo, dato che sono un tipo che pianifica.

Lui sorride e sento che mi sto indebolendo. «Sono un risparmiatore. Mangio da anni lo stesso pranzo che mi porto da casa per risparmiare più che posso.»

La mia voce è sospirosa perfino alle mie stesse orecchie. Sono così eccitata. «Risparmiare è un'ottima qualità in effetti. Significa che puoi fare a meno della gratificazione immediata e pensare a lungo termine.»

Lui mi bacia il collo, risalendo verso l'orecchio. Mi cedono le ginocchia. «È quello che cerchi in un uomo?»

«Sì» ammetto.

Lui mi guarda negli occhi, con il fiato che mi sfiora le labbra. «Che altro?»

Mi appoggio a lui e mi rendo conto che è perché mi ha messo un braccio intorno alla vita. «Cerco una buona salute perché significa che si prende cura di se stesso, un buon rapporto con i suoi genitori, e che non abbia un bagaglio emotivo troppo pesante dovuto a relazioni passate.»

«Spunto tutte e tre le caselle.»

Mi sto sciogliendo. È un risparmiatore, spunta tutte le caselle e mi tiene così vicina che riesco a malapena a respirare. Comunque non posso correre il rischio se alla fine non c'è una ricompensa. «Stai veramente cercando una relazione seria?» gli chiedo a bassa voce.

Mi prende la guancia, guardandomi teneramente. «Non la stavo cercando, ma in qualche modo mi ha trovato.»

Emetto un lungo sospiro. «Oh, Connor.»

Le sue labbra incontrano le mie per un bacio tenero. Gli metto le braccia intorno al collo e lo bacio con passione.

Si sente un applauso lì vicino. Interrompo il bacio e mi volto vedendo le espressioni curiose di un piccolo gruppo di ventenni radunati intorno a un negozietto all'angolo.

Colgo lo sguardo di Connor e ridiamo entrambi. Immagino di aver dato spettacolo. Gli afferro la mano e mi dirigo verso casa. «Vieni. Ci serve un po' di privacy.»

Connor scoppia a ridere. «Non c'è bisogno che mi tiri. Vengo di mia spontanea volontà.»

Tiro più forte. «Andiamo, mister... ah!» Mi ha gettato sopra la spalla! Risuonano altri applausi.

Uno dei ragazzi grida: «Falle vedere chi è il capo!».

Sto per dire a chiunque abbia pronunciato quella frase che è una stronzata, quando Connor risponde in tono tranquillo: «Ci sono cascato in pieno. Shh, non dirglielo!».

Sorrido e gli do un pizzicotto sulla schiena. Lui reagisce strizzandomi il sedere. È totalmente inappropriato, ma mi sto godendo ogni momento. «Perché non riesco a resisterti?»

«Facile. Perché sono irresistibile.»

Rido. «Connor, la mia testa comincia a pulsare, potresti rimettermi in piedi?»

Lui mi sposta in modo da tenermi in braccio. «Meglio?»

Nascondo la faccia contro il suo petto. «La gente ci sta fissando.»

«Se ti rimettessi in piedi, il sangue lascerebbe bruscamente la testa. Ti sentiresti stordita e barcolleresti come se fossi ubriaca. Così è meglio.»

Gli sorrido alzando il volto. «Se la metti così.»

«Inoltre, in questo modo so che non scapperai senza di me.»

«Non dovremmo farlo.»

«Non dovremmo *non* farlo.»

Gli appoggio la guancia sul petto e il suo calore solido mi rilassa. «Non ha senso.»

«Doppio negativo. Due cose sbagliate ne fanno una giusta.»

«Ma io sto sempre attenta a essere nel giusto, senza fare errori.»

«Con me *sei* nel giusto. È semplice matematica. Connor più Rebecca uguale a...»

Alzo la testa per guardarlo negli occhi. «Uguale a?»

Lui sorride con calore. «Qualcosa di buono.»

Sospiro felice e mi sistemo contro il suo petto. C'è qualcosa di così bello nell'essere rannicchiata contro di lui. Come se niente potesse toccarmi, al sicuro tra le sue braccia.

Connor mi rimette in piedi qualche minuto dopo, davanti all'ingresso del mio palazzo. Apro la porta e andiamo verso l'ascensore. La mia mente torna a venerdì scorso, quando eravamo in questo ascensore, il mio nervosismo, la tensione elettrica nell'aria, quel bacio. Solo che questa volta Connor resta con le mani lungo i fianchi e guarda diritto davanti a sé. Adesso sembra piuttosto serio.

Usciamo dall'ascensore e andiamo in silenzio verso il mio appartamento. Sto cominciando a innervosirmi. Non so che cosa gli passa per la testa. È così che è una relazione con lui? Piuttosto seria? Speravo per venerdì scorso parte seconda.

Lo faccio entrare e lui si dirige immediatamente in soggiorno, accendendo la luce e prendendo il telecomando della TV dal tavolino di vetro. «Vuoi che ti aiuti a fare il popcorn?»

I miei pensieri libidinosi si raffreddano. «No, grazie, ci penso io.»

Vado in cucina. Sono delusa anche se non dovrei. Mi sta dimostrando che non si tratta solo di una cosa fisica. Vuole fare ciò che preferisco: mangiare popcorn e guardare gli show di ristrutturazione delle case. Prendo il sacchetto di popcorn e lo metto nel microonde, premendo il tasto popcorn. Ho registrato l'ultimo episodio di *Reno Magic*. Ma se metto quello, Connor si accorgerà che sbavo per il conduttore? A volte Clint Owens si toglie la maglietta per lavorare all'esterno e me lo godo... in solitudine, se capite ciò che intendo dire. Dite che Connor vorrebbe prenderne parte?

Che cosa diavolo sto pensando? Ho quello autentico proprio qui. Il Costruttore Sexy è seduto nel mio soggiorno. E ancora meglio: è un ristrutturatore di famiglia reale e dice che è preso da me. Il che significa che lui si scioglie intorno a me esattamente come mi sciolgo io intorno a lui, sentendomi tutta calda e tenera dentro. Non mi serve fantasticare su Clint Owens.

Lascio il popcorn e sbircio in soggiorno. Connor ha le braccia allargate sullo schienale del divano beige, le gambe muscolose allungate e incrociate alle caviglie.

Non riesco a farne a meno. È così virile, semisdraiato sul mio divano. Vado direttamente da lui.

«Niente popcorn? Giurerei di aver sentito il profumo del popcorn.»

Mi siedo a cavalcioni, con le dita infilate tra i capelli soffici della nuca. «Ti voglio.»

Lui mi rivolge un sorriso sexy, avvolgendomi le braccia intorno. «Lo so.»

9

Connor

Sabato mattina mi sveglio di colpo al suono della sveglia di Becca. Lei la spegne sbattendoci sopra la mano e gemendo. Ci siamo tenuti svegli a vicenda fino a tardi, ieri sera. Che posso dire. Questa donna mi vuole proprio.

Le stuzzico il collo con il naso e lei emette un mormorio soddisfatto prima di ansimare e spingermi via. Salta giù dal letto. «Devo prepararmi.»

Mi siedo. «Anch'io.»

Rebecca alza una mano. «Non puoi prendere la metropolitana con me per andare al corso. Non possiamo farci vedere insieme.»

«Ci sono migliaia di persone in metropolitana. Nessuno ci noterà.»

Mi rivolge un'occhiata severa, con le labbra tirate. «Connor, dobbiamo mantenere le apparenze.»

«Lo faremo. Lascerò che tu entri in classe per prima. Nessuno noterà niente.»

Lei annuisce e si affretta ad andare in bagno. Qualche minuto dopo, esce con lo spazzolino da denti in bocca. Lo toglie. «Siediti in fondo alla classe e non guardarmi negli occhi.»

Getto via le coperte e vado verso di lei a grandi passi. Sono nudo e il suo sguardo scende verso il mio sesso, poi alza di colpo gli occhi e torna di corsa in bagno.

La seguo. Una volta sciacquati i denti, le avvolgo le braccia intorno alla vita da dietro, baciandole il collo. Normalmente questo la trasforma in un budino molle, ma questa volta apre l'armadietto dei medicinali e ne toglie uno spazzolino nuovo, ancora nella sua confezione.

«Ecco» dice, porgendomelo.

Capisco l'antifona. Mi vuole fresco e alla menta prima che la baci ancora un po'. Mi lavo i denti e la guardo nello specchio mentre apre l'acqua della doccia e aspetta che si scaldi. È alta e snella, con piccoli seni sodi e alti, stomaco piatto, fianchi stretti e gambe lunghe. Mi ricorda una modella. Penso che avrebbe potuto scegliere quella carriera, se non fosse stata così timida e studiosa. Ieri sera, mentre stavamo parlando al buio, mi aveva detto che amava la scuola perché era molto brava, una delle ragioni per cui era lieta di tornare in ambito accademico. Io non avevo mai preso sul serio la scuola, sapendo di avere già un lavoro pronto nell'azienda di famiglia. Se allora mi fossi applicato, se veramente ci avessi provato, avrei potuto essere bravo anch'io. Ma la verità è che mi piace lavorare con le mani, mi piace una buona giornata di lavoro che mi faccia sudare e voglio lavorare per la famiglia. Non rimpiango di aver saltato il college, ma adesso vorrei avere una conoscenza un po' più approfondita di come funzionano le aziende.

Torno in fretta in camera mentre mi lavo i denti, poi torno in bagno per sciacquarli e sputare. Tutto fatto. Tiro indietro la tenda della doccia ed entro con lei.

«Connor!»

«Sì, Rebecca?» dico, prendendola tra le braccia. «Adesso so

di menta.» La bacio e lei si lascia andare contro di me. Mi piace come lo fa.

Poi interrompe il bacio. «Hai veramente dei problemi per quanto riguarda i confini. Promettimi che li rispetterai quando saremo in classe. Ho bisogno che resti seduto in fondo e non mi guardi.»

Le bacio il collo e succhio dolcemente. La desidero di nuovo.

Lei si aggrappa alle mie spalle. «Riuscirai a farlo?»

Alzo la testa. «Resterò seduto in fondo, ma probabilmente dovrò guardarti ogni tanto. Sei proprio là davanti e non la smetti mai di parlare.»

«Sii serio.»

«Allora sembra non ti possa portare le rose, eh? Niente grandi gesti romantici per la mia professoressa preferita?»

Lei spalanca gli occhi. «Assolutamente no.»

Sorrido. «Stavo scherzando. Le rose sono costose e sai che sto risparmiando per comprarmi una casa.» Le piace che sia un risparmiatore.

Abbassa le palpebre mentre fissa il mio torace. «Lo so. In altri momenti le rose sarebbero romantiche. Solo, non in classe.»

«Vuoi un uomo che faccia tutti quei bei gesti romantici, vero?»

Lei alza il mento con un'espressione battagliera. «E che c'è di sbagliato?»

Le passo le mani lungo i fianchi, sfiorando il lato dei seni. I suoi capezzoli diventano turgidi. «Assolutamente niente.» Adesso so come arrivare a Rebecca.

La sua voce diventa un mormorio sexy. «Non fare niente di inappropriato, okay?»

«Chi, io?» Le accarezzo il seno e lei geme. «Non ti devi preoccupare, io sono l'angelo della famiglia.»

«Rabbrividisco al pensiero del resto di voi.»

La premo contro la parete e la bacio a lungo. La bacio

finché lei mi infila le unghie nelle spalle e alza una gamba, avvolgendola intorno al mio fianco. È il suo segnale *ti desidero da morire*. Le mordo il lobo dell'orecchio e lo tiro un po'. «Io piego un po' le regole quando mi conviene. Non le infrango mai completamente.»

È silenziosa quando la guardo negli occhi. La studio per un momento. È decisa, eccitata ma è ancora preoccupata per noi. In quel momento, so esattamente di che cosa ha bisogno. La chiave per Becca non sono i fiori, è la programmazione.

Le appoggio la mano sulla guancia. «Ho fatto un piano per passare del tempo con te e l'ho seguito passo passo per realizzarlo.»

«Connor» dice in tono urgente, alzando i fianchi.

Infilo una mano tra di noi, strofinando. Un minuto dopo, Rebecca sta dondolandosi contro di me, con la testa gettata indietro e la presa sulle mie spalle che si allenta. Le cedono le ginocchia e la volto, lasciando che si appoggi a me, con l'acqua che scorre su entrambi. Le appoggio la mano sul seno, stuzzicando e tirando il capezzolo mentre continuo a strofinare, aumentando la velocità. Lei sta ripetendo il mio nome e i fianchi si alzano secondo il mio ritmo, cercando più contatto. Adoro le sue reazioni, i suoni sexy che emette. Lei si muove di scatto e poi viene con un grido acuto. Lascio che esaurisca l'orgasmo e poi mi bacia con passione, cercando di arrampicarsi sul mio corpo.

So di che cosa ha bisogno. È ciò di cui ho bisogno anch'io. Prendo il preservativo che ho lasciato sul ripiano e lo apro. «Programmazione» le dico.

«Sì» dice e sembra stia facendo le fusa. «Ottima programmazione.»

Mi afferra appena l'ho infilato e la sollevo contro la parete. «Sì!» sibila mentre mi spingo dentro in profondità.

Mi fermo, cercando di riprendere il controllo. Lei muove i fianchi, afferrandomi il sedere e cercando di farmi muovere. «Rebecca» dico, tenendole la mandibola. «Piano.»

Do spinte lente e profonde, voglio durare. Lei mi bacia con urgenza, con le mani che mi accarezzano dappertutto, i fianchi che si sollevano a ogni spinta. Dio, è troppo bello. Mi fermo e metto una mano tra di noi, strofinandola. Lei si scatena tra le mie braccia, dimenandosi contro di me. Le afferro un fianco, tenendola ferma. Poi la bacio ed è tutto ciò che ci vuole. Geme nella mia bocca e il suo orgasmo fa contrarre i muscoli intorno a me. Mi lascio andare, spingendomi velocemente, fino all'oblio. L'orgasmo mi travolge, un'esplosione di piacere che mi risucchia la forza. Mi affloscio pesantemente contro di lei.

«Sei una meraviglia!» esclama Rebecca.

Rido piano. È così felice dopo un orgasmo, e ancora di più dopo orgasmi multipli. Mi fa sempre venire voglia di darle di più.

Mi passa le dita tra i capelli, baciandomi la guancia. «"Ci sono cascato in pieno". Che cosa significa?»

Alzo la testa. «Penso che tu lo sappia. È lo stesso per te.»

Lei diventa seria, guardandomi fissa. «Non possiamo permetterci di fare casino.»

Deglutisco forte. So che cosa c'è in gioco e sono perfettamente conscio di essere quello che ha fatto pressioni. Se dovesse perdere il lavoro per causa mia, non solo non me lo perdonerei mai, ma non mi perdonerebbe mai nemmeno lei. Il calcolo è semplice: la fine del suo lavoro significherebbe la fine per noi. È un rischio calcolato, ma qual era l'alternativa? Ignorare la cosa migliore che mi sia mai capitata? Non potevo perdere tempo quando avevo finalmente trovato la donna che aspettavo di incontrare da tutta la vita.

«Non faremo casino» le dico, sollevandola gentilmente e mettendola sotto il getto d'acqua.

«Dev'essere tardissimo» dice, prendendo il sapone. «Non posso arrivare in ritardo.»

Si lava in fretta ed esce. Io finisco di lavarmi da solo e chiudo l'acqua. C'è qualcosa di speciale tra di noi e posso solo sperare che non venga rovinato dal mondo esterno. Qui, quando siamo solo noi due, le cose sono perfette. Per la prima volta in vita mia, mi sembra di avere realmente bisogno di un piano per fare in modo che le cose continuino ad andare bene. Di solito dico: "Succeda quel che succeda", ma Rebecca e io, beh, è troppo importante per non stare attento.

Rebecca

Sono di nuovo davanti al leggio e mi sto preparando per la seconda lezione. Tengo gli occhi sugli appunti, ignorando Connor quando entra e va in fondo alla classe. Lo vedo solo con la visione periferica, ma conosco quel corpo, grande e abbastanza muscoloso da sollevare una donna alta. *Non pensarci.* Arrossisco e cerco di concentrarmi su qualcos'altro.

«Buongiorno, Ms Edwards» dice allegramente Mike, sedendosi in prima fila. Indossa una camicia rosa e pantaloni rossi con mocassini marroni. Piuttosto ricercato per un sabato mattina.

«Buongiorno, Mike» dico. «Chiamami Rebecca.»

Lui mi fissa sorridendo. La prima cosa che devo fare è convincere tutti a partecipare all'ora di ricevimento del giovedì. Non ho nessuna voglia di affrontare un'altra ora di conferenza da parte di Mike. Li corromperò con i biscotti, se devo.

«Mi è proprio piaciuta la nostra discussione, giovedì» dice Mike continuando a sorridermi.

«Mi fa piacere che ne abbia ricavato qualcosa» dico, sorridendo agli studenti che stanno entrando. Apprezzo il suo entusiasmo, ma non voglio che qualcuno pensi che sto concentrando l'attenzione su uno studente in particolare.

Una volta che sono tutti seduti, dico: «Buongiorno, voglio assicurarmi che sappiate che siete i benvenuti alla mia ora di ricevimento il giovedì sera, dalle sette alle otto. Non c'è bisogno che abbiate una domanda specifica, possiamo semplicemente parlare di lavoro. Se c'è qualcosa che posso fare, tramite i miei contatti o con le risorse della scuola, sono disponibile per voi. Inoltre sarà piacevole. Ci saranno biscotti fatti in casa».

Alcuni ridono.

«Ehi, io c'ero la volta scorsa e non c'erano i biscotti» dice bonariamente Mike.

«Li avevo dimenticati.» Alzo un dito e dichiaro: «D'ora in poi ci saranno i biscotti con le gocce di cioccolato.»

«Io ci sarò!» dice Mike.

Colgo lo sguardo di Connor nell'ultima fila e un angolo della sua bocca si alza in un piccolo sorriso. Distolgo gli occhi. Mike mi sta fissando di nuovo, ma questa volta la sua bocca è tirata, sembra seccato. Ha notato che sorridevo a Connor?

Mi concentro in fretta sui miei appunti. «Okay, promemoria: la scadenza del saggio è la settimana prossima. È la vostra versione di un caso, da discutere in classe. Può essere basato su una ditta in cui avete lavorato, per cui lavorate attualmente oppure semplicemente un tema che vi interessa. Per favore, usate il caso discusso la settimana scorsa come modello. Voglio vedere gli elementi di valutazione, che cosa non sta funzionando e le soluzioni proposte. Discuteremo di ciascuno di loro come classe. Ora passiamo all'argomento di oggi: potere e politica nelle organizzazioni.»

Alzo gli occhi e trovo tutti che fissano i loro taccuini o i laptop con le dita pronte a registrare ogni parola. Tutti, eccetto Connor, che si limita ad ascoltare, con gli occhi fissi su di me. I nostri occhi si incontrano per un intenso momento che fa accelerare il mio polso e sentire un'ondata di calore. Il mio corpo lo conosce, lo desidera e non gli interessa che io stia insegnando. *Merda.*

Torno ai miei appunti e mi lancio nella lezione, decisa a non farmi distrarre da altri sguardi. Evito i suoi occhi per il resto della lezione. Lui non partecipa. La cosa mi preoccupa, anche se credo che lo stia facendo per mettermi a mio agio. La partecipazione vale la metà del voto del corso. So che lui è solo un uditore, ma deve soddisfare le aspettative del corso, per il suo bene e per quello del resto del gruppo.

Dopo la lezione, prendo tempo raccogliendo la mia roba, sperando di coglierlo alla fine della coda di studenti per parlargli senza attirare l'attenzione su di noi. Mike si avvicina e mi fa qualche domanda, cui rispondo più in fretta che posso, con l'occhio alla porta. Potrei forse raggiungere Connor in metropolitana, ma non ne sono sicura. Incontrarci la settimana scorsa è stato un caso.

«Mi dispiace, Mike» lo interrompo quando torna su un'altra osservazione che aveva fatto in classe. «Devo veramente andare. Potremo parlare di nuovo la settimana prossima.»

«Durante l'ora di ricevimento.»

«Certo, naturalmente.»

Lui ammicca e mi punta il dito addosso come fosse una pistola. «Abbiamo un appuntamento.»

Mi blocco. Spero veramente che non si stia facendo un'idea sbagliata. «È un'estensione del corso» dico fermamente prima di uscire.

I miei studenti si sono dispersi e non vedo Connor. Non so perché mi sembrasse urgente dirgli che poteva partecipare alle discussioni di classe, ma era così, e sono contrariata. Immagino di aver pensato che il discorso da insegnante dovesse aver luogo in un ambiente da insegnante. Sto cercando di tenere separati Rebecca e Connor da Rebecca Edwards e Connor Rourke. Diavolo, probabilmente mi sto solo prendendo in giro da sola con questi confini artificiali. Forse avevo ragione la prima volta. È stupido rischiare quando c'è in gioco la mia carriera.

Svolto l'angolo alla fine del corridoio e sobbalzo quando un uomo alto mi si para davanti.

«Ehi, rilassati, solo sono io.» Connor si china e mi sussurra all'orecchio: «Volevo aspettare che fossero andati via tutti per accompagnarti fuori. Vuoi fermarti per un caffè prima di tornare a casa? Qualcuno mi ha tenuto sveglio per la maggior parte della notte». Ammicca, con gli occhi azzurri che scintillano e sono così tentata di abbracciarlo. È così caloroso e così meravigliosamente capace di farmi sentire bene.

Mi guardo attorno. Non ci sono molte persone attorno, ma siamo ancora all'interno dell'edificio, e questo significa che vanno mantenuti i confini professionali. «Sì al caffè. Andiamo.»

«Sembravi piuttosto entusiasta dell'ora di ricevimento oggi. Sono incluso anch'io?»

«Sono benvenuti tutti quelli che seguono il corso.»

«E ci saranno veramente i biscotti fatti in casa con le gocce di cioccolato?»

Mi metto a ridere. «Sì, è un tentativo di corruzione perché non voglio una ripetizione della settimana scorsa.» Gli racconto a voce bassa dell'ora noiosa che avevo trascorso con Mike.

«Quindi ti ha insegnato ciò che gli avevi insegnato tu sul caso del caffè.»

«Sì.»

«Per un'ora.»

«Beh, è tutto il tempo in cui devo restare, ma poi voleva continuare la conversazione sul caffè bevendo un caffè. Con un po' troppo entusiasmo.»

Lui china la testa. «È normale chiedere a un professore di andare a prendere un caffè?»

Sistemo la tracolla della borsa porta documenti mentre scendiamo, e rifletto sulla sua domanda. «Non lo so. Non ho mai avuti studenti, ma immagino che succeda. Non è veramente un problema, se si sta solo parlando del corso.»

«Mmm...»

«Che c'è? Pensi che sia interessato a me?»

«Forse. Lo terrò d'occhio. E sarò lì per l'ora di ricevimento.»

«No, non farlo. Darebbe l'impressione sbagliata. Te lo spiegherò dopo.» L'ultima cosa che voglio è che Connor sembri un boyfriend iperprotettivo di fronte a Mike o a qualunque altro mio studente. È una conversazione che dovrà aspettare finché saremo usciti dal campus dell'università. «Comunque volevo essere sicura che sapessi che è importante che tu parli in classe. La partecipazione vale la metà del voto.»

«Ma io non avrò un voto. Pensa a me come fossi la carta da parati. Lì, solo per bellezza.»

Rido. «Comunque è importante prendere parte alle discussioni. Specialmente quando ci dividiamo in piccoli gruppi per discutere i casi. Sei stato l'unico a non dare la tua opinione sul vostro caso.»

«Forse non avevo un'opinione da dare.»

Arriviamo al primo piano e mi chino verso di lui per dire a bassa voce: «Non voglio che tu non ottenga beneficio da questo corso a causa mia. So che ti ho chiesto di sederti in fondo e non guardarmi, ma questo non significa che devi sparire. Per favore intervieni, fai conoscere i tuoi pensieri alla classe. È okay anche fare domande. Voglio riformulare la mia precedente dichiarazione: quando siamo in classe, puoi guardarmi e parlare con me, ma osserveremo strettamente i confini tra insegnante e studente e andrà tutto bene».

Il suo sguardo brucia nel mio e parla con la voce roca: «Una riformulazione, eh? Adesso posso guardarti». La sua voce scende a un mero sussurro. «Parlare con te.» Le sue parole sono come una carezza e il mio corpo vibra, l'elettricità percorre la mia pelle.

«Sì» dico piano.

«Buongiorno, Rebecca» tuona una voce maschile.

Faccio un balzo indietro, allontanandomi da Connor e mi volto verso il rettore della scuola, il mio capo. «Buongiorno, rettore Sears.» È tra i cinquanta e i sessanta, con capelli castani che si stanno diradando e indossa la sua solita cravatta a farfalla dai colori vivaci, oggi è gialla a pois rossi, con una camicia bianca e pantaloni grigio scuro.

«Chiamami Robert, per favore.» Tende la mano a Connor. «Dottor Robert Sears.»

Connor gli stringe la mano. «Connor Rourke. È un piacere conoscerla.»

Il rettore Sears sorride e si rivolge a me: «C'è un ricevimento per la facoltà di economia aziendale sabato prossimo e spero che tu possa partecipare. Può portare qualcuno». Accenna a Connor.

Il mio stomaco si contrae. Quell'invito significa che il rettore Sears crede che siamo una coppia. «Non siamo insieme» dico. «Stiamo solo parlando. L'ho appena conosciuto. Aveva una domanda da farmi. Io sono single.» *Stai zitta!*

Il rettore Sears mi guarda in modo strano prima di dire: «Okay».

«Mi piacerebbe partecipare al ricevimento» dico. «Solo io.»

«Niente di speciale» dice il rettore. «Un cocktail nel salone.»

«Perfetto» dico entusiasticamente, con il sudore che scorre lungo la spina dorsale.

«Splendido. Ci vedremo sabato.» Attraversa l'atrio per andare a salutare un altro professore.

Cammino con le gambe rigide verso l'uscita. Non va bene. Non dovrei essere vista troppo spesso con Connor. Il rettore Sears potrebbe entrare nella mia classe in ogni momento e vederlo seduto lì. Farebbe due più due. Il rischio che qualcosa ci sfugga, tradendoci, è troppo grosso.

Alzo gli occhi e Connor mi rivolge un'occhiata comprensiva. «Lo so.»

Sospiro di sollievo. Lo capisce e non si sente ferito per il fatto che io abbia negato di conoscerlo.

Aspetto finché abbiamo superato un isolato, diretti a un

bar, prima di dire: «Non possiamo permettere che ci vedano troppo spesso insieme nel campus».

«Il tuo posto di lavoro, decidi tu» dice. «Adesso posso toccarti?»

Mi guardo intorno, nel caso ci sia qualche studente che si sta attardando. Mi manca il fiato quando vedo Mike che ci osserva da appena fuori del bar. Sa che sono venuta nello stesso bar la settimana scorsa, dopo il corso?

«No» dico sottovoce. «Saltiamo il caffè.» Mi volto e mi dirigo verso la metropolitana, dall'altra parte della strada.

Connor tiene il passo con me. «Che cosa c'è che non va?»

«Niente, voglio solo tornare a casa.»

«Stai andando nel panico perché il tuo capo ha pensato che stessimo insieme e adesso ritieni che tutti gli altri si sono probabilmente fatti la stessa idea?»

«Niente panico, ma ovviamente mi è passato per la testa. Pensi che tutti presumano che siamo una coppia?»

«Non lo so.»

Attraverso la strada, cercando freneticamente di ricordare quante volte i nostri sguardi si sono incrociati in classe. Almeno tre volte. Mi sono sentita accaldata per la maggior parte della lezione, con i nervi esposti. L'ho nascosto bene quanto pensavo?

Connor continua. «C'è attrazione. A volte è ovvia per gli altri.» Fa spallucce. «È possibile che non l'abbia notata nessuno.»

«Ed è possibile il contrario.»

Lui espira bruscamente. Smettiamo di parlare mentre ci facciamo strada intorno a un gruppetto di persone e poi ci riuniamo sul marciapiede.

«Per favore, non costringermi a organizzare un altro falso appuntamento al buio solo per vederti di nuovo» dice. «Che tu accetti o meno di continuare a vedermi, la nostra attrazione non se ne andrà. Dovremo solo cercare di nasconderla come meglio possiamo mentre siamo in classe, ecco tutto.»

Vorrei sbattere la testa contro il muro perché, semplicemente, non esiste una soluzione facile. Posso fingere finché voglio, ma l'attrazione è una cosa viva tra di noi, perfino da una parte all'altra dell'aula. Due notti di sesso appassionato hanno reso impossibile mantenere il controllo quando c'è lui. Il mio corpo ricorderà sempre quel paese delle meraviglie di orgasmi multipli che è una notte con Connor Rourke.

«È una battaglia senza speranza.»

«Questo è lo spirito» dice Connor con un sorriso.

Una volta sul treno, mi siedo in un posto della lunga fila di sedili che guardano verso l'esterno e lui si siede accanto a me.

«Vuoi fare qualcosa stasera?» mi chiede.

La mia mente va immediatamente a pensieri sconci. Visto? È semplicemente troppo facile farsi coinvolgere da lui se siamo costantemente aggrovigliati nelle lenzuola. Qualcuno si farà male. Io. Inoltre ho effettivamente dei programmi per questa sera.

«Non posso» dico. «Esco con la mia migliore amica per il suo compleanno.» Simone farà una grande festa per i suoi trent'anni in un club in città, ma lo ometto perché non lo voglio là. Devo parlare con Simone di questa situazione con Connor e farmi dare il suo parere. Siamo amiche fin dall'asilo e lei non mi risparmia niente quando ho bisogno della sua opinione. Ho disperatamente bisogno della prospettiva di qualcuno all'esterno. Non mi piace questa costante sensazione di voler stare vicino a lui e al contempo avere bisogno di mantenere le distanze. Mi sta facendo impazzire.

«Un'altra volta» dice, chiudendo gli occhi.

Una fitta di irritazione mi fa sedere più diritta. Okay, lo capisco. È stanco per ieri notte, gli ho fatto saltare il caffè per evitare Mike e quindi adesso Connor vuole fare un pisolino durante il viaggio in metropolitana. Solo che sembra mi stia ignorando di proposito perché gli ho detto no per stasera.

Visto come mi fa andare fuori di testa quest'uomo? Non sono mai così sensibile.

Connor mi prende la mano e intreccia le dita con le mie e io sospiro, chinando la testa contro la sua spalla e chiudendo gli occhi. Non credo che potrò mai resistergli. È tutto così complicato con lui. Perché mi sto torturando in questo modo?

10

Rebecca

Quella sera, mi annuncio a una giovane donna bruna con una cuffia fuori dal club per la festa di compleanno di Simone. «Salve, sono Rebecca Edwards.»

Lei controlla la lista, trova il mio nome e parla al microfono prima di sorridermi. «Entri pure.»

Seguo il tappeto rosso fino alla porta a vetri e un buttafuori muscoloso me la apre. Entro nel club, a un ritmo pulsante di basso che fa vibrare il pavimento. Un altro uomo con un auricolare mi saluta, prende la mia giacca e m'indirizza al piano di sopra. Accanto, ci sono due uomini dall'aspetto da duri, anche loro con l'auricolare. Perché ci sono tutte queste guardie di sicurezza? La mia migliore amica è Simone Rivera, pop star di fama internazionale. Per me lei sarà sempre la bambina che ho trovato piangente nel ripostiglio, all'asilo, perché la sua maglietta aveva un buco e le altre bambine la prendevano in giro. Era povera e anche a quell'età era conscia che i suoi vestiti venivano dai negozi dell'usato. Le avevo detto che potevamo essere gemelle e quindi potevano scambiarci i vestiti. Non so da dove avessi preso quell'idea. Io sono bionda con occhi azzurro chiaro, lei è bruna, profondi occhi castani e pelle dorata. Io sono alta; lei di media statura. Ovviamente nessuno ci avrebbe mai scambiato per gemelle. Ma lei cominciò a indossare alcune delle magliette e dei vestiti che non mi andavano più bene. Erano ancora in ottimo stato perché c'ero solo io a casa, niente sorelle e trattavo bene i miei vestiti. Comunque avevamo legato e ora, venticinque anni dopo, siamo ancora molto legate. Adesso ovviamente non la vedo quanto mi piacerebbe. Era già difficile incontrarci per via di tutto il viaggiare che richiedeva il mio lavoro, ma, negli ultimi due anni, la causa è stata il suo lavoro. Finalmente ha avuto l'enorme successo che avevo sempre previsto.

Al piano di sopra, c'è una pista da ballo affollata e gente tutto intorno seduta su cubi rossi imbottiti. La cerco e vedo alcuni separé privati sulla sinistra. Scommetto che è lì.

Ci vado ed eccola, infilata in un separé con un gruppetto di persone che non conosco. Appena mi vede, grida e getta in aria le mani. «Rebecca! La mia gemella!» I suoi lunghi capelli castani sono raccolti in un'alta coda di cavallo. Indica ad alcune delle altre persone nel separé di spostarsi e si affretta a venire da me, per quanto si possa affrettare in un miniabito argento con le paillettes, aderentissimo e stivali al ginocchio bianchi, col tacco altissimo. Il mio abitino nero e le decolté nere, al confronto sono così... bleah.

Mi attira in un abbraccio mostruoso e mi bacia la guancia. Si tira indietro e mi guarda, con le mani ancora sulle mie spalle, sorridendo. «Come ci si sente ad avere trent'anni?»

Io sorrido e le dico con la voce scherzosa. «Non saprei. A me restano ancora sette mesi prima di uscire dai venti.»

«Impossibile. Siamo gemelle!»

«Buon compleanno, gemella.» Le porgo il sacchetto con il regalo. È difficile trovare qualcosa da regalarle perché fondamentalmente ha tutto ciò che potrebbe volere, con le palate di soldi che sta facendo.

Simone mi accompagna a una piccola zona delimitata in un angolo con un tavolo quadrato e quattro sedie. «Ho tenuto questo posto per noi per poter parlare un po'. Non ti vedo da *sempre*.» Si siede, tira un'altra sedia accanto a lei e poi sbircia nel sacchetto, tirando fuori un pacchetto di Twizzler alla ciliegia. «Oh, mi mancavano. Non fanno parte della mia dieta sana per i tour.»

Le do una spintarella con la spalla e dico con la voce cantilenante: «"Beh, se non le vuoi, conosco qualcuno che invece le vuole"». È una delle nostre citazioni preferite dei *Simpsons*, quando Homer regala a Marge il regalo che in realtà vuole lui: una palla da bowling con tanto di *Homer* inciso sopra.

Lei ride, apre il pacchetto e mi offre una Twizzler prima di morderne una anche lei. Estrae il regalo seguente dal pacchetto – una scatoletta – e la solleva. «Mmm.» Mi passa il bastoncino di liquirizia mezzo mangiato in modo da poter usare entrambe le mani per aprire la scatola. «Mi piace!» si mette il nuovo braccialetto, guardandolo sorridente.

È un braccialetto con tre anelli a incastro, rispettivamente grigio opaco, argento e oro. «Dovrebbe rappresentare il passato, il presente e il futuro. Il grigio è il passato, l'argento nel mezzo è il presente e l'oro è il futuro. È un promemoria di vivere nel presente e programmare il futuro, senza mai guardare indietro al passato grigio. Mi sembrava appropriato con l'onda che stai cavalcando. Spero che tu stia apprezzando tutto ciò che di bello c'è nell'oggi.»

I suoi occhi brillano di lacrime. «Oh, Rebecca. Non poteva arrivare in un momento migliore. Ero preoccupata per il prossimo album, se posso esplorare qualcosa di nuovo e continuare comunque a piacere ai miei fan e questo è un promemoria eccezionale.» Accarezza l'anello d'argento del braccialetto. «Voglio veramente vivere nel presente e non preoccuparmi tanto del futuro.»

Un cameriere si ferma accanto a noi e Simone ordina lo champagne.

«Okay. Raccontami tutto» dice quando il cameriere se ne va. «Come va l'insegnamento? Ti piace come pensavi?»

«Mi piace, ma...» Faccio un respiro profondo. «Ma è successo qualcosa di strano e completamente inappropriato e non so proprio che cosa fare.»

Lei arcua le sopracciglia. «Tu, inappropriata.»

«Sì.»

Mi dà un colpetto sulla spalla. «Racconta.»

Le parlo dell'incontro con Connor e della mia insolita avventura di una notte con lui, che poi si è trasformata in qualcosa di più.

«Brava, la mia ragazza» mi dice annuendo. «Non ti avevo detto di divertirti un po' dopo Oliver Babbeo?» Il mio ex di cognome fa Babbel, ma Simone l'ha sempre chiamato Babbeo, per ovvi motivi. Lo chiamava così anche *prima* che ci lasciassimo e probabilmente avrei dovuto prendere più sul serio la sua valutazione.

Simone sorride beata. «Allora, che c'è di male nel divertirsi con un uomo?»

Scuoto la testa, imbarazzata per la situazione in cui mi trovo. So che è sbagliato, ma continuo a vederlo. Simone sarebbe sbalordita sapendo come ho compromesso la mia integrità e la mia etica a causa della libidine fuori controllo. Non è proprio da me. Okay, non è solo libidine, Connor mi piace. Tantissimo. È così generoso. Mi piace il modo in cui i suoi occhi sorridono, il modo in cui accetta tranquillamente quasi tutto quello che dico. Non credo che mi chiamerebbe mai regina di ghiaccio solo perché non sto sorridendo. E io mi sento a mio agio con lui, veramente rilassata, cosa non facile per me. È passata solo poco più di una settimana, ma già capisco che mi sto innamorando di lui. Stupido, tenero cuore.

Sospiro. «Sto deviando troppo dal mio progetto di vita.»

«Ehi, sai che non critico i progetti di vita. Sono intelligenti e quel modo di pensare – il tuo modo di pensare – mi ha permesso di arrivare dove sono oggi.»

Mi siedo un po' più eretta, fiera che le mie capacità di pianificazione abbiano avuto successo con lei.

Simone continua. «Ma a volte bisogna solo lasciarsi andare. E parlando di quello...» Sorride al cameriere che è appena arrivato con il nostro champagne. Lui toglie il tappo con un pop e Simone applaude.

Quando abbiamo entrambe una flûte in mano, facciamo cin-cin e beviamo.

«Okay, vediamo se ho capito bene» dice. «Ti sembra di aver fatto qualcosa di strano e inappropriato per aver avuto l'avventura di una notte?» Mi dà uno schiaffo sul braccio. «E perché non l'ho saputo immediatamente?»

«Ahi.» Mi strofino il braccio dandole un'occhiataccia. «È diventato tutto più complicato molto in fretta ed ero troppo imbarazzata.»

Lei spalanca gli occhi. «Hai scoperto che è un tuo cugino o roba simile?»

«No!» Fisso il tavolo. «È uno dei miei studenti.»

Lei strilla e la guardo in faccia. Ha la mano sopra la bocca, gli occhi sgranati. Visto, sapevo che era grave.

«Lo so» dico malinconica. «È orribile. Non sapevo che fosse un mio studente finché non si è fatto vivo nella mia classe il mattino dopo.»

Lei lascia cadere la mano. «Quanti anni ha?»

«Quasi trenta, penso. Non siamo al college e lui è un uomo, pieno di muscoli, piccole rughe intorno agli occhi quando sorride e un atteggiamento rilassato e sicuro di sé.»

«Oh mio Dio, Rebecca! Questo tizio ti piace davvero!» La sua voce è abbastanza forte da farsi sentire in tutto il club, probabilmente in tutto l'isolato.

Tento di calmare il rossore che sento in tutto il corpo bevendo lo champagne e poi comincio a tossire quando mi va di traverso.

Simone mi dà qualche colpetto sulla schiena. «Come fai a

non sapere la sua età? Non fai ricerche sui tuoi tizi prima di decidere di stare con loro?»

Mi asciugo gli angoli degli occhi. «Sì, l'ho cercato su Google, ma ero così presa dal fatto che fosse un principe che ho dimenticato di guardare la sua età.»

«È anche un principe?» sussurra, ma è quasi un urlo.

Abbasso il palmo in un gesto che le indica di calmarsi. «Sì, e un costruttore.»

Lei agita le dita di entrambe le mani, rivolte verso la sua faccia. È il suo modo di fare annunci, il suo gesto *dimmi tutto*, il suo gesto *guardami attentamente in faccia prima che ti dia una sberla*. Vuole dire tutto ed è proprio da lei. «Quindi mi stai dicendo che hai incontrato l'uomo delle tue fantasie al quadrato.»

«Sì!» Sono lieta che lo capisca, anche se sto facendo la cosa sbagliata. Ci sono dei sani impulsi di logica fantasia in gioco. È da lì che viene la passione? Mi tornano in mente le parole di Connor. *Rebecca, ecco i fatti. C'è un'attrazione folle tra di noi.* Vuol dire che è una strada a doppio senso e non credo che lui abbia fantasticato su un'insegnante. Aspettate, e se avesse questa fantasia? Uffa. Che cos'è questa cosa tra di noi e perché? Mi sembra che, se riuscissi a capirlo meglio senza tutte quelle emozioni confuse, non sarei così agitata tutto il tempo.

«Nobile e costruttore» dice Simone con un sorriso. «È come se l'avessi inventato tu.»

«Lo so, un principe restauratore. È perfetto. Eccetto la tematica dell'insegnante-studente. Che cosa dovrei fare? Voglio veramente questo lavoro e non voglio essere accusata di niente di inappropriato. Potrei non ottenere mai più un lavoro in ambito accademico. Peggio ancora, mio padre è un buon amico del mio capo, il rettore Sears. Sono amici fin dal college.»

Simone mi versa un'altra flûte di champagne. «Wow, un bel pasticcio.»

Un paio di tizi si avvicinano chiedendole di ballare. «Più tardi, promesso!» dice lei con un sorriso. «Sto chiacchierando con la mia gemella.»

Mi danno una strana occhiata prima di dirigersi verso la pista da ballo. Nessuno crede mai che siamo gemelle.

Torno con la mente a Connor, come sempre nei momenti di quiete. È sbagliato continuare a vederlo? Come faccio a resistergli? I miei precedenti a quel riguardo sono un totale fallimento.

Simone si china verso di me e abbassa la voce. «Com'è il sesso?»

Ho bevuto abbastanza champagne da ammetterlo. Inoltre è Simone. «Il migliore che abbia mai avuto.»

Lei mi mette un braccio intorno alle spalle. «Ecco che cosa devi fare. Continua a vederlo, continua ad avere il miglior sesso della tua vita e mantieni il segreto. Renderà tutto perfino più sexy. Il tuo amante principe e costruttore segreto.»

Dapprima sorrido, ma poi il sorriso scompare. «Non lo so. Continua a sembrarmi troppo rischioso per me.»

«Bevi ancora un po' di champagne.»

Scuoto la testa, ridendo. Beviamo entrambe. Simone afferra la mia borsa dalla sedia e me la porge. «Invitalo qui. Voglio conoscerlo.»

Il mio cuore si mette a battere come un tamburo. «E a che cosa servirà?»

«Vi vedrò insieme e poi saprò se vale la pena di rischiare per lui.»

«Rischiare di perdere il lavoro. Nessuno può valere quel rischio, specialmente se mi precluderà l'insegnamento per sempre. E conosci i miei genitori. Mi ripudierebbero e non lo accetterebbero mai. La vergogna sarebbe troppo da sopportare per loro.»

«Rebecca.»

«Che c'è?» le chiedo, depressa, persa nelle mie emozioni conflittuali e la mia scomoda moralità.

«Meriti di essere felice. È tutto ciò che mi importa. Ora invitalo a venire.»

Espiro bruscamente. «Tutto ciò che vedrai è che c'è una forte attrazione tra di noi. Devo riuscire a pensare chiaramente quando lui non c'è in modo da *capire come comportarmi*. Dev'essere una decisione razionale, completamente separata da ciò che mi succede quando è vicino a me. Perdo la ragione, Simone.»

Lei tende la mano. «Il telefono, *por favor*.»

Sa quanto apprezzi le buone maniere in qualsiasi lingua, ma resto decisa. «No, non puoi chiamarlo.»

«Dai, sarà divertente. Gli piacerà ricevere una chiamata da Simone Rivera. Piace a tutti.»

Scuoto la testa. «Ah, Simone! Ricordi quando mi hai chiesto di farti sapere quando ti monti un po' troppo la testa?» Le metto una mano sul braccio. «Tanti fan, lo staff che ti riverisce. In questo momento la tua testa sta per esplodere.»

«Ed è il motivo per cui ti ho chiesto di unirti al mio staff come manager. Oltre alle tue pazzesche capacità.»

Ha licenziato il suo manager un mese fa dopo un enorme scandalo per molestie sessuali che coinvolgeva lui e un'altra cliente molto giovane. In quel momento, avevo già accettato il posto da insegnante, con grandi speranze di avere una nuova carriera, altrimenti avrei preso in seria considerazione la sua offerta di lavoro. Dopo il burnout, ammetto che l'idea di trasferirmi a Los Angeles e viaggiare con lei quando aveva bisogno di me era più di quanto potessi affrontare, ma adesso sto molto meglio.

Simone diventa seria e parla in tono pressante: «Sto allargandomi, diventando una vera e propria corporazione, sai. E la verità è che ho bisogno di te. Per favore, puoi almeno pensarci? Mi fido di te come di nessun altro».

Faccio un respiro profondo. Voglio esserci per lei. Potrebbe essere un'opportunità incredibile e anche redditizia. Ma dovrei rinunciare alla mia vita qui. Significherebbe vedere molto meno la mia famiglia, e siamo molto uniti. E dovrei dire addio a Connor. Non c'è verso che lui abbandoni la ditta di famiglia. Ma sto solo facendo programmi ipotetici. Non so nemmeno se ho un futuro con Connor, le cose sono così nuove tra di noi. Non posso chiudere del tutto la porta su questa opportunità. Le do una stretta al braccio. «Devo finire il semestre, ma prenderò in seria considerazione la tua offerta.»

«Sssìì!» Simone mi abbraccia e mi bacia la guancia. «Ora, per favore, chiama Connor. Devo conoscere questo tizio per sapere se vale tutta questa angoscia.»

«Sai, se lavorassi per te, probabilmente non lo vedrei più. Le relazioni a lunga distanza non funzionano mai.»

Simone alza il braccio con il suo braccialetto nuovo e indica il cerchio d'oro. «Quello è il futuro. Tu e io viviamo nel presente. Inoltre hai il resto del semestre. Quindi, in questo momento, ti piace un tizio che ti sta facendo infrangere tutte le regole. Penso che sia la prima volta in cui non rispetti la regola dei cinque appuntamenti, giusto?»

«Sì» ammetto.

«Sono in città solo per una settimana ed è importante che lo conosca. Non puoi aspettarti che ti dia dei buoni consigli se non vi vedo insieme.»

Vivere nel presente. Non le avevo appena detto quanto fosse importante? Appoggio la pochette sul tavolo e la fisso. *Devo chiamarlo? Magari servirebbe se Simone lo conoscesse.* Ho il polso che galoppa, sono nervosissima. «Non ho intenzione di chiamarlo.»

«Almeno fammi vedere la sua fotografia. Per favore, dimmi che hai una fotografia del tuo principe.»

Sorrido, prendo il telefono e le mostro la foto di Connor in smoking con i suoi fratelli sull'isola di Villroy per il matrimonio di Dylan. Lei mi strappa il telefono di mano e mi volta la schiena.

«Simone! Ridammelo!»

«Voglio solo vedere. Rourke. Oh, sì, il mondo è piccolo. Ho conosciuto la principessa Emma e suo marito, Jackson, a un party a Londra. Carinissimi e tanto talento. Entrambi. Salve, sono Simone Rivera. Mi chiedevo se ti piacerebbe unirti a me e Rebecca per la mia festa di compleanno.»

«Simone!» Balzo in avanti, cercando di riprendere il telefono ma lei arretra, tenendomi lontana con una mano.

«Sì, sono realmente Simone Rivera, la cantante.» Si lancia in una delle sue hit. «*I'm on fire for your love*... Cosa? Sto usando il telefono di Rebecca perché è qui con me... Ah!» Strattona il braccio, facendomi perdere la presa. «Scusa, la tua ragazza è veramente forte.»

Mi copro il volto con le mani. Non ho mai detto di essere la sua ragazza. Non abbiamo messo etichette a quello che c'è tra di noi. È così maledettamente imbarazzante.

Simone mi toglie una delle mani dalla faccia e mi ridà il telefono. «Vuole parlare con te.»

«Pronto» dico al telefono, guardandola storto. «Scusa, Connor.»

La voce profonda di Connor mi riscalda immediatamente. «La tua miglior amica è Simone Rivera? Com'è successo?»

«Siamo cresciute insieme.» Poi aggiungo a voce alta: «Ed è il motivo per cui si sente in diritto di interferire con la mia vita».

Lei sorride e si siede, succhiando lo champagne attraverso la cannuccia di liquirizia. Viene immediatamente circondata da un gruppo di persone che le augurano buon compleanno e festeggiano. Probabilmente stavano aspettando che mi allontanassi. Vita di una diva. Sono felice per lei, nessuno lo merita più di lei dopo tutto il suo duro lavoro, anche se sono irritata per i suoi trucchetti.

Mi allontano un po', per avere privacy. «Eri occupato?»

«Stavo solo guardando gli Yanks. La partita è in pareggio.»

«Ah, bene, ti lascio tornare alla tua partita.»

«Rebecca, è un po' strano che la tua famosa amica mi chiami per invitarmi alla sua festa di compleanno. Che cosa sta succedendo?»

Sospiro. «Vuole conoscerti.»

«Perché?»

«Perché le ho parlato di noi.»

«Sì, che cosa le hai detto?» sembra voglia veramente saperlo.

«Preferirei non dirtelo. Roba da donne.»

«Sembra inquietante.»

«Ho un dilemma etico.»

«Detesto quando succede. Dammi l'indirizzo e arrivo.»

Sento il polso che accelera. Potrebbe essere un disastro: lui, io, Simone. La situazione è ben oltre il mio controllo. «Siamo in un club in città, non è assolutamente la tua scena.»

«L'indirizzo, per favore.»

Gli do l'indirizzo, visto che è così educato. Maledizione. Quel *per favore* mi frega sempre.

«Ci vediamo presto» dice e chiude.

Mi avvicino e fingo di strangolare Simone.

Lei ride. «Prego!»

11

Rebecca

Il mio cuore batte forte quando Connor viene verso me e Simone al nostro tavolo privato nell'angolo. Sapevo che stava arrivando perché le guardie del corpo di Simone le avevano mandato un messaggio. Lei aveva immediatamente mandato via tutte le altre persone al tavolo. Io sto praticamente vibrando per l'ansia da allora.

Simone parla sottovoce. «Fa tutta la strada da Brooklyn, lasciando la partita degli Yanks in pareggio. Ragazza, ti vuole. Ed è occheiii. Mmm-mhmm.»

Balzo fuori dalla sedia, in preda all'adrenalina per averlo aspettato per un'ora.

Gli vado incontro a metà strada, con il respiro che accelera quando i nostri sguardi si incrociano. *È qui.* Tutta la mia angoscia sparisce. Il mio cervello sembra andare in vacanza quando sono vicina a lui, un sollievo ben accetto. «Grazie per essere venuto.»

Lui abbassa la testa, baciandomi la guancia. «È bello vederti. Pensi che supererò l'ispezione della migliore amica?»

Connor allarga le braccia, invitandomi a ispezionarlo. È stupendo, sexy, inebriante. Lo desidero in modo folle.

«La camicia azzurra fa risaltare i tuoi occhi» dico, cercando di coprire il mio intenso desiderio. Indossa una camicia azzurra button-down, con le maniche lunghe, aperta sul collo, che mette in mostra l'incavo tra le clavicole che ho assaggiato. Il desiderio aumenta, come la pressione nel mio basso ventre mentre guardo la sua vita sottile nei pantaloni grigio scuro con la cintura e le scarpe nere. È un uomo così bello.

Lui mi alza il mento. «Grazie.»

«Tutto fa risaltare i tuoi occhi. Sono di questo azzurro incredibile» dico senza riflettere.

Lui sorride, con gli occhi che si illuminano e quelle piccole rughe che si irradiano. «Mi piace il tuo vestito. Stai benissimo.»

«Grazie. Quanti anni hai?»

Connor mi mette un braccio sulle spalle e mi bacia la tempia. «Google non te l'ha detto?»

Vorrei che la mia voce avesse un tono di giusta indignazione, ma non ci riesco. La verità è che avevo tentato di fare una ricerca accurata su di lui solo per soffermarmi su quanto era bello in smoking. «Lo sto chiedendo a *te*.»

Si sposta, guidandomi verso Simone. La riconosce, come tutti del resto al giorno d'oggi. Lei mi rivolge un enorme sorriso, alzando entrambi i pollici. Ho le guance in fiamme. Poteva essere più ovvia? Ed è un po' presto per il pollice in su. È appena arrivato. Non gli ha nemmeno ancora parlato.

«Ho ventotto anni» dice.

«Bene.»

«Sì? Quanti anni pensavi avessi?»

«Circa la mia età, ma volevo esserne sicura. Mi piace conoscere i fatti. L'ha chiesto Simone.» Sto parlando a vanvera perché sto fondamentalmente chiedendo a Simone di decidere sull'intera faccenda insegnante-studente. So che sembra brutto e so che è rischioso. C'è il mio lavoro in ballo con il potenziale di gravi ripercussioni, sia personali sia professionali.

Simone si affretta a venire da noi, rivolgendogli tutta la potenza del suo sorriso da pop-star. «Salve! Io sono Simone. È un vero piacere conoscerti.»

Lui mi toglie il braccio dalla spalla e le stringe la mano. «È un piacere anche per me. Sono Connor.»

«Lo so.» Simone sorride, guardandoci. «Venite a sedervi.» Indica il tavolo. La seguiamo. Ci dice di sederci sulle due sedie vicine, dov'eravamo sedute noi due prima e poi tira un'altra sedia dall'altro mio lato. Ora siamo seduti tutti e tre dallo stesso lato del tavolo, con me in mezzo. Così intimo e confortevole. NO.

C'è un silenzio imbarazzato. Eccetto la musica ad alto volume del club.

Simone prende il telefono. «Che cosa posso offrirti, Connor? Noi stiamo bevendo champagne, ma il bar ha tutto quello che puoi desiderare.»

Connor chiede educatamente una birra prodotta a Brooklyn e io mi sento tutta calda dentro. Certo, Simone noterà le sue buone maniere e sarà un punto a suo favore, più del fatto che è probabilmente l'uomo più sexy con cui sia mai stata. Desidero veramente che lo approvi. Forse sto solo cercando di giustificare il mio desiderio di stare con lui.

Una volta inserito l'ordine in un messaggio, Simone gli sorride radiosa. «Allora, Rebecca mi diceva che sei un costruttore principesco.»

«Solo un costruttore,» dice lui, «non principesco.»

«Ha sangue reale» m'inserisco io. «Solo gli piace tenere segreta la cosa.»

Simone nasconde un sorriso dietro la sua flûte di champagne. «Mi piacciono le cose segrete.» Sorseggia lo champagne, con gli occhi che scintillano mentre mi guarda. Mi aveva detto di tenere segreta questa cosa tra me e Connor.

«I segreti possono essere un'arma a doppio taglio» dice Connor.

«Sono d'accordo» aggiungo io.

Tre uomini si avvicinato al tavolo, cercando di convincere Simone a ballare. Lei sorride. «Verrò, lo prometto! In questo momento sto chiacchierando con la mia ragazza e il suo nuovo amico.»

Uno degli uomini si fa un selfie con lei e poi si allontanano.

Simone non perde un colpo, si china verso Connor per chiedergli: «Quali altri segreti stai nascondendo?».

Io mi tiro indietro, per permettere loro di parlare.

«Nessuno» risponde Connor.

Spingo indietro Simone. «Datti una calmata.»

«Penso solo che sia una cosa interessante da dire, come se abbia un'esperienza personale di segreti.»

Mi volto verso Connor, con un'espressione interrogativa. *C'è qualcosa che dovrei sapere?*

Lui mi stringe la mano. «Mio padre aveva tenuto segreta la relazione con mia madre perché lei era una borghese e avevano già organizzato un matrimonio per lui. Poi, quando suo padre era sul letto di morte ed era venuto il momento per mio padre di succedergli come re, sposare la sua regina e continuare con il regno, finalmente aveva ammesso che vedeva da tempo in segreto mia madre e la voleva come sposa. Alcuni dicono che lo shock di quella rivelazione fu ciò che lo fece esiliare con nient'altro che la camicia che aveva addosso.»

Simone ha gli occhi sgranati, la bocca aperta. Si volta verso di me per vedere la mia reazione. Sono sorpresa quanto lei di sentire che era tutto un segreto. Non l'avevo scoperto nella mia ricerca.

«È così romantico!» dice Simone sospirando e stringen-dogli il braccio.

Connor alza una spalla. «Mio padre dice sempre di aver sposato la migliore donna al mondo.»

«Oh, wow.» Un altro sospiro.

«È bello» mormoro io.

Arriva la sua birra e Connor ne beve un lungo sorso, con il pomo d'Adamo nel suo collo muscoloso che va su e giù. Mi chino verso di lui senza farmene accorgere, respirando il suo profumo, mare, sole e sex appeal maschile. È come sesso sulla spiaggia, il cocktail e la realtà. *Delizioso.*

Simone gli sorride. «Mi piace la storia dei tuoi genitori. E tu, però? Brutte rotture nel tuo passato?»

Connor mi dà un'occhiata prima di rispondere. «No.»

«Elabora» dice Simone, con una nota d'acciaio nella voce.

«Nessuna brutta rottura» dice tranquillamente.

«Le hai scaricate tu o sei stato scaricato?» gli chiede.

«Simone!» protesto. «Stai andando troppo sul personale.»

«Personale sarebbe chiedere che cosa prova per te» dice con un sorriso diabolico. «Hai visto come mi sono trattenuta?»

Connor apre la bocca, la richiude e beve un sorso di birra.

«Scusami, hai ragione» dice Simone. «Venite, è il mio compleanno. Balliamo.» Mi tira fuori dalla sedia. «Per favore, Rebecca, Voglio divertirmi un po' e voglio che tu ne faccia parte. E anche tu, Connor.»

Mi volto a guardare Connor, che si alza. «Certo.»

Andiamo verso la pista da ballo. Simone alza le braccia, danzando verso il centro. Viene immediatamente circondata dagli ammiratori. È tutta gente vagliata con cura, quindi non mi preoccupo per la sua sicurezza. La canzone è un'altra con un forte ritmo di basso e, così vicina agli altoparlanti, lo sento come un battito che preme sul mio corpo.

Comincio a ballare e Connor mi passa un braccio intorno alla vita, tenendomi vicina ma non troppo, abbastanza perché ci tocchiamo quando mi muovo. Balliamo con lo stesso ritmo e il desiderio mi travolge, ho le gambe e le braccia pesanti. Ho la mente lucida. Non c'è nient'altro che la primitiva soddisfazione del mio corpo accanto al suo. Il tempo cessa di esistere. Mi sfiora i fianchi con le mani, su e giù. È elettrico. Gli metto le braccia intorno al collo e balliamo, muovendoci appena, premuti l'uno contro l'altra. Quasi fossero preliminari, i suoi occhi sono fissi nei miei e continuiamo così, ballando e avvicinandoci sempre di più alle fiamme.

Presto, dice il suo corpo, *presto saremo nudi*.

E i miei occhi dicono: *sì, sì, sì*.

Un bel po' dopo, Simone mi afferra il braccio. «Una cosa in fretta, gemella.»

«Uh? Che c'è?»

Mi tira fuori dalla pista da ballo, voltando la testa per dire a Connor: «Ci vediamo al tavolo».

Connor alza una mano e si dirige verso il tavolo. Lo guardo andarsene con il suo passo sicuro, le sue spalle larghe e la schiena muscolosa mentre si allontana da me quando non vorrei altro che sentirlo sotto le mani. Dovremmo tornare presto a casa mia. Non riesco nemmeno a credere quanto lo desideri. È folle, fuori controllo, una voglia che non riesco a negare.

Simone si ferma a una certa distanza dalla pista da ballo, vicino alle scale e indica il piano di sotto, oltre la ringhiera di vetro. «È Clint Owens. L'avevo invitato per te e non pensavo sarebbe venuto. Non ha mai risposto e avevo sentito che era via per le riprese. Te lo presenterò e poi tornerai da Connor. Qualunque cosa tu faccia, non lasciare che Connor ti veda sbavare su Clint.»

«Cosa! Clint Owens è qui? Per me!» Sono in iperventilazione. È il mio idolo, l'uomo delle mie fantasie, il conduttore del mio programma preferito, *Reno Magic*. Abbiamo avuto parecchie notti di orgasmi negli anni. Orgasmi solitari, ma comunque lui aveva un importante ruolo immaginario.

«Sì.» Mi prende per le spalle. «*Respira*. Alle celebrità non piace quando la gente dà fuori di matto per loro a un party privato. Sii la solita, educata, te stessa.»

Annuisco vigorosamente e poi mi volto a fissare i familiari capelli castani disordinati e la mandibola di granito del costruttore sexy su cui ho fantasticato per... oh, da sempre... mentre sale le scale, avvicinandosi sempre di più.

OH MIO DIO, È CLINT OWENS!!!

Il mio respiro diventa affrettato, ho il cuore che batte forte, la bocca aperta. Non riesco a credere che sia veramente qui. Clint Owens in persona! La mia fantasia ha preso vita.

Mentre si avvicina, mi rendo conto che la sua bella faccia è ancora più bella di persona. Sono pietrificata, completamente in soggezione. Ha un completo nero, senza cravatta, la camicia bianca aperta fino a metà busto che mostra i pettorali definiti e un tatuaggio tribale. La mia mente va alla mia fantasia preferita, dove io entro magicamente nello show Reno Magic e stiamo martellando insieme e poi di colpo *mi sta* martellando contro la parete. *Oddio, sto pulsando.*

«Clint!» esclama Simone. «Non pensavo che ce l'avresti fatta. Che bella sorpresa!»

Lui sorride, quel suo sorriso da un milione di dollari, con i denti che lampeggiano bianchi alla luce fioca del club. «Come potevo resisterti, Simone? E quando mi hai detto che la tua amica era una tale fan dello show, dovevo veramente venire. Inoltre abbiamo finito presto le riprese in una casa nella Carolina del Sud. Un breve volo ed eccomi qui.»

«Sìì!» esclama Simone.

«Buon compleanno» le dice Clint, baciando l'aria vicino alla sua guancia. Il suo sguardo cade su di me. «È lei?»

Io sbatto le palpebre un paio di volte e mi lecco le labbra secche. Sono rimasta lì con la bocca aperta per tutto il tempo?

Simone mi dà una gomitata. «È lei, la mia migliore amica da molto, molto tempo, Rebecca. E, Rebecca, tu conosci Clint, ovviamente, dal tuo show preferito, ma eccolo qui in persona.»

Guardo i suoi occhi castani con le ciglia folte che mi guardano scintillando. È come se sapesse il modo in cui lo conosco. Ho le ginocchia molli, le mani che tremano.

Clint. Owens. Qui.

Simone mi dà un'altra gomitata.

«Grande fan.» È tutto quello che riesco a dire.

Lui mi prende la mano tra le sue grandi e sorprendentemente morbide. «Rebecca, è così bello conoscere una fan. Qual è la tua stagione preferita?»

Clint Owens mi sta toccando. Non riesco a muovermi, non riesco a distogliere gli occhi. Le sue labbra piene sono così sensuali, perfino allargate in un sorriso. *Clint Owens mi sta sorridendo.*

«Sono piuttosto sicura che le piacciano tutte» risponde Simone per me.

«Mi piacciono tutte» ripeto con la voce sospirosa.

«Bene, mi fa piacere» dice, sorridendo in quel suo modo vincente, da Clint Owens.

Gli piace quello che sto dicendo, quindi dico di più, come in trance, colta nell'aura fenomenale dell'affascinante conduttore e costruttore sexy che mi ha fatto superare molte notti solitarie senza sesso. «Ho guardato tutte e cinque le stagioni, ma penso che le più recenti, quelle in cui hai fatto più lavoro da solo, sono state veramente incredibili.» *Perché eri a torso nudo.*

Simone si intromette. «Sono così felice che Rebecca abbia finalmente avuto la possibilità di incontrarti e di farti sapere quanto le piace il tuo show.»

Lui mi prende la mano, la solleva e bacia il dorso, con gli occhi che bruciano nei miei. Mi manca il respiro, il mio cervello se n'è andato fluttuando in un sogno. Sto avendo un'esperienza extra-corporea. È magico. *Reno Magic.*

«Vieni con me» dice Simone, prendendolo a braccetto. «C'è altra gente che vorrei presentarti.»

«Più tardi» dice Clint a Simone e poi si volta verso di me con un sorriso affascinante, da conduttore sexy. «Rebecca, vuoi ballare?»

«Ballare» ripeto senza espressione, con la realtà che torna prepotente. Nelle mie fantasie non balliamo. Sbatto le palpebre e mi guardo intorno. Dov'è Connor? Stavo ballando con lui.

Clint ridacchia. «Sì, ballare.» E poi Clint Owens mi mette la mano sulla schiena e mi guida verso la pista da ballo. Non è alto come pensavo che fosse in TV. Con i tacchi sono un po' più alta di lui.

Non voglio essere scortese, quindi decido che un ballo andrà bene. Continuo a cercare Connor e finalmente lo trovo al tavolo privato nell'angolo, dove eravamo prima. Lo saluto. Lui si alza e viene verso di me, con un'espressione burrascosa. *Uh-oh.*

Improvvisamente, Clint mi tira vicino, guardandomi con gli occhi socchiusi.

Clint Owens vuole martellarmi.

Sbalordimento totale.

«Posso?» abbaia una voce profonda.

Mi volto. «Connor! Ciao. Speravo che mi raggiungessi.»

Ha le labbra strette, le gambe divaricate, come se fosse in posizione di combattimento. «Ciao.»

Oh, non va bene. Indico l'uomo delle mie fantasie, che si è staccato da me. «Connor, questo è Clint Owens, dallo show *Reno Magic.* Simone gli ha detto che sono una fan, quindi mi ha chiesto di ballare.»

Connor gli stringe bruscamente la mano prima di dire con una voce che non tollera discussioni: «Lei è con me».

Clint alza il mento e si sposta in un'altra parte della pista da ballo. Viene immediatamente circondato da giovani e belle donne che si stanno dimenando. *Arrivederci, Clint. Alla prossima volta in TV.*

Connor mi prende per mano e mi guida verso un separé, vuoto perché si sono precipitati tutti verso la pista da ballo per essere vicini a Clint Owens. Penso che anche Simone sia sulla pista. Ovviamente è lui l'attrazione principale per le donne.

Mi sistemo sulla panchetta imbottita, tornando con gli occhi verso Clint Owens; è così difficile pensare che sia qui nella vita reale, quando Connor mi tira improvvisamente verso il centro della panchetta, proprio contro di lui, coscia contro coscia.

Mi volto verso di lui, ancora rapita dagli avvenimenti. «Riesci a credere che Clint Owens dal *Reno Magic* sia qui?»

Connor stringe gli occhi. «Perché lo dici come se *lui* fosse magico?»

Chino la testa. «Sei geloso?»

Lui guarda oltre la mia spalla. Probabilmente sta lanciando gelosi raggi laser al povero, ignaro Clint Owens. «Perché dovrei essere geloso?»

Torno a guardare la pista da ballo e Connor mi prende il volto tra le mani, girandomi verso di lui. Mi bacia rudemente, con le dita che mi afferrano i capelli. Il desiderio esplode dentro di me come un fulmine. Mi bagno immediatamente tra le gambe, i capezzoli diventano due sassolini e sto morendo dalla voglia che mi tocchi di più. Gemo, forte e poi mi perdo nel piacere incredibile di un uomo che vuole rivendicarmi come sua, completamente sua.

Quando finalmente mi lascia riemergere all'aria, stiamo entrambi respirando forte. Lui si sposta, lasciando la presa su di me.

«Dimmi perché dovrei essere geloso» dice a bassa voce.

Sono così eccitata che vorrei mettermi cavalcioni su di lui e strofinarmi. *Ho bisogno, ho bisogno...*

«Rebecca.»

Lo guardo negli intensi occhi azzurri. Vuole che sia sua, solo sua. Vuol dire qualcosa. «Non devi essere geloso. Sono qui con te.»

«Sembravi piuttosto eccitata di stare con lui.»

Mi mordo il labbro. «Okay, capisco perché sei geloso. Sai che ho un debole per i costruttori. Tu sei un costruttore, lui è un costruttore. E probabilmente ho avuto un momento da fan sfegatata quando ho incontrato il mio... *lui* di persona.»

«Il tuo cosa? Stavi per dire il tuo *cosa?*»

«Niente.» Mi sposto per baciarlo, ma lui si tira indietro.

«Riuscivo a vederti solo parzialmente di profilo, ma sembrava che stessi per baciarlo. È giusto?»

Ho le guance in fiamme. «Baciarlo? Non stavo per baciarlo.»

«Eravate vicinissimi sulla pista da ballo e lui ti stava guardando con il desiderio chiaro negli occhi. Che cosa dovevo pensare?»

«Non è così. Ci siamo appena conosciuti.»

«Uh-uh. È lui il motivo per cui ho ricevuto tardi l'invito? Speravi di incontrarlo qui?»

«No! L'ho veramente appena conosciuto. Sono una grande fan del suo show. Non avevo idea che sarebbe stato qui. Simone ha invitato lui e...» fisso il tavolo, passando il dico su un graffio nel legno, «... e te, e adesso è solo *strano*.»

Mondi libidinosi che si scontrano.

Solo che solo uno dei due è reale. È ovvio che preferisco un uomo vero nella mia vita a uno di fantasia in TV. Non ho certo intenzione di andare a letto con Clint Owens, anche se ci fantastico sopra.

Connor mi mette una mano sulla guancia, alzandomi il volto prima di baciarmi in quel suo modo che mi fa sentire come se fossi drogata. Sono così contenta che mi stia baciando di nuovo.

Connor interrompe il bacio. «Dimmi perché è strano.» Il suo bacio mi ha ridotto a una pozza di desiderio. Sospetto che lo sappia perché lo fa di nuovo.

«Connor.»

Questa volta mi bacia più a lungo. «Dimmelo.»

Gli metto la mano sul petto, afferrando la camicia per tenerlo vicino. «Ancora, per favore.»

Lui mi bacia la linea della mandibola e dà una tiratina con i denti al lobo dell'orecchio. Le sue parole sono bollenti contro la mia pelle. «Sei stata con lui?»

«No, lo giuro. È solo una fantasticheria.»

Lui mi guarda negli occhi, studiandomi per un lungo momento. «Una fantasticheria?»

Distolgo gli occhi. È piuttosto imbarazzante parlare dell'uomo delle mie fantasie quando è proprio lì presente. Specialmente al mio uomo vero.

«Rebecca?»

«Sì?»

«Guardami.»

Lo guardo negli occhi, pregando che non mi chieda che cosa faccio esattamente con Clint Owens nella mia fantasia. È una cosa privata.

Connor aggrotta le sopracciglia. «Prima, mi avevi invitato a venire a casa tua per guardare *Reno Magic* in modo che tu potessi guardare l'uomo delle tue fantasie. Giusto?»

«Uhm, non esattamente.»

«Non esattamente?»

Mi metto sulla difensiva. «Ti sei auto-invitato, lo ricordi? Avevo registrato l'ultimo episodio e pensavo che lo avresti apprezzato dal punto di vista di un costruttore.»

«Mentre tu lo apprezzavi come un modo per masturbarti?»

«Shh!» Mi guardo intorno ma non c'è nessuno vicino. La pista da ballo è affollata, con le due celebrità che adesso ballano insieme. *Simone e Clint Owens. Wow. Farebbero dei bellissimi bambini insieme.*

«Lo guardi ancora per masturbarti?»

Gli metto la mano sulla bocca e sibilo. «Smettila di dire quella parola.»

Lui tira via la mano. «È imbarazzante quando incontri l'uomo delle tue fantasie mentre il tuo uomo vero è lì intorno.»

Wow, centrato in un sol colpo.

«È qui, ecco tutto» dico, in tono poco convincente. Che cosa posso farci se il mio cervello è entrato immediatamente in modalità "fantasia Clint Owens" com'è stato addestrato a fare per parecchi anni? C'è un percorso neurale ben definito che va da Clint Owens all'orgasmo.

«Vado a parlare con lui.» Connor scivola fuori dal separé e io mi affretto a seguirlo come posso, ma il vestito continua ad appiccicarsi al cuscino di velluto. Connor mi aveva praticamente sollevato quando ero seduta al centro della lunga panchetta.

Lo raggiungo e gli afferro il braccio. «Connor, aspetta. Resta con me.»

«Voglio conoscere la concorrenza.»

«Non siete in concorrenza, lo giuro.»

Ha le labbra tirate. «Allora vieni con me e fammi vedere come sei con lui quando è vicino.»

«Stai solo cercando di mettermi in imbarazzo. Scordatelo. Fai quello che vuoi. Io vado a ballare con Simone.»

Lui se ne va e io resto lì, pietrificata, guardandolo mentre dice qualcosa a Clint Owens che lo induce a uscire dalla pista. Si allontanano per parlare.

Mi affretto ad andare da Simone, agitando le mani sopra il cerchio di ballerini che la circondano. «Gemella!» Fortunatamente sono alta e mi vede subito, tirandomi al centro con lei.

«Cattive notizie» le dico.

«Cosa? Parla!»

«Cattive notizie! Connor è andato a parlare con Clint Owens!»

«Lascia che gli uomini se la sbrighino tra di loro.» Mi

afferra la mano e mi fa roteare. «Balla con la festeggiata. Si hanno trent'anni una sola volta.»

«E se litigassero?» le chiedo mentre mi fa roteare un'altra volta.

«Ci sono le guardie. Smettila di preoccuparti tanto. Probabilmente finirete per fare sesso come due animali per fare pace.»

Arrossisco e mi sposto per spiare i due uomini. Sono su un balconcino che sporge dalla pista da ballo. Connor sembra serio mentre parla. È quasi come si stessero affrontando, gambe divaricate alla stessa distanza delle spalle. Clint Owens è azzimato e stiloso, Connor è ruvido e reale. È anche una decina di centimetri più alto. Sto morendo dalla voglia di sapere che cosa gli sta dicendo Connor. E se stesse informando Clint che è l'uomo delle mie fantasie? Come potrei sopravvivere a una cosa simile?

Simone mi tira verso di lei e balla in circolo intorno a me. *Ah, bene, ballerò con la festeggiata.*

Tre stancanti balli dopo, Connor appare sulla pista da ballo e mi indica col mento di seguirlo. Lo faccio e finiamo al tavolo riservato da Simone dato che i separé privati adesso sono di nuovo pieni.

Si siede accanto a me e mi mette il braccio sulle spalle. «Ho scoperto che Clint non è veramente un costruttore. È un attore. È il motivo per cui è da poco che sta facendo personalmente i lavori di ristrutturazione, ha un istruttore sul set che gli dice che cosa deve fare.» Sembra compiaciuto.

«Quindi era questo il tuo obiettivo? Rovinarmi l'uomo delle fantasie?»

«No, volevo solo scoprire come stavano le cose. Adesso lo sappiamo.»

Sono furiosa e anche un po' contenta che gli interessi abbastanza da essere così agitato per la mia cotta per una celebrità. Penso che Simone abbia ragione: a Connor piaccio veramente.

Mi volto verso di lui. «È peggio che essere gelosi, è meschino.»

«Ammetto la gelosia, non la meschinità. Se fossi stato meschino gli avrei rotto il naso per averti baciato la mano.»

«Connor!»

«Okay, d'accordo. Non gli avrei dato un pugno, ma non sarei decisamente stato educato.»

Alzo la testa. «Solo perché ho avuto un momento da fan sfegatata perché la mia fantasia aveva preso vita non significa che ti devi trasformare in un uomo delle caverne. Non è successo niente.»

Connor mi mette la mano sulla nuca, accarezzando la pelle sensibile con il pollice. «Sappi solo questo. Sono *io* adesso il costruttore delle tue fantasie.»

Oh, così va addirittura meglio. Posso veramente mettere in atto le fantasie che ho da tempo. Gli accarezzo il petto, godendomi il calore dei suoi muscoli duri. «Il costruttore delle mie fantasie si toglie la maglietta e lavora sul serio.»

Connor mi mordicchia il labbro. «E tu quando entri?»

«Io lo aiuto.»

Si mette a ridere. «Tu lo aiuti?»

«Sì, perché è così buffo? Io lo aiuto con il martello.»

I suoi occhi brillano divertiti e mi bacia di nuovo. «E poi?»

«Poi le cose vanno avanti da lì.»

Connor mi prende il volto tra le due mani. «Sei adorabile quando arrossisci. Me lo farai vedere dopo.»

«Solo se supererai l'esame da costruttore. Deve sembrare autentico per soddisfare la fantasia.»

«Oh, sarà autentico.»

«Connor?»

«Sì?»

«Mi piacerebbe andare adesso. Ho bisogno di sapere se puoi superare il test. Altrimenti...» Inclino la testa verso la pista da ballo come se Clint Owens fosse veramente una possibilità.

Connor mi solleva dalla sedia e io squittisco per la sorpresa. «È ora di dimostrare il mio valore.» Mi tira verso di sé e mi bacia appassionatamente.

È arrivata l'ora del sesso riappacificatore. Con gli attrezzi!

Connor interrompe il bacio sorridendo. «Sarà meglio che andiamo a casa mia, dove ci sono effettivamente degli attrezzi.»

«Oh, sì» mormoro.

Lui ridacchia, mi prende la mano e mi guida fuori. Ci fermiamo a salutare Simone e lei abbraccia entrambi: ciò significa che abbiamo la sua approvazione. Non è tipo da abbracci, nonostante tutta la sua rumorosa, entusiastica cordialità.

«Mi aspetto di rivederti, Connor!» dice.

«Mi sembra una buona idea.»

Sento gli occhi di Clint Owens su di me e colgo Connor che gli rivolge un saluto scherzoso. L'ex uomo delle mie fantasie si volta, fingendo di non notarlo. Il saluto è il modo educato di dire *fottiti*. Con Connor nella parte della persona educata.

«A Simone piaci» gli dico quando arriviamo sul marciapiede.

«Ho avuto il timbro di approvazione della miglior amica» dice, prendendomi la mano mentre camminiamo verso la metropolitana. «Sono lieto di aver superato il test.»

«Non era un test.»

«Sì che lo era.»

«Okay, un po'. Ero combattuta, ma...»

Connor mi dà un'occhiata. «Ma...»

«Ma voglio stare con te, quindi se manteniamo il segreto dovrebbe andare tutto bene.»

«Allora è questo che intendeva riguardo ai segreti.»

«Sì.»

«Okay, ma è l'unico segreto, capito? C'è qualcosa che vorresti dirmi al riguardo?»

«No. Non ho segreti.»

«Nemmeno io. Quindi adesso possiamo tornare alla tua fantasia, con me come protagonista, un tizio che sa realmente come si usano gli attrezzi perché io sono un vero costruttore.»

«Non vedo l'ora.»

Lui ridacchia e mi abbraccia stretta. E, per uno splendido momento, dimentico ogni dubbio e ogni preoccupazione riguardo a noi due.

12

Connor

Porto Rebecca a casa mia per la prima volta. A confronto della sua, è minimalista quindi non credo che ne resterà molto impressionata. Vivo qui solo da un mese. In soggiorno ci sono un divano di pelle nera con paio di tavolini e una TV a schermo piatto. In camera un letto king-size, una cassettiera e un paio di comodini. Ed è tutto.

Rebecca dà una frettolosa occhiata in giro. «Dove tieni gli attrezzi?»

Nascondo una risata. «Nel ripostiglio del bagno.»

Vado a prendere la mia cassetta degli attrezzi e lei mi segue. Come ho fatto a trovare l'unica donna che si eccita per tutto quello che mi riguarda? Non è che lavorare in edilizia o far parte di una famiglia reale esiliata abbiano mai giocato a mio favore prima d'ora. E sicuramente non la combinazione delle due cose. Sono solo un tizio normale.

Appoggio la cassetta degli attrezzi sulla cassettiera in camera. Immagino che potrei appendere lo specchio a tutta altezza che avevo intenzione di installare. È tardi e non voglio disturbare i vicini. Un chiodo nel muro e Rebecca sarà tutta mia.

«Che cosa costruiamo?» mi chiede.

Bisogna ammirare il suo entusiasmo. Se volesse veramente vedermi costruire qualcosa, dovrebbe farsi viva sul mio posto di lavoro. Devo diventare creativo per far avverare la mia fantasia stasera, dopo essermi agitato un po' per via di lei e Clint. Ma avevo letto il desiderio per lei negli occhi di Clint e Rebecca si stava comportando in modo molto strano, il modo in cui continuava a ondeggiare verso di lui. Normalmente è molto più riservata e, beh, rigida.

Apro la cassetta e lei sbircia all'interno. «Sono in affitto, quindi non posso scatenarmi con la ristrutturazione, ma volevo appendere qui uno specchio.»

«Okay, io guarderò.»

«Ed è così che funziona di solito la tua fantasia?»

«Beh...» Si rigira sul dito una ciocca di capelli. «Dato che non ci sono segreti tra di noi... promettimi di non ridere.»

Le avvolgo le braccia intorno alla vita. «Non riderò.»

Lei mi guarda negli occhi e si lecca le labbra. «Tu fai il tuo lavoro con un martello, a torso nudo, e poi entro in scena io.» Mi appoggia le mani sul petto.

«In modo che tu possa ammirare i miei muscoli, immagino.» O quelli di Clint Owens. Non riuscirò più a guardare *Reno Magic*.

Lei mi accarezza il petto, con gli occhi incollati lì. «Sì, ma poi, quando ci avviciniamo, la situazione è così bollente che il mio aiuto non serve.»

Nascondo un sorriso. «Meno male, dato che non sai come usare gli attrezzi.» Me l'aveva detto lei. È una fan di quelle abilità, ma lei ne è completamente priva.

Lei mi guarda storto e le sue mani si fermano. «Sono in grado di piantare un chiodo.»

«Okay, e poi?»

Mi guarda negli occhi. «E poi tu mi martelli contro la parete.»

Continuo a mantenere la faccia impassibile. «Intendi dire che ti inchiodo contro la parete?»

Lei muove i fianchi un paio di volte, direttamente contro di me. «Mi martelli, Connor.»

Non resisto. Le infilo le mani tra i capelli e la bacio rudemente. Le piace quanto piace a me. Mi passa le mani dappertutto mentre fa quei suoni impazienti in fondo alla gola. Comincio a farla arretrare verso il letto, quando lei interrompe il bacio.

«Hai detto che saresti stato l'uomo delle mie fantasie» dice piano. «Voglio vederti al lavoro.»

Come faccio ad appendere uno stupido specchio quando tutto ciò cui riesco a pensare è spingermi dentro di lei? Inchiodare, martellare, non importa come lo chiami, ne ho un bisogno folle.

«Per favore» mi dice.

Faccio ricorso a tutta la mia forza di volontà e mi stacco da lei. Prendo un preservativo dal comodino e lo metto in tasca, sapendo che non riuscirò a resisterle a lungo.

Lei si siede sul letto, osservando ogni mia mossa.

Mi metto al lavoro, prendendo un martello, insieme a un solo chiodo e a un rilevatore di montanti. Dietro allo specchio a tutta altezza c'è già la corda metallica. Lo appenderò al muro accanto alla cassettiera. Prendo lo specchio dal guardaroba.

«Costruttore Sexy, potresti toglierti la camicia mentre lavori?»

Costruttore Sexy? Questa è nuova. Mi volto a guardarla e lei mi fa segno di cominciare. Slaccio lentamente i bottoni della camicia mentre lei mi mangia con gli occhi. Mi eccita solo vederla eccitarsi.

Rebecca tende una mano. «La camicia per favore.»

Me la tolgo e gliela butto. Lei sorride e se la porta al naso, respirandone l'odore.

«Vuoi tenerla?» le chiedo.

Lei la lascia cadere, con le guance in fiamme. «Hai sempre un così buon odore. Te la lascerò in modo che possa indossarla ancora. Posso vedere la parte posteriore?»

Comincio a sentirmi come se fossi in uno spettacolo di spogliarello. È qualcosa che non ho mai fatto davanti a una donna e mi piace più di quanto pensassi. E devo cancellare Clint Owens dalla sua mente. D'ora in poi sarò io l'uomo delle sue fantasie.

Le volto la schiena e fletto i muscoli.

«Oh, sì» mormora, tutta sospirosa. «Ora vediamo come pianti quel chiodo.»

Prendo il rilevatore di montanti, lo accendo e lo passo lungo la parete.

«Oh, un rilevatore di montanti» dice, come se fosse la cosa più sexy al mondo.

Sulle labbra ho un sorriso riluttante. Prendo una matita dalla cassetta degli attrezzi, segno il punto, afferro il martello e ficco il chiodo nel muro con un solo colpo.

«Mmm... Costruttore Sexy...»

Appendo in fretta lo specchio e mi volto, trovandola proprio lì davanti a me, nuda.

Mi getta le braccia intorno al collo. «Sei ufficialmente il costruttore delle mie fantasie. Adesso inchioda me contro quella parete.» La sua bocca sbatte contro la mia.

Mi strappo praticamente i vestiti di dosso mentre la bacio e la spingo contro la parete adiacente. Infilo il preservativo e lei avvolge le lunghe gambe intorno a me. La prendo con una sola spinta forte, gemendo di sollievo nello stesso istante in cui le esclama: «Sì! Così! Martellami».

Sono troppo coinvolto oramai perfino per sorridere alla sua frase buffa. Sbatto dentro di lei più e più volte e i suoi gemiti di gola mi fanno impazzire. Lei alza i fianchi a ogni spinta, prendendomi più in profondità. Sto sudando, cercando di mantenere il controllo abbastanza a lungo... *non ancora, non ancora.* Lei viene, contraendosi ritmicamente intorno a me e io mi lascio andare, rabbrividendo in un orgasmo potente, mentre premo le labbra contro il suo collo, emettendo un lungo gemito gutturale.

Rebecca mi passa le dita tra i capelli e, un lungo momento dopo, alzo la testa e la vedo sorridere radiosa. Mi piace quel sorriso, adoro vederla così felice. Bacio quelle labbra sorridenti.

«Ora non so come chiamarti» mi dice. «Costruttore Sexy o Ristrutturatore Reale.»

Mi metto a ridere. «Ristrutturatore Reale, sei seria?»

«Oppure il mio principe segreto. Ci sono così tante possibilità.»

«Chiamami solo Connor. O re, se proprio vuoi usare un nomignolo.»

«Ma non sei un re, sei un principe.»

«Sono il tuo re, baby.»

Rebecca alza un sopracciglio. «Allora, io sono baby e tu sei un re. Mi sembra un po' sbilanciato.»

Rido e la bacio con tenerezza. È così grintosa e sexy e divertente. Interrompo il bacio, lisciandole i capelli dietro l'orecchio e guardo nei suoi occhi azzurro pallido che adesso sembrano più dolci. Mi colpisce come una martellata: sono innamorato.

«Che c'è?» mi chiede dolcemente Rebecca.

«Niente, baby.» È troppo presto ed è tutto così precario con il suo lavoro. La sollevo e la rimetto sul pavimento.

Lei mi afferra le braccia, con le gambe un po' molli. «Se devo chiamarti re, devi scoparmi come un re. In modo regale. Facciamolo succedere presto, eh?»

Non ho idea che cosa significhi una scopata regale, ma non importa. Ci sto. L'abbraccio e le sussurro all'orecchio: «D'accordo, baby».

Rebecca

Quindi sono baby. Non sono mai stato il tipo di donna da avere quell'informale nomignolo sexy. Solo Connor mi vede come la donna appassionata che ho sempre voluto essere. E si scopre che finora non avevo trovato l'uomo giusto. La regina di ghiaccio ha trovato il suo re. Il mio problema era che i miei ex mi lasciavano fredda, non che ci fosse qualcosa che non andava in me. È un tale sollievo e mi sento più leggera, come se stessi fluttuando. O forse è Connor. È riuscito a conquistarmi con la sua burbera dolcezza. Sono più felice di quanto lo sia stata da tanto, tanto tempo.

Sto andando all'ora di ricevimento di giovedì con un contenitore di plastica pieno di biscotti con le gocce di cioccolato appena sfornati. Spero veramente che si faccia vivo qualcun altro oltre a Mike. Connor e io abbiamo deciso che è meglio che non si presenti durante la mia ora di ricevimento. Non vogliamo tentare il fato, o noi, in un piccolo spazio chiuso. Sarebbe veramente inappropriato. Che posso dire, quell'uomo non riesce a resistermi. E viceversa. Siamo come due scintille che si uniscono formando un grande incendio. Guardatemi, tutta poetica e sexy. È lui che mi fa diventare così, il mio ristrutturatore regale.

Il mio telefono suona per l'arrivo di un messaggio mentre entro nell'atrio dell'edificio dell'università. Lo prendo dalla borsa, sperando sia lui.

Connor: *Vieni da me dopo. Puoi guardarmi mentre costruisco un tavolo da cucina con delle tavole di quercia di recupero.*

Sento un brivido. Parla il linguaggio della mia libidine: costruzione, guardarlo usare i muscoli, legno di recupero.

Connor: *Sei eccitata?*

Io: *Sì.*

Connor: *Ah. Non c'è nessun tavolo. Stavo solo dicendo zozze-*

rie. Rido forte. Mi conosce. Come nessuno mai prima. Mi sto innamorando di lui, almeno credo. Mi sento stringere lo stomaco a quel pensiero. Non mi aspettavo che succedesse in questo modo. Un uomo che ho incontrato per caso quando mi hanno dato buca. Un uomo che è un mio studente. Decisamente non il mio solito modus operandi.

Gli mando un'emoji ridente.

Connor: *Non vedo l'ora di averti qui.*

Il mio cuore canta, mi sento di colpo piena di energia. Potrei mettermi a ballare proprio qui nell'atrio di un edificio serio con studenti seri che gironzolano concentrati. Il mio sorriso è così ampio che mi fanno male le guance. Poi mi rendo conto che non ho risposto al suo messaggio, quindi scrivo: *Anch'io.*

Sto ancora sorridendo quando arrivo al corridoio al piano di sopra e vado verso il mio ufficio. Mike mi sta aspettando di fuori. Maledizione. È anche presto.

«Ehi, posso portarlo per te?» mi chiede, indicando il contenitore.

«Certo, grazie.» Glielo passo mentre prendo la chiave dell'ufficio dalla borsetta, apro e accendo la luce. Mike mi segue e mette i biscotti sulla mia scrivania.

Giro intorno alla scrivania e vi appoggio la borsa porta documenti, agganciando la borsetta allo schienale della sedia. «Sei un po' in anticipo oggi.» *Un quarto d'ora di anticipo.*

«Ho finito di lavorare un po' più presto del solito, quindi eccomi qui. Pensi che ci sarà una folla con i biscotti e tutto? Quasi come un party.»

Oh mio Dio, è questa la sua idea di un party? «Non lo so, ma tanto per stare sul sicuro, ti dispiacerebbe prendere uno di quei grossi contenitori di caffè dal bar lungo la strada?»

Mi siedo e prendo la borsa. «Ti do un po' di soldi.»

Lui alza una mano. «Non serve. Ci penso io Rebecca. Tutto quello di cui hai bisogno.»

Quando esce, lascio andare il fiato che non mi ero resa

conto di aver trattenuto. Una cosa è superare un'ora con lui che mi riempie di chiacchiere, ma aggiungere un altro quarto d'ora sarebbe una tortura. Mando un messaggio a Connor: *Vorrei che fossi qui.*

Connor: *Ti manca il tuo re, eh. Hai bisogno di una scopata regale o di essere martellata?*

Io: *Sì.*

Connor: *Mi stai uccidendo, baby.*

Sorrido: *Ci vediamo presto, ristrutturatore regale.*

Fortunatamente Mike torna con Anita, una giovane donna bruna che lavora nelle vendite in campo farmaceutico. Sono entusiasta di avere la sua compagnia. Mike versa un caffè per sé e io ne offro uno ad Anita. Non può restare a lungo ma vuole chiedermi qualcosa sul saggio.

Le do le spiegazioni mentre Mike gioca con il telefono.

«Grazie mille, Rebecca» dice Anita. «Devo tornare a casa. Posso prendere un biscotto per il viaggio?»

«Certamente. Prendi tutti quelli che vuoi.»

Ne prende due e Mike ne prende tre per sé. La mia mente va a Connor. Ha scritto il saggio? Sarà orribile come pensa lui? Dovrò spiegargli perché è orribile? Anita ha fatto domande di alto livello. Connor non ha chiesto niente.

Quando se ne va, Mike dice: «Finalmente se n'è andata. Adesso possiamo avere una vera conversazione. Tutto ciò che le interessa è il voto. Io voglio scavare più a fondo nei nostri casi di studio. Perché ci serve la responsabilità aziendale nel settore privato? Non è a quello che servono i regolamenti?».

Reprimo un gemito. È letteralmente come ho presentato il nostro caso di studio. «Bene, Mike, era la domanda fatta nell'ultima lezione e la risposta è stata lo studio approfondito della Axle Financial Management. Hanno fatto della responsabilità aziendale la loro priorità, quindi la domanda diventa quali sono gli obiettivi, come li valutiamo e come li usiamo per creare valore per la società. Una delle loro prime iniziative...»

Lui m'interrompe. «Incoraggiando e sostenendo il servizio sociale con i loro dipendenti.»

Ricomincio immediatamente a parlare, cercando di aggiungere qualcosa alla discussione e non solo facendo un riassunto, ma lui torna di nuovo alle mie stesse parole. È come se le avesse imparate a memoria. Non so che cosa ne ricavi, ma lo trovo estremamente irritante. Ho la voglia improvvisa di mandarlo fuori a calci perché sta sprecando il mio tempo. Ma non posso farlo. Si suppone che io incoraggi tutti gli studenti, anche quelli irritanti.

Quattro biscotti e una tazza di caffè dopo – sì, giusto, ho mangiato uno dei miei biscotti per restare sveglia – dichiaro che è passata l'ora. È quasi come se fossi il suo terapista, lì solo per ascoltare. Solo che mi sta raccontando la *mia* storia e non la sua.

Mike si alza. «Grazie, Rebecca. Un altro incontro estremamente illuminante. Questo corso mi piace veramente.»

«Sono lieta di sentirlo. Sai, mi chiedo se non potresti ricavare di più da questi incontri se venissi con una domanda o due. È chiaro che hai già compreso la materia.»

Lui ammicca. «La prossima volta.»

Mi alzo e raccolgo le mie cose, aspettando che esca per primo.

Lui si attarda. «Rebecca, volevo chiederti, ti stai vedendo con qualcuno?»

Resto di sasso. Connor dovrebbe essere un segreto. Al contempo, l'unico motivo che riesco a trovare perché Mike me lo chieda è che è interessato a me. «Sì.»

«È una cosa seria?»

Non lo so. Forse? Lo spero. «Uhm, non credo che siano affari tuoi.»

Lui sorride e annuisce. «Giusto, ma, se non è una cosa seria, potremmo mangiare qualcosa insieme domani sera. Solo, sai, parlare, conoscerci.»

Persistente, eh? Gli ho già detto che vedo qualcuno.

Devo troncare questa cosa sul nascere. «No, grazie. Non esco mai con gli studenti. Non è solo una politica mia, è quella dell'università.»

«Solo una cena amichevole» insiste.

«No, grazie» dico decisa.

Cambia espressione e comincio veramente ad avere paura. «Qualcuno per il viaggio» dice, afferrando una manciata di biscotti e uscendo.

Lascio uscire il fiato. È innocuo. Va tutto bene.

13

Rebecca

È sabato sera, sono al ricevimento di facoltà da mezz'ora e mi sento sempre più fuori posto. La maggior parte dei membri della facoltà è più anziana ed è arrivata con il coniuge. Devo conformarmi, creare dei legami e dimostrare al rettore Sears che il mio posto è qui. Vorrei veramente che Connor fosse qui con me. Con lui mi sento rilassata. Non per tutti gli orgasmi, anche se di certo aiutano, ma anche grazie al suo atteggiamento tranquillo. È l'atteggiamento cui aspiro anch'io. Sospiro. Non sono capace di socializzare. Mi trovo meglio quando c'è un obiettivo lavorativo comune.

Bevo piccoli sorsi di vino, assicurandomi di non rischiare di diventare brilla. Sono qui in prova e stasera sembra un test. Devo fare buona impressione. Mi avvicino a un gruppetto di colleghi insegnanti e dei loro coniugi e li ascolto parlare della nuova apertura del dipartimento di economia. Non è esattamente il mio campo. E vogliono un dottorato con almeno cinque anni di esperienza nell'insegnamento e credenziali nella ricerca.

Una donna con lunghi capelli biondi mi sorride. «Salve, è il tuo primo ricevimento di facoltà?»

Devo veramente lavorare sulle mie espressioni facciali.

Sorrido. «È così evidente?»

«Mi sembri un po' persa.» Mi tende la mano. «Sono Patricia Silver, professoressa di economia aziendale.»

«Lieta di conoscerti. Sono Rebecca Edwards, professore associato. In questo momento sto tenendo un corso su come gestire i cambi organizzativi nel percorso verso la leadership. Vengo da un background di consulenza aziendale.»

«Interessante» dice lei senza espressione, prima di voltarsi verso il gruppo. Qualche secondo dopo stanno tutti ridendo di qualcuno di nome Howard che si era ubriacato al ricevimento per festeggiare la fine dell'anno scolastico.

Resto lì per qualche minuto, dicendomi che è meglio essere all'esterno di un gruppo che da sola, ma non riesco quasi a sopportarlo. Non sono brava a socializzare. Datemi un progetto e sarò felice di lavorare con un gruppo di persone, ma restare lì a fare conversazione con gente che sembra si conosca tutta da anni? Come unghie su una lavagna. Ah! Battuta da insegnanti.

Vado lentamente verso un lungo tavolo con diversi vassoi di stuzzichini e formaggi, oltre a quelli che sembrano biscotti da supermercato. Sono piuttosto schizzinosa quando si tratta di biscotti, perché li preparo in casa. Prendo un cracker con una fettina di formaggio e penso a un nuovo piano. Invece di inserirmi nei gruppi e presentarmi, mi concentrerò sul rettore. Una volta parlato con lui me ne potrò andare. Sarà il mio obiettivo per questa serata. Individuo il rettore Sears che dà una manata a un tizio con una giacca di tweed mentre entrambi ridono fragorosamente. Devo aspettare il mio momento.

Ho voglia di prendere il telefono e mandare un messaggio a Connor, ma mi sembra maleducato. Nessun altro ha il telefono in mano. Oggi mi ha impressionato con il suo saggio. L'ho letto in metropolitana mentre tornavo a casa dopo la lezione, mentre lui dormicchiava accanto a me. Era imbarazzato, non voleva che lo leggessi di fronte a lui, ma proprio non potevo aspettare. La sua grammatica non era perfetta, ma andava bene così, perché era come se lo sentissi parlare. Alcune persone scrivono in modo molto formale, usando paroloni, cercando di impressionare, ma nel suo saggio sembrava che fosse seduto proprio accanto a me e stesse spiegandomi tutto, nonostante qualche frase frammentata, poche virgole e qualche errore di ortografia. Ma il contenuto, wow. Una descrizione affascinante della sua azienda di famiglia, della sua crescita e di quello che ora è il loro secondo progetto di sviluppo immobiliare. È un caso di studio perfetto sul cambiamento in un'organizzazione, nonché su tutte le implicazioni di responsabilità sociale e i soggetti coinvolti, dalle autorità governative ai consigli comunali locali e ai cittadini coinvolti. Per non parlare delle difficoltà di gestire la costruzione, lo sviluppo e il reperimento dei fondi in un'azienda che aveva esperienza solo nel campo delle costruzioni. Lui e i suoi fratelli sono a capo dell'azienda da quando lo zio si era ritirato senza preavviso. Quando si parla di dolori di crescita. Sono stupefatta da quanto sono riusciti a fare finora.

Gli ho detto che dovremo discuterne in classe la settimana prossima. All'inizio pensava che avrebbe attirato troppa attenzione su di sé, ma l'ho convinto che andrà bene. È una cosa che facciamo sempre e il suo caso è un esempio eccellente. Forse, come classe, possiamo arrivare a trovare qualche soluzione praticabile per la sua società. È lo scopo ultimo del corso.

Vedo il rettore Sears che cammina da solo attraverso il salone e faccio la mia mossa. Sono a metà strada quando qualcuno lo intercetta. Mi fermo, incerta. Devo unirmi al loro gruppetto o aspettare? Meglio che mi unisca a loro. Mentre si sposta finirà solo per attrarre altra gente.

Resto accanto a un uomo anziano, calvo, che sta chiedendo al rettore della partita di golf del prossimo sabato. Ho cercato di giocare a golf, ma faccio schifo. Non so perché. Sembra facile, ma la pallina non va mai dove penso che vada. Di solito la colpisco troppo forte e poi, quando tento di compensare, rotola solo per qualche centimetro. È un vero peccato perché è una di quelle cose per permettono veramente di socializzare, specialmente con gli uomini in posizione di potere.

Il rettore Sears si accorge finalmente di me. «È un piacere averti qui, Rebecca. Ti stai divertendo?»

Annuisco. «Bel ricevimento. E il corso mi piace veramente.»

Il compagno di golf borbotta qualcosa e si allontana.

«Lieto di saperlo» dice giovialmente il rettore. «E stai incoraggiando gli studenti a partecipare all'ora di ricevimento? È una nostra nuova iniziativa quest'anno, come mezzo per permettere agli studenti di fare ricorso alle risorse della facoltà.» Si china verso di me con un sorriso. «E una di quelle è il nostro eccellente corpo accademico.»

Gli sorrido anch'io, sperando che intenda includere anche me in quella valutazione. «Sto decisamente cercando di incoraggiarli. Ho promesso loro biscotti fatti in casa. Finora ne ho attirati due.»

Lui si schiaffeggia la gamba. «Brillante.»

Una donna bruna di mezz'età appare al suo fianco e gli sorride. Il rettore ci presenta. «Questa è mia moglie, Brianna.» Indica me. «Uno dei nuovi membri della nostra facoltà, Rebecca Edwards. È la figlia di Joe.»

Sto un po' più diritta quando menziona mio padre e prendo la mano che mi tende la moglie. «È un tale piacere conoscerla.»

Il rettore Sears mi rivolge un gran sorriso. «Rebecca, c'è un'apertura per un posto a tempo pieno il prossimo semestre, nel percorso verso la leadership. Vorrei che facessi domanda. So che avevo già detto che avremmo potuto avere un lavoro a tempo pieno per te. Speravo di trovare un incarico adatto, mettendo insieme più corsi, ma adesso ho realmente un posto da assegnare. Ho dovuto esonerare uno dei membri da lungo tempo della nostra facoltà. Forse avrai sentito delle voci e temo che siano vere.»

Deglutisco forte. Sembra qualcosa di scandaloso. «No, non ho sentito niente.»

Lui stringe le labbra, sembra che non voglia condividere il pettegolezzo.

Brianna si china verso di me e sussurra: «Il professor Gage ha messo incinta la sua assistente. A quanto pare, avevano una relazione da parecchio tempo, in flagrante violazione della politica universitaria. Mio marito si è accertato che non abbia più quella possibilità».

Comincio a sudare freddo. «No, certamente. È terribile.»

«Sarebbe meraviglioso avere qualcuno come te al suo posto» dice il rettore Sears. «Giovane ed entusiasta. Purché, ovviamente, il giudizio sulla tua performance sia positivo. Il contributo degli studenti è veramente importante.» Sorride. «E sono sicuro che sarà così. La reputazione dei tuoi genitori ti precede. Educatori veramente di qualità. Tuo padre, poi, che ha ricevuto il titolo di Insegnante dell'anno di New York lo scorso anno.»

«Sì, ben meritato» dico, cercando di mettere un po' di energia nella voce. I miei genitori sono insegnanti stellari, completamente dediti ai loro studenti, e poi ci sono io, che vado a letto con uno studente. Il mio stomaco fa un lento salto mortale.

Brianna mette la mano sul braccio del marito, parlando sottovoce prima di rivolgersi nuovamente a me. «Abbiamo un appuntamento con nostra figlia per la cena stasera, quindi dobbiamo andare. È stato bello conoscerti e spero di vederti al prossimo ricevimento.»

«Grazie, godetevi la cena» dico.

Sorridono e si congedano, fermandosi per salutare altre persone mentre si dirigono all'uscita. Aspetto un certo tempo prima di uscire anch'io e dirigermi verso casa, scossa. C'è un'opportunità qui, che mi aspetta, perché un altro professore si è messo nei guai. Non manco di notare le somiglianze. Per quanto ne so, il professor Gage era innamorato della sua assistente. Non era nemmeno una studentessa, anche se lui era il suo capo.

Dovrei ripensare a tutta questa faccenda con Connor. Se veramente ci tiene a me, mi aspetterà, giusto?

Mando un messaggio a Connor mentre aspetto in metropolitana. *Il ricevimento è finito presto. Sono per strada per venire a casa tua.* Avevamo in programma di andare a sentire una band più tardi questa sera, ma è meglio così, perché avremo tutto il tempo di parlare seriamente. Non vorrei proprio farlo, ma sento di doverlo fare. Mi si chiude la gola per l'emozione e sbatto le palpebre per non far scendere le lacrime. Capirà. E se non è così, sarà un addio.

Connor

Appena apro la porta per far entrare Rebecca, capisco che c'è qualcosa che non va. Sembra che stia cercando di non piangere, ha gli occhi lucidi, il volto tirato. La tiro in casa e l'abbraccio. Lei resta lì, rigida per un momento, con le braccia lungo i fianchi, poi, finalmente, mi abbraccia anche lei, tenendomi stretto con la testa sepolta contro il mio petto. Aveva il ricevimento di facoltà stasera e so che voleva fare buona impressione.

«Che cos'è successo?» le chiedo.

Lei alza la testa, con gli occhi pieni di lacrime. «Il rettore ha detto che c'è la possibilità di un posto a tempo pieno nel mio dipartimento, ed è una bella cosa, ma il motivo è che un professore è stato licenziato per aver messo incinta la sua assistente. È proprio come noi.» La sua voce si spezza.

Mi sento stringere lo stomaco, quando sento la prima fitta di paura. «No» dico fermamente. «Non è la nostra situazione. Io non lavoro per te e tu non resterai incinta.»

Lei stringe le labbra. «In teoria è la stessa cosa. Avresti dovuto vedere il rettore Sears e sua moglie, il modo in cui parlavano del professor Gage come se fosse feccia. Hanno detto che non lavorerà più in un'università.»

Sento la bile che risale in gola. So esattamente dove ci sta portando questa discussione, vuole mettere fine a quello che c'è tra noi. Tutto in me si ribella. Mi sforzo di reprimere quell'orribile sensazione e mi concentro sulla cosa importante: noi.

Le prendo il volto tra le mani, guardandola direttamente negli occhi. «Ascolta, quel professore e la sua assistente non siamo noi. E tu *non* sarai licenziata a causa mia. Non lo permetterei mai. Rebecca, ci tengo a te. Tantissimo.»

Lei deglutisce in modo visibile, con la voce che diventa acuta e sottile. «Potresti aspettare fino alla fine del semestre per vedermi?»

«No.»

Le trema il labbro inferiore. «Hai detto che ci tenevi a me.»

«È così, lo giuro. Tantissimo. Rebecca, non chiedermelo. Non posso *non* vederti, e comunque a che servirebbe? Mi vedrai in classe. Hai intenzione di restare lì e fingere di non conoscermi? Fingere di non provare niente per me?»

Lei si tira indietro. «È ciò che ho fatto finora.»

«Allora non fa differenza se continueremo a vederci.»

La sua voce è bassa, rassegnata. «La differenza è che non rischierò la mia carriera.»

Mi passo una mano sui capelli. Non voglio perderla, ma non voglio nemmeno restarle lontano per quasi tre interi mesi. Sarebbe una tortura. Le prendo la mano e la guido verso il divano. Rebecca si siede, stringendosi le mani e fissandole. Risucchio il fiato, con il petto stretto. Devo trovare le parole giuste, devo convincerla che vale la pena di correre il rischio. «Non voglio perderti per qualcosa che ha fatto un altro. Noi non abbiamo fatto niente di sbagliato e ti giuro che per me non è una cosa passeggera.»

Lei mi guarda negli occhi, con le labbra strette, le lacrime in arrivo.

Merda. La sto perdendo. «Stasera avevo intenzione di invitarti a venire alla festa di fidanzamento di mio fratello, tra due settimane. Voglio presentarti alla mia famiglia. Ecco quanto sei importante per me.» È la verità. Avevo intenzione di chiedergbielo prima che l'asse del mio mondo si inclinasse, minacciando di lanciarmi nel vuoto.

«Davvero?» mi chiede con la voce soffocata. «Non lo stai dicendo solo perché sono sconvolta?»

La tiro in grembo, tenendola stretta. «Sì, avevo veramente intenzione di chiedertelo. Non ho intenzione di perderti, Rebecca. Mi sembra di averti aspettato per tutta la vita.»

«Okay» dice, annuendo allo stesso tempo. «Verrò. Non voglio dirti addio nemmeno io. Mi sembrava solo di doverlo fare, capisci?»

Le metto la mano sulla guancia, accarezzandola con il pollice. «Lo so, ma non rovineremo ciò che abbiamo a causa di ciò che possono pensare gli altri.» La bacio. «Andrà tutto bene, te lo prometto.»

Lei appoggia la guancia contro il mio petto e sospira. Per la prima volta questa sera mi sembra di riuscire nuovamente a respirare.

Niente si metterà tra di noi. Non lo permetterò.

14

Connor

Sono passate due intere settimane da quando ho invitato Rebecca alla festa di fidanzamento di Sean e Josie e le cose tra di noi sono state perfette. Okay, c'è stato un momento pericoloso la settimana scorsa quando ci siamo incontrati nel foyer dopo il corso, sabato, e il rettore Sears ci ha dato un'occhiata incuriosita. Ma ho convinto Rebecca che è okay per professori e studenti parlare in un ambiente accademico. Anche due volte. Lei ha iniziato immediatamente a parlare con un'altra donna della nostra classe che era appena scesa per uscire. Aveva praticamente abbordato la povera donna nel tentativo di far apparire che passasse il tempo parlando con *tutti* i suoi studenti. Poi, quella sera l'ho calmata. *Ahem*.

Comunque, stasera conoscerà la mia famiglia. Ci stiamo dirigendo verso la casa dei miei genitori nel quartiere di Windsor Terrace di Brooklyn.

Rebecca mi viene incontro nell'atrio del suo palazzo, meravigliosa in un abito azzurro senza maniche e scarpe beige con i tacchi alti.

Le sorrido, guardandola con ammirazione. «Sei bellissima.»

Lei aggrotta la sopracciglia. «Oh, no. Guardaci. Stessi colori.»

Indosso una camicia azzurra con i pantaloni beige. «Solo un po'. Il tuo azzurro è più scuro.»

«Devo cambiarmi.» Si volta e si dirige verso l'ascensore.

Meno male che sono arrivato un po' prima. Immaginavo che sarebbe stata una buona idea arrivare a casa dei miei genitori prima che la festa fosse nel pieno. Non è facile per una nuova arrivata entrare nel caos di un party dei Rourke e Rebecca è piuttosto timida.

La seguo nell'ascensore. Lei preme un bottone e incrocia strette le braccia, osservando i numeri che salgono.

«Va tutto bene?» le chiedo dopo un lungo silenzio.

Il suo sguardo resta fisso sui numeri. «Bene. Devo solo trovare un abbigliamento che faccia una buona impressione. Mi ci è voluto un po' per decidere che cosa mettere, ma va bene. Sono sicura di avere qualcosa.»

«Potrei andare io a casa a cambiarmi.»

Lei volta di scatto la testa verso di me. «Non essere sciocco. Non ti manderò fino a casa tua.»

«Sono solo tre isolati.»

«Va tutto bene, Connor. Sistemerò il problema.»

Maledizione, è nervosa. Non mi parla mai in quel tono freddo. Le allontano le braccia dal corpo e me le avvolgo intorno alla vita. Lei mi appoggia la guancia sul petto per un momento e poi l'ascensore si ferma e lei si stacca di colpo, correndo verso il suo appartamento.

La seguo direttamente in camera sua, che sembra un'area disastrata di vestiti e scarpe scartati. Non avevo idea che avesse tanti vestiti.

«Devo mettere qualcosa che sia in contrasto con i tuoi colori. Magari un completo con i pantaloni. Ho dei vestiti semi-formali nell'armadio.»

Va verso un grande guardaroba di legno chiaro a due ante e lo apre. È tutta una serie di vestiti diversi da quelli della cabina armadio. C'è anche una lunga cassettiera. Non ho mai prestato molta attenzione a ciò che indossa, a parte notare che sembrava abbigliamento da ufficio.

Fa scorrere i vestiti a velocità maniacale, gettando dei completi pantalone sul letto uno dopo l'altro. Non so se intenda provarli o se li sta scartando. Prende un maglioncino a collo alto e pantaloni neri e poi li rimette nell'armadio. Merda. Potrebbe volerci molto. Sembra che la roba sul letto sia da provare.

Giro intorno a letto per sedermi più vicino a lei, spostando il suo cuscino. «Quel completo nero sarebbe sexy su di te» dico. «Metti quello.»

Lei si blocca, fissandomi per un momento. «Nero. Dovrei indossare il mio abitino nero. Va bene per tutte le occasioni.» Qualche minuto dopo indossa l'abitino sexy che ricordo dalla festa di Simone.

«Perfetto» dico, alzandomi. Finalmente possiamo andare.

Lei si liscia il vestito, guardandosi. «Non lo so. Penso che potrebbe essere un po' troppo formale. Più un abito da cocktail party che da festa di fidanzamento a casa di qualcuno.»

«Sono sicuro che ci saranno dei cocktail. Almeno champagne e birra.»

Lei si toglie in fretta il vestito e lo getta sul letto, tornando all'armadio. Oh, mi piace la vista da dietro. Indossa un reggiseno beige senza spalline con le mutandine in tinta e le sue gambe lunghe mi invitano a toccarle. Devo aspettare almeno finché avrà scelto qualcosa da indossare. Mentre è mezza sepolta nell'armadio, prendo un preservativo dal suo comodino e me lo infilo in tasca. Credo che non ci sia un modo migliore per calmarle i nervi. Beh, magari saremo un po' in ritardo. Devo assolutamente riuscire a calmarla. È ciò che fanno i bravi boyfriend.

Prende un abito verde scuro e uno rosso scuro, alzandoli entrambi per farmi scegliere.

«Decisamente quello rosso scuro» dico. Mi piace il tessuto stretch aderente.

«È bordeaux.» Lo tiene sotto il mento. «Scollo a barchetta, maniche a tre quarti, ottimo per l'autunno. Ma non mi fa sembrare troppo slavata?»

Non so nemmeno che cosa significhi, ma è chiaro che devo prendere in mano la situazione. Subito direi. Vado da lei, prendo il vestito, apro la cerniera e mi inginocchio ai suoi piedi per farglielo indossare. Mentre sta riflettendo se ubbidire o meno, le accarezzo la gamba, dalla caviglia fino in alto, all'interno della coscia, fermandomi un attimo prima delle mutandine sexy. Rebecca apre la bocca e fa un passo per mettersi il vestito.

Mi alzo, tirando lentamente il vestito verso l'alto sopra i fianchi, facendo scorrere le dita sulla pelle mentre lo faccio. Lei si scalda al mio tocco e il respiro diventa un po' più affrettato. Adoro vedere l'effetto che ho su di lei. Finisco di tirare il vestito verso l'alto, aiutandola a metterselo, mentre continuo a toccarla. Mi sembra le stia benissimo. Il tessuto è morbido, elastico e aderente e rende più facile accarezzarla. Le sue palpebre sono semichiuse quando le accarezzo il lungo collo da una clavicola all'altra, poi le spalle e le braccia. Mi prendo tutto il tempo per accarezzarle il seno e poi scivolare verso il basso, sullo stomaco, avvicinandomi ma non toccandole mai il sesso.

«Connor» sussurra.

So di aver fatto progressi quando sussurra in quel modo. *Oh, sì. Ho il tocco magico. Sembra che stiamo procedendo a tutto vapore verso la città degli orgasmi.* Ma poi lei continua a parlare. «Questo vestito va veramente bene?»

Non riesco a credere che si stia ancora preoccupando per il vestito dopo le mie carezze. Qual è la cosa più importante qui? La sposto verso la cassettiera per mostrarle quant'è fantastica. C'è uno specchio appeso sopra.

«Guarda, va più che bene. È sexy.» Rialzo lentamente la cerniera, passandole le dita sulla spina dorsale. Lei rabbrividisce e le stringo leggermente la nuca. «È anche elastico. Giù, baby.» Il nomignolo la eccita sempre.

«Non credo...» Comincia a dire ma si zittisce subito quando premo tra le sue scapole, spingendola sopra la cassettiera mentre le rialzo il vestito sopra la vita. La sento inspirare bruscamente quando si rende conto delle mie intenzioni. Infilo una mano tra le sue gambe e sento le mutandine umide. Io mio sesso si inturgidisce quasi penosamente nei pantaloni. Le tolgo le mutandine, abbasso la mia cerniera, m'infilo il preservativo a tempo di record, spingo forte e lei geme.

Le rialzo la testa in modo che ci veda nello specchio, sepolto in profondità dentro di lei, con una mano appoggiata al seno. «Guarda come sei sexy con questo vestito.»

«Connor» sta quasi pregando.

So esattamente di che cosa ha bisogno. L'accarezzo tra le gambe mentre continuo a spingere forte. Le piace. E piace anche a me.

«Connor, Connor, Connor.» È una cantilena e significa che è vicina.

«Lasciati andare» le ringhio all'orecchio, tenendola ferma mentre la strofino più in fretta. Lei emette i suoni più sexy, più famelici e poi viene, portandomi con sé in un'esplosione di piacere.

Incredibilmente bello. Tutte le fottute volte.

Le bacio la guancia. «Sei una donna meravigliosa.» Sento la sua guancia che si curva in un sorriso. Lei mi aveva definito "uomo meraviglioso" con un tono estremamente riverente dopo alcune delle nostre primissime volte insieme.

Allento lentamente la presa e lei si accascia contro la cassettiera. Si è rilassata. Certo ha rilassato anche me. Mi tiro fuori e decido che è meglio darle una sistemata. Le tiro su le mutandine, dandole un'altra carezza che la fa gemere e poi le sistemo il vestito, accarezzandola attraverso il tessuto dal bel sederino fino alla nuca. Le do una sculacciatina sul sedere e lei sospira. *La mia Rebecca.* Così nervosa per il vestito, solo per venire così in fretta proprio grazie a quel vestito. E a me.

Dopo essermi risistemato, la vedo che si fissa allo specchio. «Gli orgasmi sono veramente il miglior trattamento di bellezza» dice, meravigliata. «Guarda com'è luminosa la mia pelle adesso. A questo punto non posso veramente essere slavata con questo abito bordeaux.»

Sorrido e le avvolgo le braccia intorno alla vita da dietro. «Dovrò diventare parte della tua routine di bellezza, allora.»

«È una battaglia quotidiana» dice, con gli occhi che scintillano.

Le strofino il naso sul collo. «È il tuo modo di chiedere orgasmi quotidiani?»

«Sì.»

La guardo negli occhi allo specchio. «Allora dovrai vedermi tutti i giorni.»

«Non sarebbe la cosa peggiore al mondo.»

Le mordicchio il collo e lei ride. Sento il petto che si espande con un'ondata di affetto. La volto perché mi guardi in faccia. «Sai che giorno è oggi?»

Lei annuisce. «È il giorno in cui conosco la tua famiglia. Oddio, sarà meglio che andiamo. Devo rinfrescarmi.» Passa sotto il mio braccio e corre in bagno.

Stavo per dire che è il nostro primo mese insieme. È sdolcinato, lo so, ma ci sono cascato in pieno. Ci siamo cascati entrambi. Spero solo che le cose vadano lisce. Non glielo dirò mai, ma portarla a conoscere i miei genitori è una faccenda piuttosto seria. Siamo una famiglia molto unita e non c'è modo che farei sul serio con qualcuno che i miei genitori non accettano. Siamo una famiglia un po' diversa dalle solite, dato che siamo reali in esilio. Da quando mio padre ha perso la sua altra famiglia, ha fatto della nostra la sua priorità e ci ha inculcato nella testa che la famiglia viene sempre per prima. Ora che siamo tutti cresciuti, si assicura che ci troviamo per tantissime occasioni. E lavoriamo tutti insieme. Perfino mio padre, che lavora nel settore immobiliare, fa ancora parte della Byrne Construction, tiene d'occhio per noi proprietà promettenti e ci aiuta a trovare gli affittuari. Voglio dire, i miei genitori sono persone piuttosto aperte e amichevoli ma c'era stata quella volta in cui mio fratello Sean aveva portato a casa una donna che i miei genitori consideravano "volgare". La loro relazione era finita il giorno dopo. Non valeva semplicemente la pena di continuare visto che sarebbe diventata motivo di attrito in famiglia. Lo capisco.

Rebecca è diversa, però. Di classe. E adesso è bella calma e rilassata. Sono sicuro che andrà tutto bene.

Rebecca

Sono sicura che i genitori di Connor mi daranno un'occhiata e penseranno *che disastro*. Cammino sul marciapiedi verso casa loro con le gambe che tremano. Non riesco a credere di aver fatto sesso con Connor prima di venire a conoscerli. Così fottutamente sconveniente. È come se il mio buon senso volasse fuori dalla finestra quando sono con lui. Prima che arrivasse a casa mia, avevo passato due ore a svolazzare come un colibrì nella mia stanza, cercando di prepararmi, con i nervi tesi, il cuore a mille. Voglio dire, sto per incontrare dei reali, il re, la regina che si è scelto e una truppa di principi! E so quanto significa la famiglia di Connor per lui, come siano legati, come lavorino e si divertano insieme. È un test, e se non lo passerò, non potrò biasimarlo se mi lascerà. Farei lo stesso se i miei genitori non lo accettassero, motivo per cui sono ancora terrorizzata al pensiero che i miei genitori scoprano che Connor è un mio studente. Le persone con cui si sta facendo sul serio devono integrarsi nella tua vita.

Cerco di fare un respiro profondo mentre ci dirigiamo verso la casa a schiera di mattoni dove è cresciuto Connor. Tutte le mie piacevoli sensazioni di rilassamento dovute ai sensuali sforzi di Connor sono sparite, anche se temo di avere ancora l'aspetto luminoso post orgasmico. È passata solo mezz'ora, ma sto praticamente vibrando per la tensione.

È troppo importante fare buona impressione. Connor significa moltissimo per me e il fatto che mi abbia portato qui significa ancora di più. Il mio stomaco si riempie di farfalle perfino quando mi limito a *pensare* a lui, e mi ritrovo a sorridere senza un motivo. Perché non l'ho incontrato dopo il corso? Ovviamente l'avrei incontrato prima, *durante* il corso. Mi avrebbe avvicinato chiedendomi di uscire? Mike l'ha fatto. Avrei dovuto rifiutare, esattamente come avevo fatto con Mike. Ma poi magari avrebbe funzionato dopo il corso. *Stop.* Sto facendo troppe ipotesi contorte. Il fatto è che sono profondamente coinvolta in una relazione segreta che potrebbe far esplodere tutta la mia vita e tutto ciò che mi interessa è piacere a questa famiglia. Come ho detto, il buon senso latita quando c'è Connor. Dovrei concentrarmi di più sul proteggermi, ma la volta in cui avevo cercato di mettere un po' di distanza tra di noi, dopo il ricevimento di facoltà, ero quasi in lacrime al pensiero di perderlo.

Sono innamorata di lui.

Avevo paura di dirlo a voce alta. Come se potesse rendere più critica una situazione già delicata. Non l'ha detto nemmeno lui.

Oh Dio, siamo arrivati.

Connor mi stringe la mano sudata. «Non preoccuparti, hai già conosciuto Brendan e Beast. Sono solo alcune persone in più.»

Lo guardo. «Hai detto di essere l'angelo del gruppo e io non ti trovo angelico. Più un angelo caduto.» Lo sto prendendo in giro anche se ho la voce tesa per il nervosismo. Inoltre, sto cercando di prendere tempo.

Lui sorride. «I miei genitori avevano inventato degli stupidi nomignoli quando eravamo bambini. Chiamavano Brendan diavoletto e non è così male, no?»

A Brendan piace prendere in giro la gente, ma sembra scherzoso. Sto cercando di immaginare di entrare a una festa con cinque tizi come lui, tutti che probabilmente prenderanno in giro Connor al mio riguardo. Non so se riuscirò a rimanere calma. Sarò agitata o imbarazzata o sulla difensiva. Non ho mai avuto fratelli maggiori che mi stuzzicassero.

«Rebecca?»

«Immagino di no.»

Connor suona il campanello e il mio cuore sembra voglia uscire dal petto. «I miei genitori saranno contentissimi del fatto che stia frequentando qualcuno. Da quando mia cognata è rimasta incinta, sono entusiasti di cominciare una nuova fase delle loro vita, a fare i nonni.»

Trasalisco. *È quello che sta pensando per noi?* Non posso chiederglielo. *Ti sta portando a conoscere i suoi genitori, Rebecca! Significa qualcosa di grosso.* Perché ho così paura che una mossa sbagliata possa far crollare tutto?

La porta si apre e appare una donna sorridente che dev'essere sua madre. Hanno gli stessi intensi occhi azzurri. Sembra più giovane di come l'avevo immaginata, con capelli castano scuro lunghi fino alle spalle e solo qualche leggera ruga sulla pelle chiara del suo viso. L'avevo vista solo nella mia ricerca online. Indossa un maglioncino bianco morbido, con il collo a V, gonna nera diritta e tacchi bassi. Sono così contenta di aver indossato un vestito. «Benvenuti! Entrate, entrate.» Si tira indietro per farci entrare.

Connor si china per baciare la guancia di sua madre prima di fare le presentazioni.

La signora Rourke mi rivolge un sorriso radioso, con gli occhi azzurri che scintillano vivaci e pieni di energia. «È un piacere conoscerti, Rebecca. Sono lieta che tu sia potuta venire.»

«La ringrazio per avermi invitata» dico, in un tono più formale di quanto mi piacerebbe. Sono nervosa. Non posso farne a meno.

«Che bel vestito» dice la signora Rourke. «Non è carino, Connor?»

«Oh, sì, è quello che le ho detto anch'io» risponde lui con un sorriso sexy e ammiccando.

Le mie guance diventano di fuoco. Me l'ha detto; me l'ha mostrato nello specchio sopra la cassettiera; mi ha scopato sopra la cassettiera. Non riesco a guardare negli occhi nessuno dei due.

«Sono tutti in cucina» dice la signora Rourke, facendoci segno di seguirla.

Resto un po' indietro per sussurrare all'orecchio di Connor: «Non ammiccare in quel modo sexy e, per favore, smettila con la voce sensuale mentre siamo qui».

Lui mi bacia la guancia. «Baby, il mio sorriso e la mia voce sono sempre sexy. Non ci posso fare niente.» Insiste a chiamarmi "baby" anche se io non lo chiamo mai "re", come quando abbiamo parlato di nomignoli. È strano, ma "baby" ha un tono informale di possessività che mi dà la scossa tutte le volte. Non riesco a decidere se mi piace o no. Forse è perché non ho un nomignolo equivalente per lui. Ristrutturatore Reale è veramente troppo lungo. *Oddio, basta pensieri sconci.*

«Almeno non ammiccare, baby» dico, testando il nomignolo.

Lui spalanca gli occhi, senza sbattere le palpebre. «Cercherò veramente di frenarmi, baby.»

Rido. Mi rendo perfettamente conto di quanto sia ridicola insistendo che non ammicchi e non usi la sua voce sexy, ed è dolce che non me lo faccia notare. Mi dà uno strattone, tirandomi avanti nel soggiorno. È uno spazio piacevole, con soffitti alti, pavimento di quercia e modanature al soffitto. Noto sempre questo tipo di particolari. Direi che l'edificio risale all'inizio del Novecento. Le porte a scomparsa che separano le tre stanze, soggiorno, cucina e sala da pranzo, sono aperte. La grande cucina al centro, con una lunga isola e gli sgabelli, è affollata di persone che parlano uno sull'altro e ridono.

Mi torna il pensiero al ricevimento di facoltà, dove tutti sembravano conoscersi da anni e io ero l'outsider. Cerco di assumere un'espressione piacevole in modo da non avere un aspetto gelido, cosa che sembra risultare antipatica ad alcuni.

Connor va direttamente da un fratello con i capelli scuri tagliati corti e una barba corta e curata, che ha il braccio intorno alla vita di una ragazza splendida con i capelli rossi. Gli stringe la mano mentre lo abbraccia, in quel modo maschile. «Congratulazioni a tutti e due.» Sorride alla donna. «Josie, benvenuta in famiglia. Spero che un po' di rumore non ti dia fastidio.»

«Mi piace!» esclama lei. «Stai scherzando? Sono figlia unica.» Indica il gruppo rumoroso intorno a lei. «Questo è un sogno!» La sua voce è così sonora che nella stanza ammutoliscono tutti. «Oops. Ho di nuovo parlato per l'ultima fila del teatro, vero?»

Ridono tutti.

Connor mi fa segno di avvicinarmi e mi mette il braccio sulle spalle, voltandomi verso il gruppo. «Questa è Rebecca. Rebecca, ecco tutti.»

I miei occhi passano da un fratello all'altro, a una donna incinta e a qualche coppia più anziana, tutti che sorridono, tutti incuriositi.

Agito la mano sorridendo. «Salve a tutti.»

«Puoi fare di meglio, Connor» risuona una voce profonda e autoritaria. «Presentaci correttamente, per favore.» È il re! Dev'essere lui con quell'inglese formale e il portamento regale. Il papà di Connor, il vero re di Villroy. Indossa un abito blu scuro, i capelli castano scuro sono striati di grigio, il volto è spigoloso e rasato di fresco, gli occhi di uno stupefacente color acquamarina. Ha rinunciato alla corona per amore. Un re romantico. Può diventare meglio di così? Al contempo devo fare una buona impressione e non essere imbarazzata, o tesa o involontariamente fredda.

«Salve» squittisco. «Lei dev'essere il padre di Connor.»

Lui mi sorrise calorosamente. «Daniel Rourke. Lieto di conoscerti, Rebecca...» Fa una pausa, come se aspettassi che aggiunga il mio cognome. Farà delle ricerche su di me?

«Edwards» aggiungo.

«Rebecca Edwards» dice lui formalmente. «Grazie per essere venuta. Qualcuno ti ha offerto da bere?»

«Sono appena arrivata...» faccio per dire.

«Connor» dice lui in tono abbastanza severo da innervosire *me*.

Connor si volta verso di me e dice tranquillo: «Che cosa posso offrirti, Rebecca?». Indica l'angolo di un ripiano dove ci sono diverse bottiglie di vino e bibite.

«Mi piacerebbe dello chardonnay. O qualunque altro vino bianco abbiate.»

Connor fa un inchino formale, che sospetto sia una frecciatina al tono formale di suo padre e va a prendermi un bicchiere.

«Allora, come vi siete conosciuti tu e Connor?» mi chiede il signor Rourke.

La signora Rourke si unisce a noi: «Che cosa mi sono persa?».

«La mancanza di buone maniere di tuo figlio» le risponde il signor Rourke.

Lei sembra stupita. «Dai, quel ragazzo è il più educato dell'intero branco. Beh, a essere sinceri, sanno tutti come comportarsi. La domanda è: ricordano quello che abbiamo insegnato loro? È tutta un'altra faccenda, no?»

Il signor Rourke arcua un sopracciglio, chiaramente non soddisfatto della violazione del galateo. «Rebecca stava per raccontarmi come si sono incontrati.»

«Ci siamo incontrati in un bar» dico.

I suoi genitori si scambiano un'occhiata prima di tornare a guardarmi. Sembrano un po' delusi dalla mia spiegazione. Merda. Sembra la scena di un rimorchio da ubriachi e in un certo senso lo è stata, eccetto l'ubriachezza. *Oh Dio*. Sento il sudore che gocciola lungo la spina dorsale, le guance che scottano. Probabilmente speravano di sentire qualcosa di romantico, come il modo in cui si erano incontrati loro a Parigi. Connor me ne ha parlato. Si erano incontrati in un museo dove lei faceva uno stage e lui un tour privato. Uniti dall'amore per l'arte. Molto più sofisticato dell'incontro in un bar.

«In effetti,» gracchio e devo schiarirmi la voce, «il modo in cui ci siamo incontrati è stato carino, perché il mio ex si era appena fatto vivo e mi stava sbattendo in faccia il fatto di essersi fidanzato e, per qualche motivo, aveva portato la donna perché la conoscessi. È stato estremamente imbarazzante, come potete immaginare, e poi Connor è venuto in mio soccorso, fingendo di essere un boyfriend serio per livellare un po' il campo. Ero da sola, aspettavo una persona che non è arrivata. Connor è stato l'eroe della serata.»

Sorridono entrambi a Connor che si sta avvicinando con il vino. È tornato nelle loro grazie. È sempre stato nelle mie.

Mi porge il vino e io sorrido. «Grazie.»

La signora Rourke ci guarda. «Da quanto tempo vi state frequentando?»

Ripenso a quando ci siamo incontrati la prima volta, sto per fare un rapido calcolo, ma Connor rispondo per primo. «Un mese» dice, baciandomi la tempia.

Sento il cuore che manca un battito, le ginocchia molli. Il bacio tenero, insieme al fatto che ricorda veramente da quanto stiamo insieme è quasi troppo. Mi appoggio al suo fianco e lui mi mette il braccio intorno alla vita, stringendomi.

«Molto carino» dice la signora Rourke. «Spero che ti vedremo ancora qui, Rebecca.»

«Grazie» rispondo, sentendomi molto più calda e rilassata.

Penso di aver superato il test e non c'è un posto dove mi sento più a mio agio che appoggiata contro il fianco di Connor.

«Dovresti presentare Rebecca agli altri» dice il signor Rourke. «E intendo dire individualmente, in modo che conosca il loro nome.»

Sorrido felice. *Ce l'ho fatta.*

Connor annuisce e alza una mano. «Ehi, tutti quanti, guardate da questa parte e alzate la mano quando pronuncio il vostro nome. Rebecca ha bisogno di una presentazione formale.»

Il signor Rourke scuote tristemente la testa. La signora Rourke nasconde un sorriso.

Connor continua: «Dylan».

«Presente» risponde suo fratello.

Ridono tutti. Io sorrido e lo saluto. Lo ricordo dalle fotografie online del suo matrimonio.

Dylan alza la mano di sua moglie. «Questa è la mia bellissima moglie incinta, Ariana.»

«Mia figlia» aggiunge una donna di mezz'età. «Salve, sono la signora Bianchi, un'amica della mamma di Connor e adesso siamo di famiglia, da quando i nostri figli si sono sposati. Di dove sei, Rebecca?»

«Del Queens.»

«Queens! Una ragazza di qui, eh?» dice e sembra soddisfatta. «Non proprio come Brooklyn, ma ci va vicino.» Sorride alla signora Rourke.

«Torniamo alle presentazioni» dice Connor, indicando un altro fratello. «Jack e Riley.»

«Come, adesso siamo diventati un nome solo?» gli chiede Jack. «Diavolo, appena ti fidanzi diventi un Rack.»

Riley sogghigna. «Meglio Jiley.»

«Jiley Wourke» dicono all'unisono e ridacchiano.

Connor si china verso il mio orecchio. «È Jack Rourke e Riley Walsh mischiati insieme. Sono così disgustosamente innamorati.» Si raddrizza, guardandomi con gli occhi dolci e ammicca.

Adoro quest'uomo. Adoro il suo calore, il modo in cui accetta tranquillamente i piccioncini innamorati, i suoi modi rilassati con me, il modo in cui mi capisce. Mi toglie il fiato. È veramente un buon partito. La mia euforia per aver trovato l'uomo con cui voglio fare sul serio è temperata da una fitta di paura. Non posso permettere alle circostanze esterne di rovinare quello che abbiamo. *Non pensarci proprio adesso.*

L'espressione di Connor cambia, diventando più seria. «Va tutto bene, baby?»

Annuisco, con la gola stretta per l'emozione. Sono la sua baby e, sì, mi piace. Non sono mai stata la baby di nessuno prima d'ora. È proprio come quando mi ha portato in braccio la sera in cui ci siamo incontrati. Mi vede per la persona che sono veramente dentro, calorosa e con tanto amore da dare e appassionata. Non una regina di ghiaccio.

«Ci conosciamo già» dice una voce profonda.

Mi volto e vedo Brendan di fronte a me. «Certo, Brendan. Hai messo una buona parola per Connor la sera in cui ci siamo incontrati.»

«Giusto.» Si rivolge a Connor, dandogli una manata sulla spalla. «Dove sono i ringraziamenti, fratello?»

«Vai a quel paese» dice Connor. «Resta nel tuo angolo.»

Brendan scuote la testa sorridendo. «Visto che cosa devo sopportare? Lascio che te la veda tu con lui.»

Beast si avvicina e mi tende la mano, avviluppando la mia molto più piccola in una stretta decisa. «Sono lieto di rivederti.»

«Ooh, io, io!» dice la rossa Josie, alzando la mano. La ricordo da quando siamo entrati. «Tocca a me adesso. Sono io il motivo per cui siamo qui stasera. Se non fosse per me, Sean non sarebbe fidanzato. Starebbe vagando per la terra, cercando ancora la sua anima gemella.»

Sean le rivolge un sorriso tenero. «Aww, Josie.»

Connor li indica. «Josie è la fidanzata di Sean, la nostra nuova prossima cognata, quasi una sorella.»

«Aww, mi hai chiamato sorella!» esclama Josie, correndo ad abbracciare Connor e a baciargli la guancia. «Sei dolce come tuo fratello.»

Connor sorride, un po' imbarazzato. Si volta verso di me. «Se non lo avevi ancora capito, Josie è un'attrice.»

«E questo che cosa dovrebbe significare?» chiede Josie, appoggiandosi una mano sul fianco e gettando indietro i suoi lunghi capelli rossi. «Perché avrebbe dovuto capirlo?»

Sean si unisce a noi. «La tua voce che arriva in fondo al vicinato, la tua personalità spumeggiante, il modo espressivo e drammatico in cui parli.»

«Beh, accidenti» dice Josie sbattendo innocentemente le palpebre. «Pensavo di essere così discreta.»

Nascondo a fatica una risata. «È bello conoscervi entrambi.»

«Josie ha appena finito le riprese del suo primo film» dice orgogliosamente Sean. «Potrai dire che la conoscevi quando non era ancora famosa. Diventerà una stella di primo piano.»

«Sean!» esclama Josie, accarezzandogli il petto e sorriden-dogli. «Smettila di mettermi in imbarazzo. Era un ruolo secondario.»

«Si capisce che detesta le lodi, giusto?» scherza Sean.

«Alcune altre persone» dichiara Connor, indicando delle coppie più anziane. Mi sorridono tutti.

Io saluto agitando la mano. «Salve a tutti.»

Connor si rivolge a suo padre. «Adesso possiamo tornare alla festa, signore?»

Suo padre grugnisce e la festa ricomincia, con tutti che parlano e ridono di nuovo. La madre di Connor comincia a togliere il cibo dal frigorifero e io vado a offrirle il mio aiuto.

«Grazie, Rebecca» dice lei con calore. «Ecco, prendi la verdura tagliata. I miei ragazzi probabilmente non la guarderanno nemmeno, ma piacerà al resto di noi. Allora, che cosa fai per vivere?»

«Tengo un corso di economia alla NYU, sulla gestione dei cambiamenti organizzativi e lavoro in un bar, solo part time, per l'assicurazione sanitaria. Spero di lavorare a tempo pieno, insegnando, il prossimo semestre.»

«Connor sta seguendo un corso alla NYU.» Aggrotta le sopracciglia. «In effetti quello sembra proprio il suo corso, qualcosa sulla gestione dei cambiamenti. Ricordo di aver pensato che era perfetto per la nostra azienda di famiglia.» Si volta e chiama Connor, che sta parlando con suo zio. «Connor, qual è il nome del corso che stai seguendo?»

Sento il cuore battere nelle orecchie, le mie guance diventano di fuoco. Connor mi guarda negli occhi prima di dire a sua madre. «Gestione dei cambiamento organizzativi.»

«Sì, è quello che...» Mi indica e smette di parlare. «È la tua insegnante? È così che vi siete veramente conosciuti?»

«Com'è questa storia?» chiede Brendan con una risata. «Connor, ti piace la maestra?»

Qualcuno dice *oops* a bassa voce e poi nella stanza cade il silenzio, tutti mi fissano. Mi assale la nausea.

I signori Rourke si scambiano un'occhiata preoccupata. Non riesco a sopportarlo. Tutte le mie preoccupazioni, le paure e la vergogna sono allo scoperto perché tutti possano giudicarmi.

Mi volto per andare via e di colpo Connor è lì, con la mano intorno al mio polso. «Non è così importante» dice al resto della stanza. «Sono solo un uditore, niente voti per me. Rebecca è una brava insegnante.»

«Quanto è brava?» lo prende in giro Brendan.

Strappo il polso dalla presa di Connor e corro verso l'ingresso, mortificata. Non potrò più mostrare la mia faccia qui.

15

Connor

«Rebecca!» Sta camminando verso la metropolitana. Non può andarsene in questo modo. È peggio che se avesse affrontato le ripercussioni. Fa sembrare che ciò che stiamo facendo sia sbagliato.

La seguo. «Aspettami!»

«No. Lasciami andare.» Sento le lacrime nella sua voce.

La raggiungo qualche momento dopo, afferrandola da dietro per la vita. Lei diventa rigida come una tavola. Mi chino verso il suo orecchio. «Va tutto bene. Brendan stava solo scherzando. Non è così brutto.»

«È terribile» dice con la voce strozzata. «I tuoi genitori devono pensare che io sia una persona orribile.»

«Mia madre era sorpresa perché le avevi detto che ci eravamo conosciuti in un bar e adesso è venuto fuori che sei la mia insegnante. È una situazione strana, per come sono andate le cose tra di noi, ma se torni e lo spieghiamo, ti prometto che andrà tutto bene.»

«No. Non è così. Mi giudicheranno.»

La volto perché mi guardi in faccia e le alzo il mento. «No. Non è così.»

«Penseranno che mi sia approfittata del loro figlio» sussurra, sbattendo le palpebre per ricacciare indietro le lacrime.

«Sanno che nessuno potrebbe approfittarsi di me. Non glielo permetterei. È così che sono stato educato. Io difendo me stesso e tutti quelli cui voglio bene.» Le metto una mano sulla guancia. «Torna indietro. Lascia che difenda anche te.»

Lei risucchia il fiato, con gli occhi sgranati.

«Ti amo, Rebecca.»

Lei scoppia in lacrime.

La tiro vicina, accarezzandole i capelli. «Non esattamente la reazione che speravo, baby.»

Lei mi abbraccia stretto. «Ti amo anch'io.»

«Lo so, ma è maledettamente bello sentirlo.»

Rebecca ride e io sospiro di sollievo.

STASERA È ANDATO tutto alla grande. Beh, dopo aver spiegato la situazione e cantato le lodi di Rebecca, dicendo quant'è intelligente e che gran senso degli affari ha, e poi quando anche lei è intervenuta dicendo a tutti come sono intelligente e che gran senso degli affari ho io, fondamentalmente è stato un idillio con un sacco di testimoni. Certo, i miei fratelli mi hanno preso in giro, ma hanno tenuto fuori Rebecca quando ho minacciato ritorsioni. Sanno che ci vuole parecchio per farmi arrabbiare ma una volta che succede non lascio superstiti.

Rebecca è rimasta appiccicata a mia madre per il resto della serata, aiutandola a portare il cibo in tavolo, servire da bere, perfino a tagliare la grande torta con la scritta FELICE FIDANZAMENTO e offrirla a tutti. Penso che Rebecca volesse far parte di tutto ma che si sentisse più a suo agio facendo qualcosa. La capisco. Mi piace più entrare in azione che non restare indietro e guardare gli altri fare cose. Ha legato anche con Riley. A un certo punto si sono scatenate in una partita a ping-pong nella sala giochi nel seminterrato. Non mi sorprende che abbiano legato. Anche Riley è un tipo da ufficio, commercialista in una società prestigiosa, a parte essere anche un tipo riservato.

Adesso siamo tutti riuniti di nuovo in cucina, a finire la torta.

Mio padre alza il suo bicchiere di champagne e lo batte con la forchetta per attirare l'attenzione.

«Un altro brindisi» si lamenta Brendan. «Lo abbiamo capito, Sean e Josie sono speciali e li adoriamo. Possiamo andare avanti?»

Papà gli dà un'occhiata di avvertimento prima di guardarci tutti. «Ho un annuncio da fare.»

Nella stanza scende un silenzio di tomba, la tensione sale alle stelle. Scambio un'occhiata nervosa con Dylan e controllo in fretta Jack, Sean, Brendan e Beast. Nessuno di loro ha idea di che cosa si tratti. L'ultima volta che c'era stato un annuncio a una festa di famiglia, avevamo ricevuto la notizia shock del pensionamento dello zio e che avrebbe lasciato l'azienda a me e ai miei fratelli. Una completa sorpresa. Nessuno di noi se l'aspettava. E adesso?

La mamma sorride. «Vostro padre è veramente entusiasta. Continua, tesoro.»

Papà fa un respiro profondo. «Siamo invitati a Villroy per Natale.»

Josie lancia un urlo di gioia e Riley la imita a modo suo dicendo: «Wow, che cosa eccitante!». Non sono mai state a palazzo.

Io non sono così eccitato, e nemmeno i miei fratelli, a giudicare dalla loro mancanza di reazione. Potrebbe essere azzardato. I miei genitori ci vogliono tutti insieme a Natale. I miei fratelli e io siamo stati a Villroy due volte: per il matrimonio di Adrian, dove eravamo terribilmente a disagio, dato che era la prima volta che la mia famiglia tornava a Villroy dopo l'esilio, e poi per quello di Dylan, con un'enorme copertura mediatica. Entrambe occasioni formali, ma piuttosto stressanti. Avevamo dovuto comportarci al meglio, usare le nostre migliori maniere, i migliori abiti. La gentaglia, i figli del re esiliato, *non* potevano metterlo in imbarazzo. Mio padre ha degli standard molto alti, grazie alla sua educazione reale. Non era stato esattamente *divertente*, a dir poco, anche se avevamo passato delle belle ore giocando a poker con i nostri cugini fino a tarda notte.

Rebecca mi stringe la mano, con gli occhi che scintillano per l'eccitazione. Avevo quasi dimenticato che è una fanatica di quella faccenda dei reali.

«Nessuna reazione?» chiede papà. «Pensavo che sareste stati un po' più eccitati. Non ci costerà niente. Ci porterà il jet reale e potremo alloggiare a palazzo.»

Rebecca si agita al mio fianco, cercando di non sorridere. Le donne nella stanza stanno sorridendo tutte, sembrano entusiaste. Capisco che Rebecca vorrebbe veramente andare e piacerebbe anche a me, per passare il Natale insieme.

Papà continua. «Ci sarà un ballo a tema, qualche giorno prima di Natale.»

I miei fratelli e io ci lamentiamo in coro. *Un ballo? Che cos'è, siamo nel 1800?*

La mamma ci dà un'occhiataccia che dice *Piantatela*. Ci zittiamo tutti.

Papà sbuffa. «Il tema è l'Inghilterra nel periodo Regency perché la moglie di vostro cugino scrive storie ambientate in quel periodo. È tutto scritto nell'email che vi inoltrerò. C'è una lista di letture raccomandate, specialmente Jane Austen...» Smette di parlare davanti al gemito comune degli uomini della famiglia.

«Jane Austen è una bomba» scherza Josie, e ridono tutti.

«Sì» dice mio padre. «Grazie Josie.» Poi guarda noi

uomini. «Vostra madre e io ci andremo e gradiremmo che ci foste anche voi.» Sorride e la sua espressione si addolcisce. «È un po' che Mila chiede del suo Pop-Pop.» Ha assunto il ruolo di nonno, dato che entrambi i nonni di Mila sono defunti (ma tecnicamente è un prozio). È stato il modo in cui l'attuale re e la regina hanno riportato mio padre nel regno, e lui l'ha apprezzato con tutto il cuore. Adora quella bambina.

Papà continua con la voce strozzata per l'emozione. «È il primo Natale in cui Mila ha idea di che cosa si tratti. Voglio farne parte.»

I miei fratelli e io ci diamo un'occhiata. Papà e Mila insieme a Natale. Sappiamo di non potere dire di no. Vogliamo tutti vederlo felice, che possa avere la sua famiglia d'origine e anche noi.

«Io ci sarò» dico.

Rebecca alza di colpo la testa, guardandomi negli occhi per un attimo con palese eccitazione prima di distogliere lo sguardo. Decisamente spera di venire con me. Sento una gioia immensa che nasce dentro di me a quel pensiero.

«Grazie, Connor» dice papà. «Qualcun altro?»

«Noi non possiamo» dice Dylan. «Mancheranno due settimane alla data prevista del parto di Ariana e non può volare in quelle condizioni.»

Brendan finge di tossire dicendo: «Fortunato».

«Mi dispiace veramente di perdermelo» dice Ariana, accarezzandosi la pancia. Deve essere di sette mesi circa. «Un altr'anno.»

«Sarete entrambi a casa nostra per Natale!» esclama la signora Bianchi. È la mamma di Ariana. Un po' invadente, anche se le sue intenzioni sono buone.

Il sorriso di Dylan vacilla prima che dica: «Ci piacerebbe. Grazie, signora Bianchi».

Lei gli sorride e fa un cenno di approvazione rivolta alla signora Rourke. Approvano le sue maniere. *Che leccapiedi.*

«C'è un centro benessere, mie care ragazze» dice la

mamma, suadente. «Potremmo avere una giornata tutta per noi donne.»

«Io ci sto, signora Rourke» dice Josie.

«Anch'io» aggiunge Riley.

Sean e Jack borbottano il loro assenso ora che le loro donne li hanno obbligati.

Beast alza la mano. Ci sta anche lui.

Papà guarda Brendan, che sta resistendo.

Brendan gli rivolge un'occhiata afflitta. «Devo veramente andare a un ballo Regency e leggere Jane Austen?»

«Sì» gridiamo tutti in coro.

Lui alza le mani. «Bene. Non passerò il Natale da solo. Mi avete forzato la mano. Ma niente Jane Austen. Ho visto i film di cui fanno la pubblicità in TV, con i loro cappellini e gli uomini che indossano strani pantaloni corti e la calzamaglia.»

Ariana gli suggerisce: «Leggi uno dei romanzi di Alice, Brendan». Alice è la moglie di mio cugino. «Potrebbe aprirti gli occhi un po' di più delle lezioni di storia.» Arcua le sopracciglia, sorridendo. Ho sentito che le storie di Alice non trascurano le parti buone. Non che abbia intenzione di leggere quei romanzi d'amore da donne.

«Ah, romanticismo» dice Brendan, con la punta delle orecchie rossa. «Non ho bisogno di un libro per quello.»

Lo prendiamo tutti in giro senza pietà perché è fondamentalmente un Neanderthal quando si tratta di donne. Pensa di saperci fare, ma non ha niente a sostegno di quella teoria. Niente sostanza, tutto fumo, è solo sesso occasionale, senza significato. Anche Jack era così, ma è cambiato da quando Riley è entrata di prepotenza nella sua vita.

«I Rourke tornano a Villroy!» grida mio zio.

«Urrah!» dice allegro mio padre, rivelando di non essere il newyorchese che crede. Non importa per quanto tempo sia vissuto a Brooklyn, in cuor suo è ancora il re di Villroy.

Josie e Riley parlano eccitate del viaggio con mia madre. I miei fratelli parlano tra di loro, molto meno eccitati.

Io mi rivolgo a Rebecca e le sussurro all'orecchio: «Ti piacerebbe andare a Villroy per Natale?».

Lei sorride e io bacio la guancia sorridente. «Sì.»

Mi guarda negli occhi e in quel momento lo so. Posso finalmente rilassarmi. Da qui in poi andrà tutto liscio come l'olio.

Lei appoggia una mano sulla mia spalla e mi dice piano all'orecchio: «Per allora saprò se hanno intenzione di tenermi come professore e tu e io dovremmo essere fuori da una situazione discutibile. Sarà così bello essere allo scoperto».

«È questo il piano.» Mi viene in mente un pensiero cupo. Se non dovessero tenerla come professore, incolperà me? No, non lo farebbe mai. Credo. È difficile dirlo perché è veramente agitata per via della situazione eticamente dubbia in cui ci troviamo.

Non posso pensarci. Siamo veramente discreti e Rebecca è veramente brava nel suo lavoro. Continueremo a comportarci così e andrà tutto bene. Deve andare bene.

16

Rebecca

Cammino a passo svelto per andare alla riunione con il rettore Sears. Il corso è finito da due settimane e penso questa sia la valutazione della mia performance dove scoprirò se mi assegnerà o meno un posto a tempo pieno. Sono moderatamente ottimista. La settimana scorsa, appena prima del Giorno del Ringraziamento, hanno consegnato i moduli per la valutazione degli insegnanti agli studenti. Sono sicura che saranno buone. Il corso è andato eccezionalmente bene. Ci sono state tantissime discussioni e ho raggiunto un livello di agio e fiducia in Connor che significano che posso veramente apprezzare la sua partecipazione. Abbiamo studiato il caso della sua azienda di famiglia nei dettagli ed è stata un'occasione di apprendimenti fantastica per tutti. E le cose con Connor non potrebbero andare meglio. Ha passato il Giorno del Ringraziamento con la mia famiglia e andrò con lui a Villroy per Natale. E pensare che ero così preoccupata per la mia relazione con lui mentre è la cosa migliore che mi sia mai capitata. Solo pensare a lui mi fa sorridere.

La riunione è un'ora prima dell'ora di ricevimento del

giovedì, cui partecipano in pochi. Ho veramente tentato, ma dopo aver rifiutato di uscire a cena con lui, Mike ha smesso di farsi vivo e vedo solo occasionalmente qualcuno con una domanda su un saggio. Dovrò parlarne con qualche altro professore per vedere se c'è qualcosa che posso fare il prossimo semestre. Mi piacerebbe insegnare nuovamente questo corso in primavera e spero anche di poter lavorare qui a tempo pieno.

Entro nella sala riunioni, un grande spazio con una parete di finestre, un lungo tavolo e sedie. Ci sono due persone sedute a un lato del tavolo, il rettore Sears e la direttrice dell'ufficio personale, Cheryl Boggs. Sento lo stomaco che si contrae. Cheryl è sui quarant'anni, capelli biondi e viso rotondo che di solito appare allegro, ma oggi sembra serio. E anche il rettore Sears.

Non farti prendere dal panico. Magari fanno partecipare l'ufficio del personale quando si tratta di decidere un'assunzione. Magari è qui per controllare i documenti.

Il mio stomaco non si calma, non è convinto. Qualcosa non va. Seriamente. Mi siedo. «Salve, come va?»

«Bene, Rebecca» dice gentilmente Cheryl.

Il rettore Sears sposta dei documenti davanti a sé. «Come vanno le cose con la classe? Rebecca?» Alza la testa, con un'espressione difficile da decifrare.

Cerco di usare un tono fiducioso. «Sta andando veramente bene. Abbiamo avuto parecchie ottime discussioni in classe sui vari casi di studio, con una buona partecipazione. Mi sembra che stiamo tutti imparando moltissimo.»

«Uh-uh» dice il rettore.

«C'è qualcos'altro che vorresti dirci?» chiede Cheryl.

Ho il cervello in fiamme. Sanno della relazione con Connor? Non posso parlarne io. Forse si tratta di qualcos'altro.

Alzo le spalle. «Porto ancora i biscotti fatti in casa per l'ora di ricevimento, anche se viene meno gente. È una delle cose che avevo intenzione di studiare per il prossimo semestre. In questo momento sono tutti concentrati sul saggio finale e sembrano avere tutto sotto controllo.»

Si scambiano un'occhiata. Il rettore fa cenno a Cheryl di parlare.

Mi volto verso di lei, con il cuore in gola.

«Rebecca, uno degli studenti ha presentato un reclamo contro di te. Dice che era ovvio che fossi coinvolta con uno degli studenti del tuo corso.»

Penso immediatamente che Mike abbia potuto fare la spia. Gli avevo detto che stavo frequentando qualcuno e potrebbe aver capito che si trattava di Connor. «Beh, uno degli studenti mi ha chiesto di uscire con lui, Mike Ahern e ho rifiutato il suo invito. È possibile che stia agendo per ripicca.» È solo un tentativo perché sapevo fin dall'inizio che le cose non promettevano bene sul fronte Connor.

«Questo reclamo è stato presentato da una donna nella tua classe» dice il rettore, mettendosi gli occhiali e indicando un documento davanti a sé. Mi chino in avanti ma non riesco a leggerlo dall'altra parte del tavolo. «Dice...» si schiarisce la voce, «che le occhiate di fuoco tra te e questo studente l'hanno messa a disagio. Si è sentita coinvolta perché quando era al college un professore ci aveva provato con lei.»

Mi sento stringere lo stomaco. Non avrei mai voluto mettere a disagio qualcuno con le mie azioni. «Nessuno mi ha detto niente» mi sforzo di dire nonostante il groppo che ho in gola.

«Non se l'è sentita di parlartene direttamente» dice Cheryl. «Sperava che ce ne occupassimo noi.»

Oh mio Dio. Ho il volto rosso per la vergogna e la nausea che mi sconvolge lo stomaco. «Non ho mai voluto che accadesse, ma dovete credermi, non è una situazione predatoria. È consensuale. L'ho conosciuto prima che cominciasse il corso.»

Il rettore Sears mi dà un'occhiata scettica. «Lo studente con cui sei coinvolta è nominato nel reclamo, Rebecca. Ti ho visto che conversavi con lui all'inizio del semestre. Mi hai detto che vi eravate appena conosciuti.»

Merda. L'avevo detto e avevo insistito che ero single e questo può solo significare che avevo cominciato a frequentare Connor dopo quell'incontro, mentre era un mio studente. Sembra tutto così incriminante. «Io, uh...»

Il rettore Sears abbassa gli occhiali sul naso per guardarmi direttamente negli occhi. «Vi ho visto di nuovo insieme qualche settimana dopo e sembravate molto a vostro agio insieme. Che cosa dovrei pensare?»

«So che sembra brutto.» La mia voce si spezza. «La prima volta che ci ha visti, sono andata nel panico e ho mentito. In effetti ci eravamo già conosciuti e stavamo insieme. Io...»

«E come faccio a sapere che non stai mentendomi adesso?» mi chiede.

Apro la bocca e la richiudo. Ho piantato io stessa il seme del dubbio. Sento la bile salirmi in gola.

Cheryl si inserisce nella conversazione. «Rebecca, ammetti di avere una relazione con uno studente?»

«Sì, ma era cominciato prima che cominciasse il corso, lo giuro. Non sapevo che sarebbe stato un mio studente.»

Cheryl scrive qualcosa nei suoi appunti. Il rettore Sears scuote la testa, guardandomi con un'espressione delusa. Pensa che stia facendo marcia indietro per discolparmi. La prova è proprio davanti a lui, nel reclamo nei miei confronti.

Cheryl china di lato la testa. «Hai mai discusso con lui in anticipo il fatto che si iscrivesse al tuo corso?»

Sta cercando di darmi il beneficio del dubbio. Presumendo che ciò che dicevo fosse vero, che avessimo già una relazione, avremmo parlato del mio corso.

Lascio cadere le spalle e sento un dolore sordo al petto. «No.» *Come faccio a spiegare loro che avevamo avuto una notte di sesso selvaggio il giorno prima che cominciasse il corso e non avevamo veramente parlato?*

Il rettore Sears sembra rassegnato. Cheryl ha un'espressione gentile, quasi angelica. Probabilmente è addestrata ad affrontare situazioni simili.

«È solo un uditore, tecnicamente non un vero studente.»

«Ma sta frequentando con gli altri studenti, giusto?» chiede Cheryl.

Annuisco. Ovviamente sanno che Connor ha frequentato altrimenti non staremmo avendo questa discussione.

«Potrei parlare con lei?» chiedo. «La studentessa che ha presentato il reclamo? Mi scuserò e spiegherò la situazione. Sono sicura che se potessimo solo parlare, la questione si chiarirebbe.»

«Non posso rivelare l'identità della studentessa» dice Cheryl. «Gli studenti vengono al primo posto. Devono sentirsi sicuri e sostenuti.»

«Lo erano» dico. «Lo sono. È tutto solo un malinteso.»

Cheryl annuisce, il suo tono è tranquillizzante. «Comunque sia, ha creato un ambiente spiacevole per gli altri studenti. Chiediamo sempre un feedback prima dell'esame o del progetto finale e le tue valutazioni sono prevalentemente scarse. Alcune addirittura lapidarie.»

Mi paralizzo, fissandola sbalordita. «Davvero?»

«Sì.»

La mia voce esce in un sussurro. «Pensavo veramente che le cose stessero andando bene.» Non riesco a credere che mi odiassero tutti come insegnante. «Abbiamo avuto delle discussioni produttive. Sembrava che stessero imparando dalle domande che facevano.»

Il rettore Sears spinge gli occhiali sul naso, studiando un documento davanti a sé. «Dicono quasi tutti che eri disattenta, distratta e che passavi troppo tempo sul tuo studente preferito.»

«Non avevo un preferito.» *O sì?* Pensavo veramente che il caso di Connor fosse un ottimo strumento per imparare.

Il rettore legge lungo il documento. «Qui dice che avete passato tre settimane discutendo nei particolari un progetto di sviluppo, come se fossi una consulente per la società del tuo ragazzo.»

«Non è così. Pensavo solo che fosse un caso di studio interessante e che potessimo tutti imparare qualcosa.» Passo lo sguardo dal rettore a Cheryl, pregandoli di capire.

Il rettore espira bruscamente. «Forse il tuo coinvolgimento ti ha portato a non fare attenzione agli altri studenti e a fissarti su di lui.»

Comincio a sudare freddo. Merda. Non avrei mai dovuto permettere che succedesse con Connor. Avevo i miei dubbi fin dall'inizio. Sì, mi rende felice, ma a che prezzo?

«Giuro che non sono mai stata distratta o disattenta con gli altri studenti» dico, in un ultimo tentativo di salvare il mio lavoro.

Il rettore Sears si toglie gli occhiali e ripiega le mani davanti a sé sul tavolo. «Mi dispiace, Rebecca, ma non funzionerà. Non resterai qui all'università.»

Ho gli occhi che scottano, sono così piena di vergogna e rimpianto che riesco solo a fissarlo, senza parole, senza più un modo per difendermi.

«Posso almeno finire il semestre» chiedo? «Mancano solo tre lezioni e ho già preparato il materiale.»

Il rettore mi fissa a lungo. «Se ritieni di poterlo fare rispettando i limiti e le regole di questa università.»

Annuisco, con la gola troppo stretta per parlare.

«Rebecca» dice gentilmente Cheryl.

Sbatto le palpebre e mi volto a guardarla, con le lacrime che mi offuscano la vista.

I suoi occhi sono pieni di gentile comprensione. «Sfortunatamente, dovremo indicare che sei stata oggetto di un reclamo se qualcuno ci chiamasse per avere tue referenze in futuro.»

Lo stomaco continua a contrarsi mentre vengo colpita dalla forza dalla gravità del mio errore: non lavorerò mai più in ambito accademico. La mia intera carriera è finita dopo un solo corso. Avevo pensato che Connor e io avessimo affrontato molto bene la situazione, ma è esattamente come temevo. Ero l'unica a correre tutti i rischi.

«Capisci quello che abbiamo discusso oggi?» chiede Cheryl, con una nota di finalità. Non c'è altro da dire. Sono finita.

Mi alzo sulle gambe che tremano. «Sì, lo capisco. Per favore, rettore, non ne parli con mio padre. Voglio farlo io.»

Il rettore Sears mi dà una lunga occhiata «Se mi chiederà perché ho dovuto lasciarti andare, non mentirò.»

Annuisco ed esco dalla stanza con le gambe rigide.

Riesco ad arrivare nel mio ufficio al piano di sopra prima di scoppiare in lacrime. Mi sento malissimo per aver causato dolore a una studentessa a causa delle mie azioni. Se l'avessi saputo mi sarei spiegata. Non ho mai e poi mai voluto causare dolore a qualcuno. E ora devo affrontare le conseguenze delle mie azioni. I miei genitori saranno così delusi quando lo sapranno. Erano così fieri che volessi diventare un'insegnante, seguendo il loro esempio. Non posso dirglielo ancora. Non posso.

Appoggio la fronte sulla scrivania. Tutti i miei piani mi sono scoppiati in faccia. Sapevo che frequentare Connor era una cattiva idea, ma ho ceduto. E adesso sono perduta, senza una via d'uscita.

Sono finita.

È venerdì sera e Connor sta arrivando. Sono stata troppo depressa per alzarmi dal divano. Non ho proprio voglia di avere questa conversazione. Non gli ho ancora parlato dell'incontro di ieri, ero troppo sconvolta. Non credo che capirà che terribile umiliazione e dolore siano perdere il lavoro. E dovrò anche farmi vedere in classe domani. Sarà difficile, ma voglio veder finire il corso e, se possibile, voltar pagina in un ambiente didatticamente più positivo possibile. Mi uccide pensare che una studentessa stia soffrendo per qualcosa che ho fatto io. Voglio la possibilità di rimediare. Mi bruciano di nuovo gli occhi per le lacrime e me li strofino. Sono così stanca di piangere. Ho dovuto saltare l'ora di ricevimento dopo quell'orribile riunione e ora mi rendo conto che il motivo per cui non si presentava nessuno era perché nessuno degli studenti voleva lavorare con me. Sono ufficialmente un fallimento come insegnante. È particolarmente umiliante visto quanto prendono seriamente la loro professione i miei genitori. Mio padre è stato nominato Insegnante dell'Anno di New York, santo cielo!

Suona il citofono e mi trascino alla porta per aprire.

Mi arriva la familiare voce profonda: «Ehi, baby, sono io.»

Mi sbatto una mano sulla bocca per soffocare un singhiozzo. Lui prenderà le mie parti, che però sono quelle sbagliate perché è coinvolto anche lui. Devo essere forte e fare finalmente la cosa giusta. Premo il tasto per farlo entrare.

Qualche minuto dopo, apro la porta del mio appartamento. Connor mi dà un'occhiata e corre verso di me, abbracciandomi stretta. «Rebecca, che cosa c'è che non va? Sei ancora in pigiama e sembra che stessi piangendo.» Indosso una t-shirt enorme e i pantaloni da jogging grigi. Ho praticamente pianto per le ultime ventiquattro ore.

Mi appoggio a lui per un lungo momento, con i nervi logori che per un attimo si calmano. Poi torno in me e mi stacco. «Dobbiamo parlare.»

«Uh-oh.»

«Sì.» Vado a sedermi sul divano, infilando una gamba sotto il sedere.

Connor mi raggiunge.

Mi tolgo i capelli disordinati dal volto. «Non sono uscita dall'appartamento oggi, in effetti, non mi sono alzata dal divano.»

«Okay» dice lui lentamente. «Perché no?»

Mi stringo le mani in grembo e lo fisso. «Mi vergognavo troppo.»

Connor mi prende una mano e appoggia l'altra sulla mia guancia, voltandomi la faccia verso di lui. «Rebecca, non riesco nemmeno a immaginare che *tu* possa fare qualcosa di male. Sei una delle persone migliori che conosca.»

Scuoto la testa. «No, non è vero.»

«Che cos'è successo?»

Gli racconto l'intera orribile storia tra scoppi di lacrime. Non so nemmeno se ciò che dico ha un senso. Parlare di quello che è successo in quella riunione mi fa star nuovamente male.

«Merda.» Connor si strofina la nuca. «Rebecca, non ho mai voluto che succedesse a te. Accetto la piena responsabilità per averti spinto a continuare a vederci. Semplicemente, non potevo non stare con te. Ti amo, lo sai.»

Mi mordo il labbro tremante, annuendo e cercando disperatamente di non piangere.

Connor si avvicina, accarezzandomi la schiena. «Mi dispiace tanto. Lascia che parli con il rettore. Sistemerò le cose.»

«No!»

«Rebecca.»

«No, è troppo tardi e peggiorerà solo le cose.» Prendo un fazzoletto dal tavolino e mi asciugo gli occhi prima di soffiarmi il naso e accartocciarlo in mano.

«Devo fare qualcosa. È colpa mia.»

Guardo la sua espressione addolorata. «No. Non è tutta colpa tua. Ho fatto la mia scelta, anche se ero in conflitto. E c'era un buon motivo, giusto?» rido, senza allegria. «Non so che cosa fare ora, con te, con il lavoro, tutto.»

«Whoa, che cosa significa che non sai che cosa fare con me? Hai detto che non incolpi me.»

Resto seduta lì per un lungo momento, persa nella crisi di vedere tutti i miei attenti piani scoppiarmi in faccia. Sono accaldata, agitata e la mente passa dal rimpianto alla vergogna, tutti diretti alla mia scelta disgraziata. Lo sapevo. Avrei dovuto ascoltare il mio istinto.

Faccio un lungo respiro. «Penso che dovremmo smettere di vederci.»

Connor stringe i denti. «Respingermi non ti ridarà il lavoro.»

«Non ho un lavoro per causa nostra» dico a bassa voce.

«No, è perché qualcun altro ha dei problemi e li ha fatti diventare i tuoi.»

Alzo le mani in segno di resa. «È un reclamo legittimo, Connor. Ho creato un ambiente ostile per i miei studenti.»

Lui sbuffa. «Ridicolo.»

«Non è ridicolo, se lo fosse non mi sarebbe scoppiato tutto in faccia.»

«Rebecca, ascolta. Parlerò con il rettore e gli spiegherò tutto.»

Salto in piedi. «Non c'è niente da spiegare! Ci sono solo i fatti e sono tutti contro di me.» Incrocio le braccia, abbracciandomi stretta. «Per favore, vai. Devo cercare di capire che cosa fare.»

Lui si alza. «Possiamo cercare di capirlo insieme.»

Guardo la porta. «Mi serve un po' di spazio. Puoi per favore rispettare questa richiesta?»

Sento che espira bruscamente mentre esce, lasciandomi lo spazio che ho chiesto. Chiudo gli occhi e alzo la testa verso il soffitto, cercando di trattenere le lacrime. È una battaglia persa.

Poi decido di cambiarmi e andare a fare una corsa al Prospect Park, sperando di schiarirmi la testa.

Riesco solo a stancarmi ancora di più. Ora sono fisicamente ed emotivamente esausta. Suona il telefono mentre sto camminando verso casa dopo la corsa. Controllo lo schermo. Simone. L'avevo chiamata ma aveva risposto la segreteria.

Probabilmente stava registrando, lavorando al suo prossimo album.

«Rebecca. Ho appena sentito il tuo messaggio. Tesoro, stai bene?»

Mi siedo su una panchina lì accanto. «No. È orribile. I miei genitori saranno così imbarazzati. Io mi vergogno tanto.»

«Solo perché hai perso il lavoro?»

«No, c'è di più.» Mi si spezza la voce e faccio un respiro profondo prima di tirar fuori tutti i particolari incriminanti.

«È una stronzata» dice lei.

«No, non è vero. I miei studenti avevano una ragione legittima per reclamare. Forse senza volerlo stavo avendo un preferito.» Pensavo sinceramente che il suo caso fosse un buon esempio da spiegare in quel corso.

«Non possono licenziarti per questo.»

«Non mi hanno licenziato. Mi hanno solo chiesto di non tornare. La cosa peggiore è che c'è stato un reclamo formale contro di me che dovranno rivelare a eventuali futuri datori di lavoro, quindi, fondamentalmente, in ambito accademico sono finita.»

«Oh, Rebecca. Mi dispiace tanto. So che volevi veramente che questa nuova carriera funzionasse.»

Fisso per terra. «A che serve fare programmi se poi ti scoppiano in faccia? Sono un'idiota per aver pensato di poter avere entrambe le cose, tenere il lavoro e il mio...» Mi sento soffocare. «Non credo che funzionerà con Connor.»

«Mi dispiace.»

Tiro su col naso. «Grazie.»

«So che è un momento orribile, ma mi faresti veramente comodo nella mia squadra. Vieni a Los Angeles. Parleremo e ti presenterò in giro. Vedremo come la penserai dopo. Non ti piacerebbe allontanarti un po'?»

«In effetti sì.» Avevo detto che avrei preso in considerazione di diventare la sua business manager una volta finito il semestre. Adesso ho realmente finito. Chiudo gli occhi e lascio andare il fiato.

«Okay, so che hai un corso sabato. Che ne dici di domenica? Provvederà a tutto la mia assistente. Faremo in modo che sia di ritorno per la prossima lezione. Puoi prenderti dei giorni liberi dall'altro lavoro?»

«Sì, credo di sì.»

«Perfetto. Sono così elettrizzata. Ti piacerà qui, sole tutto il tempo.»

Cerco di inserire un po' di entusiasmo nella mia voce, anche se mi sento intorpidita. «Okay, non vedo l'ora di vederti.»

17

Connor

Rebecca non è la solita in classe oggi. Le ho dato spazio, sperando che ritrovasse l'equilibrio, ed è stato brutale chiedermi se era la fine per noi. Non l'avevo mai vista così. Continua a cominciare e interrompere la lezione, controllando ansiosamente le studentesse. Vuole veramente parlare con chiunque si sia lamentato di lei e scusarsi. Io non credo abbia fatto niente di sbagliato e non lo dico solo perché sono parte in causa. Rebecca è sempre stata più che professionale in classe. Se, occasionalmente, mi guarda affettuosamente, è solo normale. Non è un robot. Non è possibile spegnere semplicemente i propri sentimenti. Ma non c'è niente di evidente. Non la tocco mai, né flirto, e non le parlo mai direttamente a meno che chieda la mia opinione. Sono stato molto attento, come le avevo promesso dall'inizio.

La lezione avanza zoppicando ed è penoso. Era l'entusiasmo di Rebecca che la faceva funzionare e adesso l'ha perso.

Una volta finita la lezione, esco con gli altri e l'aspetto fuori dall'edificio. Dobbiamo parlare. Rebecca appare qualche minuto dopo, tirandosi su il cappuccio del lungo cappotto bianco per combattere il freddo.

Mi metto davanti a lei. «Ehi, Rebecca.»

Lei sobbalza. «Non possono vederci insieme.»

«È un po' tardi, non credi?»

Lei sbatte rapidamente le palpebre con gli occhi pieni di lacrime. «Voglio solo arrivare a casa. Devo fare il bucato e le valigie.» Cammina a passo svelto verso la metropolitana e io la seguo.

«Perché stai facendo le valigie? Dove stai andando?»

«A Los Angeles, a trovare Simone. Potrebbe avere un impiego per me, lavorerei per lei.»

Sento lo stomaco che si stringe. «Ti trasferirai a Los Angeles per un nuovo lavoro?»

«Non lo so, Connor. È una possibilità e devo allontanarmi. È da un po' che vuole che sia la sua business manager, ha veramente bisogno di me e adesso che sono disoccupata, devo prendere in considerazione questa possibilità.»

«Hai pensato a noi?»

«Noi cosa?»

La fermo, mettendole una mano sul braccio. «Io sono radicato qui con l'azienda di famiglia, lo sai. Quindi hai fatto questi programmi senza nemmeno parlarne con me?»

Lei si toglie il cappuccio. «Che cosa avresti detto?»

«Di non andare.»

«Visto? Devo prendere in considerazione ciò che è meglio per me. Non l'ho fatto prima e ora tutta la mia vita è andata all'aria.»

Sento un dolore sordo al petto. «Dai la colpa a me.»

Lei scuote la testa. «So che è colpa di entrambi, ma, Connor, ho bisogno di spazio per capire cosa fare. È troppo facile per me dimenticare che cosa voglio *io* quando siamo insieme.»

Si volta e si allontana, forse per sempre e guardo in faccia la disperazione.

«Quindi scappi dai tuoi problemi e permetti che sia Simone a prendersi cura di te?» sbraito.

Lei si volta. «È un vero lavoro e non ho niente da perdere.»

«Quindi io sono niente per te.»

Lei incrocia le braccia. «Non è quello che ho detto.»

Mi avvicino. «Sembra che perdiamo entrambi. Combatti per noi.»

«Per favore.» Arretra, con le lacrime che cominciano a scendere. «Dammi lo spazio che ti ho chiesto.» Si affretta ad allontanarsi e io la lascio andare.

Resto lì, a guardare la sua schiena mentre si allontana. La sto perdendo. Sta crollando tutto davanti ai miei occhi e non so come sistemare le cose.

~

Rebecca

Sono tornata dopo una settimana a Los Angeles. Mi sento più calma riguardo all'implosione della mia vita. Non c'è niente come stare con la tua migliore amica per sentirti confortata e sostenuta. Ho ancora parecchio da decidere, ma Simone mi ha fatto un discorsetto dei suoi: terrò la testa alta e finirò il corso al meglio delle mie capacità.

Arrivo presto in classe sabato mattina e prendo posto dietro al mio leggio. Mancano solo due lezioni. Oggi parlerò di come affrontare le nuove priorità societarie durante una ristrutturazione. L'ultima lezione è quando consegneranno il saggio finale e ognuno degli studenti presenterà ciò che ha scritto del corso. Fondamentalmente, oggi è il mio ultimo giorno da insegnante e cercherò di fare del mio meglio.

Guardo i miei appunti mentre arrivano gli studenti. Mi fa ancora male pensare che le valutazioni della mia performance siano state così scarse, ma, come dice Simone, ciò che le altre persone pensano di me non è un mio problema. Sono sicura che funzioni meglio quando sei una celebrità. In fondo in fondo, mi brucia ancora che la mia prima incursione nel mondo che pensavo sarebbe stato il mio destino sia stato un fallimento così spettacoloso. Non posso incolpare Connor. Ho fatto una scelta. E forse ero distratta dalla sua presenza, senza che me ne accorgessi, forse gli lanciavo occhiate vogliose senza rendermene conto. Il fatto è che eravamo in due in questa relazione. Dopo la lezione, gli chiederò di tornare a casa con me. Abbiamo tanto di cui parlare.

Comincio la lezione sicura di me, dicendomi che i miei studenti vogliono veramente imparare da me. Sono a metà della presentazione di disquisizione su una società cui avevo fatto da consulente, sulla loro ristrutturazione per affrontare obiettivi di sostenibilità quando mi rendo conto che nessuno sta prendendo appunti. In effetti, la classe è stranamente silenziosa. Forse non ho lasciato abbastanza spazio alla partecipazione.

Li guardo con un'espressione che spero sia incoraggiante. «Qualcuno ha un esempio di nuovi obiettivi societari e di come sono stati implementati? Voto extra se riguarda nuove qualifiche lavorative e nuove linee gerarchiche.» È una battuta, perché sto chiedendo loro di parlarmi dell'esempio che ho appena illustrato.

Nessuno alza gli occhi.

Faccio un respiro profondo. «Okay. Torniamo all'esempio della Regenerix. È stato creato un nuovo dipartimento di sostenibilità, che fa rapporto direttamene al presidente della società, per assicurarsi che tutti gli obiettivi aziendali siano allineati con gli obiettivi di sostenibilità.» Alzo gli occhi sentendo dei mormorii. Mike, seduto in prima fila, sta parlando a bassa voce con il suo vicino. Parecchi sono al telefono.

Mi schiarisco la voce. «Vorrei che mi prestaste attenzione, so che è sabato ed è presto, ma questa è la penultima lezione, quindi spero veramente che ne ricaviate qualche informazione utile.»

Niente. Mi stanno ignorando. Mi odiano tanto come insegnante?

«Mike, per favore, risparmia per dopo la tua conversazione privata.»

Lui stringe gli occhi. «Sì, signora.»

«Non c'è bisogno di chiamarmi signora» dico in tono allegro. «Mi sembra che stia parlando con mia madre.» Faccio una risatina. La classe mi guarda senza espressione, alcuni con un'espressione cupa.

Continuo, fissando i miei appunti. «Beh, siamo qui per un motivo, quindi torniamo a...»

«Vorrei dire qualcosa.» Una profonda voce familiare.

Alzo di scatto la testa. *Oh no.* Connor è in piedi e sembra che stia per fare un grande annuncio.

Scuoto la testa, guardandolo.

Lui alza la mano, annuendo, ma continua comunque. «Voglio solo mettere le cose in chiaro. Ci sono state delle voci su Rebecca e il suo coinvolgimento con me. Voglio che sappiate tutti che ci frequentavamo prima che cominciasse il corso, quindi non c'è stato nessun tipo di abuso di potere né niente di sconveniente tra di noi. Era, è, semplicemente una relazione tra due adulti consenzienti. Inoltre, sono solo un uditore in questo corso, niente voti per me, quindi il fatto che siamo insieme non ha nessun impatto sugli altri studenti.»

Apro la bocca, scioccata; ho gli occhi e le guance che scottano. Deglutisco un paio di volte, senza parole.

Connor si siede. Nella classe c'è un silenzio assoluto.

Guardo un volto dopo l'altro e tutti sembrano a disagio. Alcune delle donne si agitano sulle sedie e abbassano gli occhi sui loro laptop. Mi sento così umiliata. Come faccio a proseguire?

«Quindici minuti di pausa» dico e mi precipito fuori dalla stanza.

Non voglio vedere nessuno. Non posso rischiare il bagno delle donne. Vado al piano di sopra, sperando nella privacy del mio ufficio, ma c'è un addetto che lo sta pulendo. Trovo una sala riunioni vuota, chiudo la porta alle mie spalle e fisso fuori dalla finestra. Perché l'ha fatto? Su quale pianeta è giusto rivolgersi alla classe con un annuncio che riguarda la nostra vita personale? E pensare che ero finalmente pronta a lasciarmi tutto alle spalle.

La porta si apre. «Rebecca?»

Mi ha seguito. Ovviamente. Fa quello che vuole, indipendentemente da come sembrerà agli altri. Sento la porta che si chiude piano alle sue spalle.

Mi volto a guardarlo, aspettando che si avvicini abbastanza da parlare a bassa voce, in modo che possa sentirmi solo lui. «Hai superato ogni limite. T-tu...» La mia voce trema per la rabbia e devo fare un profondo respiro per calmarmi. «Hai reso pubblico questo problema, peggiorando le cose. E non ne hai discusso con me prima!» La mia voce sale di tono alla fine, ma non posso farci niente.

Lui mi guarda torvo. «Anche tu te ne sei andata senza discutere i tuoi programmi con me. Come ci si sente?»

Sbatto le palpebre un paio di volte, senza parole. Niente scuse, nessun rimorso, me l'ha solo sbattuto in faccia. Non riesco a credere che questo sia l'uomo per il quale ho rischiato la mia carriera. Maledizione a lui. «Di merda, Connor, di merda. E non accetto una relazione dove si tiene il punteggio. Non tornare in classe. Non... semplicemente non fare niente. Non posso più vederti.»

Lui stringe i denti. L'ho fatto arrabbiare. Bene, unisciti al club.

Gli passo accanto e lui mi afferra il braccio. «Ho comprato il bar dove lavori.»

Io aggrotto la fronte, completamente persa. «Cosa?»

«Già. Adesso sono il tuo capo e agli altri dipendenti sembra un favoritismo, quindi dovresti andartene.»

Strattono il braccio per liberarlo. «Lavoravo lì da prima. Inoltre, com'è possibile che sia favoritismo se la relazione è precedente?»

«Perché ho assunto una posizione di autorità.»

Mi metto le mani sui fianchi. «Non ho intenzione di dimettermi perché lo dici tu.»

«Potrei licenziarti.»

Lascio cadere le mani. *È serio? Chi è quest'uomo?* Pensavo di conoscerlo. Pensavo fosse una persona per bene. «Lo faresti?»

Connor scuote la testa. «Non ho comprato il bar. Volevo vedere come sarebbe stato se la situazione fosse stata rovesciata.»

Vedo rosso, con la rabbia che mi invade. «Oh, quindi un esercizio intellettuale progettato per spaventarmi a morte dopo avermi umiliato. Grazie tante.»

Me ne vado, a testa alta. Finirò la lezione di oggi, dovesse uccidermi. Connor Rourke non avrà la meglio su di me.

Proprio mentre apro la porta, mi dice da dietro: «Sei una codarda».

Mi giro. «E tu sei uno stronzo.»

Esco, con le gambe tremanti, cercando disperatamente di non piangere. Supererò anche questa. Non ho bisogno di qualcuno come lui nella mia vita. Volterò pagina.

Sono forte, decisa, sono... *distrutta.*

18

Connor

Ho fatto un gran casino. Prima ero arrabbiato perché aveva rinunciato a noi e, una volta affievolita quella sensazione, mi sono sentito veramente triste. Volevo Rebecca nella mia vita e, non so come, ho rovinato tutto. Ho superato i limiti, dicendo cose che non avrei dovuto dire. Se ci fosse un manuale di istruzioni su come far funzionare una relazione, sarei un esempio di cosa *non* fare. Sono passati tre giorni e ancora non so che cosa fare per rimediare. Non è possibile che le cose peggiorino. Rebecca non mi parla, non vuole vedermi. Io voglio solo che le cose tornino com'erano. Il corso finisce questo sabato e non riesco a sopportare il pensiero che sarà l'ultima volta in cui la vedrò.

Al lavoro siamo in pausa pranzo e mi unisco alla squadra e ai miei fratelli sul nostro tavolo improvvisato, togliendo l'involucro al mio solito sandwich roastbeef, provolone e patatine. Lo fisso. Mangio lo stesso sandwich ogni giorno per risparmiare. Penso sempre al futuro, risparmiando per un giorno che verrà, e adesso, quando guardo al futuro, tutto ciò che vedo è un vuoto scuro senza Rebecca.

«A quel sandwich serve un po' di salsa piccante» dice Jack, indicando la salsa piccante al centro del tavolo. Non è uno scherzo. O, almeno, non lo era finora. Sarebbe il colmo se fosse proprio oggi il giorno in cui l'ha scambiata per qualcosa di disgustoso o piccante da morire.

«No, grazie» dico semplicemente.

Jack scuote la testa. «Pensavo fossi di un umore migliore, visto che il problema della torre idrica è stato risolto ieri. Eri così preoccupato prima.»

«Sì, sono soddisfatto.» Non riesco a mettere molto entusiasmo nella voce. Fa tutto così schifo. Comunque è una buona notizia per noi. La torre non ha ricevuto lo status di monumento storico, ma dopo la discussione in classe sul caso di studio basato sulla nostra azienda, ho preso in considerazione alcuni modi nuovi per affrontare il problema. Abbiamo accettato di tenere la torre, con una recinzione intorno per impedire ai bambini di arrampicarsi, dare una nuova mano di vernice, cancellare i graffiti e riportarla a com'era ai giorni in cui c'era una fabbrica di funi marittime. Abbiamo mantenuto in vita la storia senza pericoli e hanno vinto tutti.

Proprio in quel momento, Jack balza in piedi. «Ry, che cosa ci fai qui?»

La sua fidanzata, Riley entra sorridendo. «Ho pensato di farti una sorpresa e incontrarti per il pranzo. Avevo un appuntamento nella bassa Manhattan e sono saltata sul traghetto.»

Lui l'abbraccia, sorride e la tira verso di noi. «C'è la mia fidanzata.» Si siedono al tavolo e Jack comincia a presentarla alla squadra, dando a Riley metà del suo sandwich.

Sento male al petto vedendoli così felici e a loro agio insieme. Ricordo quando Riley era venuta da me, chiedendomi di aiutarla a venire in cantiere per tentare di riconquistare Jack, mostrandogli tutte le cose che aveva tenuto della loro relazione, incluso il mattone inciso con il suo futuro nome da sposata. Quel mattone ora fa parte del marciapiede nel nostro primo progetto di sviluppo. Dopo il suo grande gesto simbolico, aveva dichiarato il suo amore per Jack davanti a tutti noi. C'erano volute palle d'acciaio e Jack non aveva risposto immediatamente. Vogliamo parlare di mettere in gioco il proprio cuore? E guardate adesso come sono fottutamente felici.

Che cosa ci faccio qui, a crogiolarmi nella malinconia? Devo usare le mie palle d'acciaio e dire la verità a Rebecca. Che l'amo, non ho mai smesso di amarla e sono pronto a lottare per noi.

Mi alzo. «Devo andare. Emergenza. Dite a Dylan che oggi non tornerò.»

«Ehi, ehi» dice Jack. «Come capocantiere non ti posso permettere di piantare il lavoro senza preavviso.»

«Sto seguendo l'esempio di Riley con il mattone» dico.

Lei sorride. «Aww, ha intenzione di dirle quanto la ama. Ricordi quando ti ho dato quel mattone?»

Lui la bacia, facendomi segno di andare. «Certo che lo ricordo, bellissima e amorevole fidanzata.»

Non aspetto di sentire il resto della conversazione sdolcinata. Ho le mie cose da fare.

Per tutto il percorso in metropolitana, lavoro su quello che le dirò. So che è al bar il martedì pomeriggio. Non so nemmeno se accetterà il lavoro a Los Angeles, dato che non vuole parlarmi. Comincerò col dirle che non avrei mai dovuto superare i limiti, facendo quell'annuncio in classe. In quel momento mi era sembrata la cosa giusta. Stava annaspando a causa mia, la classe non era reattiva per via del suo coinvolgimento con me e sembrava proprio l'elefante nella stanza. Avrei dovuto semplicemente ignorarlo e lasciar perdere. Avrei potuto sopportare le lezioni che restavano. Sì, era doloroso guardarla in difficoltà, ma è un problema mio. Lei stava tentando e avrei dovuto lasciarla fare.

Quando arrivo al bar ci sono solo un paio di persone in

coda per il caffè, quindi aspetto che li serva restando in fondo al bancone.

Appena mi nota fa una smorfia. «Sto lavorando.»

«Lo so. Resterò per la tua pausa e poi parleremo.» Alzo la mano, salutando il suo capo, Judy, una donna sulla sessantina piena di energia.

«Fai come vuoi» sbotta Rebecca. «Io sono occupata.»

Judy mi dà un'occhiata compassionevole. Ovviamente Rebecca non è così occupata dato che ci sono solo un paio di persone. Semplicemente, non vuole vedermi. Come hanno fatto le cose ad andare così male? Quei due clienti se ne vanno e il posto è deserto. È appena passato mezzogiorno, non un momento di calca dato che la maggior parte della gente è a pranzo. Qui servono solo cibo per la colazione.

Decido che ordinerò un caffè e aspetterò tutto il tempo che ci vorrà perché mi parli. Quando mi porge la tazza, dico: «Aspetterò laggiù che vada in pausa». Indico un tavolo accanto alla vetrina.

«Non voglio parlare con te» dice lei a denti stretti.

«Allora puoi ascoltare. Per favore, Rebecca. Ascoltami e se continuerai a non volermi parlare quando avrò detto quello che sono venuto a dire, allora ti lascerò in pace.»

«Devo pulire le macchine» dice.

Judy si intromette. «Fai la pausa, Rebecca. Ci penso io.»

Rebecca si toglie il grembiule con movimenti scattosi ed esce da dietro il bancone, indicando un tavolo nell'angolo.

La seguo, sedendomi di fronte a lei. «Mi piace il tuo capo.»

«Connor, perché sei qui?»

«Okay. Innanzitutto, mi dispiace. Ho detto cose che non pensavo nella foga del momento. Non sei una codarda. Rimpiango amaramente di averlo detto e ho superato i limiti rivolgendomi alla classe. Stavo solo cercando di rimediare al problema e adesso capisco che non era quello il modo.»

«No, non lo era» dice sommessamente, fissando il tavolo. «Hai idea di come sia stato umiliante per me?» Alza la testa con l'espressione tesa. «Devo rivedere quella gente sabato. Non so come ho fatto ad arrivare alla fine della lezione sabato scorso.»

«Perché sei forte e determinata. Avrei dovuto tenere la bocca chiusa. Ho perso la testa. Io vedo noi due in una relazione seria. Pensavo che fossimo sulla stessa lunghezza d'onda e poi sei andata da Simone per un lavoro lontano da qui e pensavo che fosse sbagliato per noi. Mi sto sbagliando, Rebecca?»

Le trema il labbro inferiore e sbatte rapidamente le palpebre. Forse mi sto sbagliando. Forse lei ha già deciso di trasferirsi a Los Angeles. Mi sento travolgere dalla disperazione.

«Rebecca, metterò le carte in tavola, okay? Fin dall'inizio sono stato così preso da te che non vedevo l'ora che stessimo insieme. Mi sembrava impossibile aspettare quattro mesi. Non rimpiango nemmeno un attimo del tempo passato insieme, eccetto la parte in cui ti ho ferito. Non l'ho mai voluto e giuro che non farò mai più niente di simile.» Risucchio il fiato. «Se mi perdonerai, saremo sempre una squadra da ora in avanti e decideremo insieme come risolvere i problemi.»

Le trema il mento.

«Oh, merda. Non piangere. Ritiro tutto.»

«Non puoi ritirare tutto! Mi piace il tuo piano. Ti amo!»

Si alza in piedi, tendendomi le braccia e io non esito, la stringo forte. Ho gli occhi pieni di lacrime. «Pensavo di averti perso.» Le bacio i capelli. «Sono così felice di non averti perso.»

Lei si stringe a me. «Sono stata così triste.»

«Anch'io.» Mi tiro indietro e la guardo. «E il lavoro con Simone?»

Si asciuga gli occhi. «Ha cambiato idea dopo avermi vista con alcuni dei tizi nell'industria della musica. Dice che non sono abbastanza aggressiva. Nessun rancore. Riesci a crederci?»

Le scosto i capelli dal volto. «Sì.»

«Ma ho una gelida faccia da stronza.»

Sorrido. «Non me ne sono accorto.»

Lei insiste, decisa a confermarlo nonostante il suo viso dolce. «Il mio ex diceva che ero una regina di ghiaccio.»

«Sei tutt'altro che quello. Tesoro, hai pianto la prima volta in cui ti ho detto di amarti.»

Tira su col naso. «Preferisco tesoro a baby. Ho pianto solo perché i tuoi occhi erano così teneri e sinceri e la tua voce era così calda che la sentivo nelle ossa.»

«Dio, è stata una tortura restare divisi. Non sapevo se sarei mai riuscito a riconquistarti.»

«Ero così persa. Non sapevo che cosa fare. Il mio progetto era imploso e poi ero così furiosa che non riuscivo a pensare razionalmente.»

Mi siedo e la tiro in grembo. «Sì, non è stato il mio momento migliore, ma le mie intenzioni erano nobili.»

Lei mi accarezza il petto. «Per via del tuo sangue reale?»

«Certo, diciamo così. Suona meglio di dire che ero disperato e volevo sistemare le cose per poter stare di nuovo insieme.»

«Oh, Connor. Mi piace veramente l'idea di essere una squadra. Cerchiamo di discutere tra di noi quando c'è un problema, *prima* che uno dei due trovi impulsivamente una soluzione. In quel modo prenderemo le decisioni con giudizio invece di lasciare che vincano le emozioni.»

Respiro di sollievo. È tornata, siamo sulla stessa lunghezza d'onda e lavoreremo insieme invece che l'uno contro l'altro. E mi sta parlando con la voce dolce. «Allora, resta il problema della disoccupazione.»

«Lo so. Non è che un'università adesso mi assumerebbe.»

«Ti piaceva insegnare? Sono sicuro che potremmo trovare un modo perché tu possa farlo.»

Rebecca aggrotta le sopracciglia. «Sai una cosa? Non mi piaceva stare di fronte a una classe. Mi piaceva condividere ciò che so, ma era difficile vedere dei risultati. Come si vedono i risultati di un progetto. Insegnando, di solito non si vedono più gli studenti dopo la laurea e non si sa mai se si è avuto un impatto oppure no.»

«Sicuramente hai avuto un impatto su di me.»

Lei ride e io mi crogiolo nella bellezza di una Rebecca sorridente e felice. Felice con me. E poi ho un'idea formidabile. Sono stato in parte il motivo per cui il suo lavoro è andato in pezzi e posso anche essere la soluzione. A che serve essere il direttore operativo se non posso prendere le decisioni importanti?

«Rebecca, lavora per la nostra azienda. Ti piacciono i progetti edilizi e sei un'esperta di gestione. Potresti aiutarci con la parte gestionale. Hai già studiato la nostra ditta in classe. Sono sicuro che tu sappia bene a che punto siamo e dove dobbiamo andare.»

Rebecca si siede eretta, con gli occhi che si illuminano. «Potrei essere il CSO.»

Abbasso la voce a un tono sensuale. «Chief sexy officer, sì, certo.»

Lei ride. «Chief strategy officer. Direttore della strategia. In parte creativa e in parte stratega. E riferirei direttamente all'AD, non a te, anche se lavoreremmo come squadra. Pensi che Dylan mi vorrebbe a bordo?»

«Ti voglio io e lo farò accadere.»

Lei mi sorride, appoggiandomi una mano sulla guancia. «Ti stai inventando questo lavoro solo per tenermi vicina?»

«Penso sinceramente che daresti un grande contributo alla nostra azienda.»

«Aww, grazie.»

Le rivolgo un sorriso sexy. «E ti voglio a livello personale, totalmente inappropriato per un ambiente lavorativo.»

«Connor!»

«Ehi. I proprietari dell'azienda siamo i miei fratelli e io, quindi è perfettamente OK.»

Lei mi rivolge un'occhiata severa. «Al lavoro dobbiamo mantenerci professionali.»

Lascio correre perché, ehi, a volte un'attrazione folle può andare fuori controllo. «In ogni caso, sei assunta perché lo dico io.»

Lei si mordicchia il labbro. «Dovrei comunque presentare il mio curriculum e parlare con Dylan.»

«Discuteremo in anticipo dei particolari, in modo che tu possa conquistarlo. Ci stai?»

«Sì!»

«Perfetto.» Le bacio la guancia e le sussurro all'orecchio: «Adesso possiamo per favore tornare a casa tua per una bollente sessione di sesso riconciliatore?».

Lei sorride. «Solo perché l'hai chiesto così educatamente.» Si alza. «Lasciami solo chiedere al mio capo.»

Va da Judy per chiederglielo.

«Vai» dice Judy, facendomi l'occhiolino. «Ci penso io, piccioncini.»

Rebecca si china sopra il bancone per abbracciare Judy e torna da me con un enorme sorriso. «Andiamo, CS.»

Ridacchio. Costruttore Sexy. Mi piace.

Rebecca

Appena Connor entra in casa mia, mi lancio verso di lui, che mi afferra, mi avvolge le braccia attorno e mi porta verso la mia camera mentre tempesto di baci la sua bella faccia pelosa. Non credo che si sia rasato da giorni.

Mi rimette in piedi accanto al letto e ci strappiamo letteralmente gli abiti di dosso, con le bocche unite, pazzi per la voglia di stare nuovamente insieme. Cadiamo sul letto, in un intreccio di braccia e gambe.

«Ti amo» mi dice, baciandomi il collo.

Gli afferro la testa e lo guardo negli occhi. «Io amo *te*.» Lo bacio teneramente, con tutto il sentimento che ho nel cuore.

Lui sorride e poi comincia a baciarmi lungo il corpo e io mi illumino da dentro. Questo è vero amore e non c'è niente più che ci trattenga.

Gli tiro i capelli, pressandolo. «Non posso aspettare.»

Lui mi bacia a lungo prima di afferrare un preservativo dal comodino. E poi torna, sprofondando dentro di me. Intreccia le nostre dita, premendomi le mani sul materasso mentre si solleva sopra di me.

«Ti amo tanto» dice con la voce burbera.

«Anch'io.» Sollevo i fianchi. «Più forte.»

Lui sorride contro le mie labbra e poi mi dà ciò di cui ho bisogno: una cavalcata esilarante da far battere il cuore. Sto respirando forte, ripetendo il suo nome come una litania e poi sono lì, sull'orlo dell'orgasmo. Lui mi sposta i fianchi con le mani grandi, cambia l'angolazione proprio nel modo giusto. Ansimo quando un'esplosione di piacere mi colpisce fino in fondo. Connor continua a spingere forte e velocemente insieme a me, dandomi sempre più piacere. Poi si lascia andare con un grugnito e le labbra premute contro il mio collo.

Lo abbraccio. «Il mio uomo meraviglioso.»

Le sue spalle sobbalzano e Connor alza la testa, sorridendo. «La mia bellissima, meravigliosa donna. Ti ho detto che ti amo?»

Sorrido. «Sì, l'hai detto, ma non mi dispiace sentirtelo dire.»

«Ti amo così maledettamente tanto.»

«Ti amo anch'io.»

Lui mi bacia e rotola di fianco. Restiamo in silenzio per qualche momento, tenendoci per mano. Ripenso a tutte le volte in cui si siamo visti in classe, cercando di nascondere i nostri sentimenti di fronte al mondo, mentre tutti se ne accorgevano comunque. Continuo a pensare che analizzare il caso della sua azienda in classe sia stato educativo e che sia valsa la pena di passare del tempo studiandolo. Nonostante le conseguenze, non credo più che il mio corso sia stato un completo fallimento.

«Hai il tuo saggio finale?» gli chiedo.

Lui volta la testa verso di me. «No, pensavo di non essere più il benvenuto in classe.»

«Vieni. Hai tutti i diritti di essere lì e comunque non cambierà il risultato per me. Voglio che finisca il corso.»

«Non vuoi che sia uno di quelli che mollano, eh?»

«Esattamente. Solo, per favore, niente grandi annunci questa volta, okay?»

«Rebecca, giuro di aver parlato solo per disperazione. Pensavo di averti perso.»

Rotolo sopra di lui, che mi abbraccia. «Beh, non ti dovrai mai più preoccupare di quello.»

CONNOR È TORNATO per la nostra ultima lezione e la gente, questa volta, sembra più rilassata. Forse è perché hanno consegnato il loro saggio finale. Forse perché ho mostrato loro di essere in grado di affrontare la situazione e tornare in classe dopo la mia fuga mortificata dal sabato precedente. Forse perché ho portato due vassoi di biscotti di Natale fatti in casa.

Annuisco incoraggiante quando Anita presenta il soggetto del suo saggio che ha a che fare con l'acquisizione della sua società da parte di una più grande e l'effetto debilitante che i tagli di personale hanno avuto su di lei e i colleghi rimasti.

Provo un po' di soddisfazione ascoltando la mia influenza sulla presentazione. Ho insegnato loro qualcosa. Finora ciascuno di loro ha guardato al loro caso di studio attraverso la lente del cambiamento e come utilizzarlo invece di combatterlo, desiderando tempi che non torneranno. È una lezione

importante per il frenetico mondo del lavoro. Fondamentalmente, o si cambia o si muore.

La lezione finisce e sento in effetti un po' di emozione.
«Prima che andiate, voglio solo ringraziarvi per aver condiviso il vostro tempo con me. So che non è facile svegliarsi
presto il sabato mattina per una lezione, ma spero che ne
abbiate ricavato qualcosa. Spero di venire a conoscenza dei
vostri successi in futuro. Questa è la mia ultima lezione. Ho
una nuova opportunità di lavoro che non posso rifiutare,
quindi comincerò il mio nuovo viaggio.» Colgo lo sguardo di
Connor, che mi sta sorridendo con calore. Gli sorrido, con il
cuore pieno da scoppiare. «Auguro a tutti successo e buone
feste! Prendete dei biscotti mentre uscite, altrimenti finirò per
mangiarli tutti io.»

Tutti ridono e si fermano all'ingresso dell'aula per prendere una manciata di biscotti. Alcuni mi salutano, altri si limi-
tano a ringraziare per i biscotti. Non so ancora quale sia la
donna che ha presentato il reclamo contro di me, ma spero
che adesso stia bene. Nessuno ha abbandonato il corso.

Connor esce senza salutare, ma so che mi aspetterà fuori.
Sta ancora cercando di essere discreto, per assicurarsi che la
donna che si era sentita a disagio per la nostra relazione non
debba vederla. È decisamente uno da tenersi stretto.

L'ultima persona a uscire è Mike. E pensare che ero così
preoccupata che sarebbe stato un problema perché era così
entusiasta durante la mia ora di ricevimento e mi aveva
chiesto di uscire.

«Prendi dei biscotti» gli dico. «Ce ne sono ancora tanti.»

Lui si volta lentamente verso di me. «Rebecca, ho una
confessione da fare. Ho sentito che ti hanno licenziato...»

«Non sono stata licenziata. Ero solo in prova e non mi
hanno chiesto di tornare. È finito tutto nel migliore dei modi.»

Lui si avvicina. «Sono stato io a scrivere la valutazione
negativa nel sondaggio. Quando mi hai rifiutato, dicendo che
non uscivi mai con gli studenti, mi sono reso conto che

frequentavi Connor. È stato un brutto colpo. Mi dispiace che abbia avuto conseguenze così pesanti.»

Distolgo lo sguardo, senza sapere che cosa dire. «Non preoccuparti, Mike. Non sei stato il solo a dare una valutazione negativa.»

«Anche quelle sono colpa mia.»

«Che cosa vuol dire?»

«Ho detto a tutti di darti una valutazione scarsa, dicendo loro perché. Che avevi un favorito, che eri disattenta a distratta; che non ti importava niente di noi.»

«Ma a me interessavate tutti.»

«Li ho messi contro di te e Carla in un certo senso ha ribadito il concetto, dicendo che si sentiva provocata. Si è accumulato tutto.»

«Non so nemmeno che cosa dire.»

«Io sì» tuona una voce profonda.

Mi porto le mani alla gola e mi volto in fretta, vedendo il rettore Sears. Viene avanti, guardando furioso Mike. «Ho sentito ogni parola. Lei sarà espulso per la sua parte nella diffamazione di Ms Edwards. Ha idea di che danno ha causato? Non le abbiamo rinnovato il contratto e la sua reputazione in ambiente accademico avrebbe potuto essere distrutta, mettendo fine a ogni possibilità per lei di continuare a insegnare. Un danno serio alla sua carriera.»

Mike alza la testa. «Non può espellermi. Non ha prove.»

Il rettore Sears incrocia le braccia. «Sono sicuro che gli altri studenti parleranno una volta che avrò spiegato loro le conseguenze di aver falsamente distrutto la reputazione di un membro della facoltà. Ovviamente farò sapere al suo datore di lavoro che non c'è bisogno che continui a pagare la sua retta.»

Mike mi indica col dito. «È lei che frequentava uno studente! È contro le regole dell'università.»

«È finita, Mike» dico a bassa voce. «Non lavoro più qui.

Forse la prossima volta penserai alle conseguenze delle tue azioni prima di agire per ripicca.»

Mike stringe minacciosamente gli occhi e sento l'adrenalina che aumenta. Il rettore si sposta in fretta davanti a me, impedendo a Mike di avvicinarsi di più. Mike si lancia, rovesciando entrambi i vassoi di biscotti che volano dappertutto. Poi esce a grandi passi dalla porta, dando una manata allo stipite.

Faccio qualche respiro tremante, con il cuore che torna lentamente alla sua normale velocità. Non riesco quasi a credere a ciò che ho sentito. Significa che solo Carla e Mike avevano un problema con me e i reclami di Mike erano completamente ingiustificati. Dopo tutto non ero un'insegnante così orribile. Sento come se mi avessero tolto un grosso peso dalle spalle.

Il rettore si abbassa a raccogliere i biscotti e mi unisco a lui. «Rebecca, mi dispiace per questo orribile fraintendimento. Le prove erano schiaccianti, ma avrei dovuto sapere che non potevi essere terribile come dicevano le valutazioni di quegli studenti. Mi dispiace non aver scavato più a fondo.»

Scuoto la testa. «Stava solo facendo il suo lavoro. Devo assumermi anch'io le mie responsabilità, per aver continuato a frequentare Connor. Ho ignorato la politica dell'università perché pensavo che lui fosse un'eccezione. Ero troppo agitata alla riunione per spiegarmi bene, ma ci frequentavamo da prima che cominciasse il corso, era solo un uditore e non iscritto ufficialmente come studente. Ovviamente era completamente consensuale. Lo amo.» È così semplice e meraviglioso.

Il rettore annuisce. Finiamo in silenzio di raccogliere i pezzi di biscotto.

Dopo averli buttati in un cestino della spazzatura, il rettore torna a rivolgersi a me. «Se hai bisogno di referenze per un altro lavoro da insegnante, sarò lieto di dartele.»

Gli sorrido. «Grazie, ma ho una nuova opportunità veramente eccitante. Sono solamente davvero contenta che i miei studenti abbiano ricavato qualcosa di utile da questo corso.»

Lui inclina la testa. «Buone feste, Rebecca. Salutami i tuoi genitori.»

«Lo farò. Auguri anche a lei!»

Esce e io torno al leggio, restando lì per un momento, dando un'ultima occhiata alla mia aula. Anche se non ho intenzione di continuare a insegnare, significa moltissimo per me sapere che i miei studenti non odiavano il mio corso. Penso che fosse valido. Posso tenere alta la testa con i miei genitori, due insegnanti meravigliosi, e ritengo di aver fatto del mio meglio, e che il mio meglio, tutto sommato, non fosse così male.

Sospiro, sorrido ed esco, diretta alla prossima parte del resto della mia vita con Connor.

EPILOGO

Ballo Regency a Villroy

Connor

Non riesco a credere di indossare calzoni al ginocchio, con le calze lunghe! La moglie di mio cugino, Alice, dice che tutti noi uomini siamo "prestanti" negli abiti formali del periodo Regency. Alice è americana, ma ama quel periodo della storia inglese. È stata tutta una sua stravagante idea, far indossare agli uomini giacche nere con le code, camicie bianche con una cosa che chiamano cravatta annodata al collo, calzoni beige e calze bianche. Perlomeno le scarpe eleganti che indosso sono le mie.

«È come una favola» sussurra Rebecca estasiata mentre si guarda attorno nel salone da ballo. È una stanza impressionante, uno spazio enorme con diversi lampadari d'oro e cristallo, soffitti affrescati e lucidi pavimenti di legno intarsiato. Rami verdi intrecciati e candele luccicanti l'hanno trasformata in un sogno natalizio, facendola sembrare splendida e festosa insieme.

La mia irritazione svanisce. Più che altro, ho accettato di

passare il Natale a Villroy per assecondare la passione di Rebecca per il mio lato reale. Sinceramente, l'abito in stile Regency che indossa – azzurro pallido con le maniche corte e una profonda scollatura – e che ricade setoso dalla vita alta fino alle caviglie le sta veramente bene. È incredibilmente bella. E non lo dico solo perché sono follemente innamorato di lei.

Alice corre verso di noi in un abito Regency simile a quello di Rebecca, ma rosa acceso, con i capelli biondi raccolti in uno chignon e due riccioletti che le incorniciano il viso. «Oh, mio Dio, Rebecca, sei favolosa! I tuoi antenati venivano dall'Inghilterra?»

Rebecca arrossisce. «Alcuni di loro sì. E grazie. Stai benissimo anche tu.»

Gli occhi di Alice sono sgranati dietro gli occhiali alla gatto con i cuoricini sui lati. «Sembri veramente una rosa inglese! Posso farti una fotografia? Mi stai veramente ispirando. Potrei metterti nel mio prossimo libro, con quella tua carnagione pallida, i capelli biondo platino e il collo da cigno.»

Rebecca mi dà un'occhiata un po' nervosa.

Io sorrido. «Ne farai l'eroina del tuo prossimo romance Regency? Perché se è così, magari dovrei essere io l'eroe.» Ammicco rivolto a Rebecca che si appoggia al mio fianco, sorridendo. Questa donna è pazza di me come io lo sono di lei.

Alice prende il telefono da una minuscola borsetta e ci scatta una fotografia.

«Leggi i romance?» chiede Alice a Rebecca, riponendo il telefono.

«No. Più che altro romanzi classici.»

Alice sorride serena. «Beh, se mai volessi qualcosa di divertente da leggere, fammelo sapere e ti raccomanderò qualcosa o ti darò uno dei miei libri.»

«Okay, grazie» dice educatamente Rebecca.

Senza che glielo chiediamo, Alice ci fa una piccola lezione di storia. «Il Natale, nell'Inghilterra dei tempi Regency, tecnicamente veniva festeggiano nei dodici giorni a partire dal 25 dicembre fino al sei gennaio, la festività dell'Epifania. È a quelli che si riferisce la canzone *I Dodici giorni di Natale*. Io ho addomesticato un po' le regole per adeguarle alle nostre agende, spostandoli un po' indietro.»

«Anche Connor è uso aggirare un po' le regole» dice Rebecca con un sorriso. Dichiara che era la mia logica per frequentarla quando era la mia insegnante: addomesticare le regole per adeguarle ai miei desideri. La verità è che non riuscivo a resisterle e lei lo sa. Quindi forse le ho addomesticate un po', ma potete biasimarmi? Non potevo lasciarmela sfuggire dalle dita.

«Compagno di ribellione, ottimo!» Alice alza la mano per battere il cinque.

Appare mio cugino Lucas, nel suo abito formale Regency nero. È lo stesso completo che indossiamo tutti noi uomini, ma sembra più naturale su di lui che su di me o i miei fratelli. Forse perché è cresciuto in un ambiente più formale qui a palazzo. «Eccoti qui» mormora rivolto ad Alice, con il suo particolare accento di Villroy. È un inglese formale con un accenno di cadenza francese, dato che Villroy è al largo delle coste sudoccidentali francesi. Tira vicina Alice e la bacia prima di rivolgersi a noi: «Bene, che ne pensate del ballo?».

«È meraviglioso!» esclama Rebecca. «Il salone sarebbe sufficiente per abbagliarmi. Se poi si aggiungono le decorazioni natalizie con il verde e le candele e gli specchi... È mozzafiato.»

Alice è felicissima. «Abbiamo aggiunto gli specchi per riflettere la luce delle candele. Ci sono anche i rami di vischio.» Indica dei globi con vischio, rami verdi e piccole mele che pendono dal soffitto. «Assicuratevi di passare sotto uno di loro.»

«Noi li abbiamo già collaudati tutti» dice orgogliosamente Lucas. «Funzionano tutti perfettamente.»

«Oh, tu!» dice affettuosamente Alice.

L'orchestra comincia a suonare e Lucas esegue un perfetto inchino formale. «Posso avere il piacere di questo ballo, lady Alice?»

Lei fa la reverenza. «Sì, con piacere, mio principe.» Gli prende il braccio e si volta a guardarci. «Dovreste unirvi a noi. È una semplice contraddanza Regency, i passi sono facili da seguire, più tardi balleremo il valzer e tenteremo un *reel* scozzese.»

Mi volto verso Rebecca con un'espressione interrogativa. Lei si morde il labbro, sembra a disagio. Non ho mai ballato con lei a parte in quel club alla festa di compleanno di Simone. È uno stile di ballo completamente diverso.

«Prima andremo a prendere un rinfresco» dico.

«Ottima idea» dice Alice. «Il ballo durerà ancora un'ora prima che ci sia una pausa.»

«Solo limonata per te, mia bellissima moglie.» Lucas poi si rivolge a noi sorridendo. «Abbiamo appena scoperto che è incinta.»

«Congratulazioni» diciamo quasi all'unisono Rebecca e io.

Alice sorride radiosa. «Grazie. Assicuratevi di assaggiare l'eggnog. La ricetta è autentica!»

Loro due si uniscono a una lunga fila di ballerini che si muovono energicamente girando uno intorno all'altro. Sono più che altro i miei cugini, le loro mogli e qualche parente che non conosco. Ci sono perfino i miei genitori.

Rebecca mi prende la mano e ci dirigiamo verso il lungo tavolo dei rinfreschi su un lato del salone. «Preferirei la limonata.» Fa una smorfia disgustata, arricciando il naso e tirando fuori la lingua. «Eggnog, puah.»

Sogghigno. «Peccato che non servano birra ai balli Regency.»

Verso a entrambi un bicchiere di limonata da una caraffa di cristallo e osserviamo i ballerini.

Al nostro fianco appare Brendan, che si serve un bicchiere di punch rosso. «So da fonte certa che il punch è corretto al rum e brandy.» Ne beve un sorso e sorride. «In effetti è il mio secondo bicchiere e sto sentendo gli effetti. A quanto pare non servono cibo ai balli Regency.»

«Non hai sentito Anna annunciare che ci sarà una cena formale alle undici?» gli chiedo. Anna è la regina di Villroy, la moglie di mio cugino Gabriel.

«No, non l'ho sentito. Ero in ritardo. Colpa del jet lag, ho dormito più di quanto avrei dovuto.» Alza il bicchiere e poi lo abbassa, fissando dall'altra parte della stanza. «Chi è quella testa rossa? Per favore dimmi che non siamo imparentati.»

Do un'occhiata alla ragazza dai capelli rossi che osserva il ballo dall'altro lato del salone. A Brendan piacciono particolarmente le teste rosse, pensa che siano più focose, ma a me non sembra così focosa. Sembra pensierosa come se fosse a un milione di chilometri lontana invece che lì in un abito verde stile Regency a un rumoroso ballo a palazzo.

«Dev'essere legata a qualcuno della famiglia reale se è qui» gli faccio notare.

«Vado a chiederle di ballare» dice Brendan, passandomi il suo bicchiere.

«Certo, ti terrò io il drink» gli dico seccamente. «Chiamami maggiordomo.»

Una nerboruta guardia di palazzo, con l'inconfondibile uniforme di giacca, t-shirt e pantaloni neri, arriva per primo dalla donna dai capelli rossi e lei lo segue fuori dalla porta.

Brendan torna e riprende il suo bicchiere. «Hai visto. Ha la sua guardia personale.»

«Allora deve far parte della famiglia reale» dico. «Probabilmente imparentata in qualche modo.»

«Accidenti» borbotta Brendan.

I miei fratelli si avvicinano al tavolo dei rinfreschi: Sean,

Jack e Beast. Sembrano a disagio nel loro abbigliamento formale Regency, esattamente come me. Beast non è nemmeno riuscito ad allacciare la giacca perché le sue spalle sono troppo piene di muscoli e stanno tirando le cuciture. Ho l'impressione che la giacca non durerà a lungo.

«Come avete fatto a riuscire a evitare di ballare?» chiedo, agitando un dito verso Sean e Jack. «Ero sicuro che le vostre donne vi avrebbero trascinato lì in mezzo per fare il ballo in linea o come diavolo si chiama.»

«Stanno facendo un tour del castello con Anna» dice Sean, cercando di allentare la cravatta. «Tregua momentanea.»

«A me piace ballare» dice Jack, versandosi un bicchiere di limonata. «Per me non è un problema.»

«Ti piace questo tipo di ballo?» chiedo a Rebecca.

Lei dà un'occhiata ai ballerini con le file che si intrecciano. «Sembra che tutti conoscano le regole di quel ballo. Io sono più per le forme libere, lo sai.» Muove i fianchi in modo carino. Fottutamente adorabile. La tiro vicina e le bacio i capelli.

Restiamo lì a sorseggiare la nostra limonata, osservando gli altri finché arriva Anna, la regina, con una Josie senza fiato e Riley con gli occhi sgranati. Josie ha un abito giallo brillante, Riley è in rosa-viola e Anna ha un vestito bianco che mostra il pancione. È incinta di sette mesi, un maschietto questa volta e ci confida che lo chiameranno Leo, anche se dobbiamo tenerlo per noi perché Gabriel segue il protocollo reale che impone di annunciare formalmente il nome ai sudditi dopo la nascita del bambino.

«Ho visto la sala delle udienze» dice Josie, estasiata. «Ci sono due troni di legno intagliato a mano!»

«Ci siamo anche sedute» aggiunge Riley. «Riuscite a crederci? Come se fossimo la Regina numero Uno e la Regina numero Due.»

Le tre donne scoppiano in una risata.

Appena si calma abbastanza da riprendere a parlare, Josie

aggiunge: «Abbiamo visto anche il salotto, la corte e la sala da pranzo formale».

«Ceneremo lì stasera!» esclama Riley. Di solito è piuttosto pacata, ma il palazzo deve averle veramente fatto impressione.

Anna sorride. È giovane con capelli ricci castano scuro e brillanti occhi castani. «Mi piace il vostro entusiasmo. Il palazzo ha fatto lo stesso effetto anche a me la prima volta in cui l'ho visto.» È americana anche lei. Immagino che noi americani non siamo abituati ai grandi palazzi reali.

«Ehi, Anna» dice Brendan e poi si corregge. «Volevo dire, Maestà Altezza Regina Anna.»

Anna scoppia a ridere. «Siamo una famiglia. Per favore, chiamami semplicemente Anna.» Dovrebbe essere Maestà, per il re e la regina. Sono i principi e le principesse che sono "Altezza". Mmm, magari riuscirò a convincere Rebecca a chiamarmi così mentre siamo qui. Ah-ah.

Brendan inclina la testa. «Certo, Anna. Prima ho visto una donna sulla ventina dall'altra parte del salone. Capelli rossi, occhi verdi. Chi è?»

Anna ci pensa un attimo. «Capelli rossi, probabilmente era Chloe. Sembrava che stesse pensando intensamente, lontana un milione di chilometri?»

«Non lo so» dice Brendan. «Era solo lì.»

«Sì» confermo io. «Sembrava pensierosa, completamente ignara dei ballerini e del rumore.»

«Sì» dice Anna annuendo. «Quella è Chloe. È la sorella della moglie di tuo cugino Adrian. È anche lei di Brooklyn, anche se adesso vive a Manhattan.»

«Quindi non è una parente» dice Brendan con un gran sorriso. «Ma perché ha bisogno di una guardia del corpo?»

«Non ne ha bisogno.» Anna fa segno a un cameriere che le porta un bicchiere d'acqua.

Rebecca mi dà un'occhiata di sottecchi che dice esattamente quello che sto pensando io, che dev'essere bello avere servitori pronti a soddisfare ogni tuo bisogno.

Brendan insiste. «Ho visto Chloe uscire con una guardia.»

«Oh, quello è Michael.» Anna abbassa la voce. «Non è la sua guardia del corpo. Sono, beh, non so bene che cosa siano. È complicato.»

«Uh» dice Brendan.

«È piuttosto dolce, no» chiede Josie. «Innamorarsi della propria guardia del corpo.»

Sean si schiarisce rumorosamente la voce.

Josie gli mette un braccio intorno alla vita, sorridendogli. «Tu sei l'unica guardia del corpo di cui mi innamorerò mai.»

«Giusto» borbotta lui.

Da quando Sean è diventato una guardia del corpo? Do un'occhiata ai miei fratelli per avere una conferma, ma l'unico che sta prestando attenzione è Beast, che sbuffa. Dev'essere una cosa privata tra Sean e Josie.

«Non è la sua guardia del corpo.» Anna sorride al servitore che le ha appena portato un bicchiere d'acqua, mormora un grazie e beve un lungo sorso. Il servitore si inchina e si allontana. «Si sono conosciuti qui a Villroy quando Chloe venne per la prima volta a visitare sua sorella. In quel momento Michael era fuori servizio.»

Finisce di bere e appoggia il bicchiere su un tavolo lì vicino, un altro servitore lo ritira immediatamente dopo.

Mio cugino, re Gabriel, arriva tenendo sua figlia per mano. Mila ha due anni e i capelli scuri e ricci come la madre raccolti in uno chignon disordinato con riccioli che ricadono e indossa un abito carino rosso con i volant. Gabriel ci saluta in fretta prima di rivolgersi a sua moglie Anna. «Le ho detto che era ora di prepararsi per andare a letto, ma vuole ballare con Pop-pop.» È piuttosto buffo sentirlo dire Pop-pop nel suo inglese formale. Sono sicuro che a mio padre piacerebbe ballare con la sua nipotina onoraria.

Anna solleva Mila e se l'appoggia al fianco. «Pop-pop sta ballando con nonna Tara.»

Mila si ficca il pollice in bocca, appoggiandosi alla spalla di sua madre per un attimo, ma poi solleva nuovamente la testa. «Niente letto.»

Anna guarda Gabriel. «È un'occasione speciale.»

Lui scosta i capelli dalla faccia della bambina. «Sai come diventa quando non dorme.»

Anna sospira e si rivolge a Mila. «Okay, mia cara. Puoi fare tre giri con Pop-pop, tre con nonna Tara, poi dovrai fare il bagno e andare a letto.» La rimette a terra e Mila corre verso la pista da ballo.

Gabriel la rincorre, indirizzandola in fretta verso il bordo, in modo che non venga travolta dagli adulti che stanno ballando.

Anna sorride. «È impavida, proprio come dovrebbe essere una futura regina.» Si volta al suono di una donna che la chiama. «E parlando di regine, Polly, vieni qua, ragazza!»

Sono mio cugino Oscar e sua moglie Polly. Sono il re e la regina di Beaumont, il regno natio di Polly, una catena di isole nei Caraibi. Oscar è passato dall'essere principe all'essere re. Non male come carriera. Polly tiene la sua bambina contro il petto.

Qualche momento dopo ci raggiungono. Polly ha i capelli castano scuri ricci e assomiglia abbastanza ad Anna, anche se sono imparentate solo alla lontana. Massaggia la schiena della bambina attraverso una coperta rosa. «Ha vomitato una boccata, quindi ho dovuto liberarmi del bavaglino. Non puzzo, vero?»

Anna la annusa. «Sai di talco per bambini e ansia di neomamma.»

Rebecca dà un'occhiata alla bambina. «È così carina. Come si chiama?»

Polly sorride a sua figlia. «Questo angioletto di quattro mesi è Juliette, futura regina di Beaumont.»

«Wow, quante regine in una stanza» commenta Rebecca.

«E quanti bambini, anche» esclama Anna. «Ancora nel forno o appena sfornati. C'è Henri, il figlio di Adrian e Sara, che ha tre mesi. Non hanno voluto portarlo in questa cloaca di germi. Parole di Adrian.» Sbuffa. «È un papà iperprotettivo. Li vedrete alla Vigilia di Natale, quando sarà tutto un po' più tranquillo. Alice è incinta ed Emma ha annunciato la sua gravidanza il mese scorso. È di cinque mesi, ma si nota appena.» Indica mia cugina Emma seduta a un lato del salone. Suo marito, la rock star Jackson Walker, è in piedi accanto a lei con un'espressione severa, come se fosse la sua guardia del corpo. Iperprotettivo direi, e il bambino non è ancora nemmeno nato.

«Che magnifica famiglia avete» dice Rebecca.

«Grazie» risponde Anna. «Li amo tutti alla follia.» Le si riempiono gli occhi di lacrime. «Scusate gli ormoni della gravidanza mi rendono più emotiva che mai.» Alza una mano rivolta a Gabriel che si sta avvicinando rapidamente. «Sto bene.»

Lui la tira da parte, parlando a voce bassa. Qualche momento dopo, Anna ci saluta, vanno a prendere Mila che è rannicchiata contro il petto di mia madre e si sta arrotolando sul dito uno dei suoi riccioli, con il pollice in bocca.

Quando se ne sono andati, Rebecca alza gli occhi su di me. «E adesso che cosa facciamo, principe Connor? Vuoi tentare questo ballo?»

«Io ho un'idea migliore. Torniamo nella nostra stanza e togliamoci i costumi.»

«Connor! Mi piace il mio vestito.»

«Okay, tre giri e poi è ora di andare a letto.» Le rivolgo il mio sorriso più sexy e lei ride. «Angelo, sì. Più un diavolo direi.» Mi bacia. «Una veloce pausa nella nostra stanza *dopo* il ballo lento. Dobbiamo tornare in tempo per la cena formale nella sala da pranzo reale.»

Le pizzico il mento. «Sei una formidabile negoziatrice.

Okay, prima balleremo un lento e poi non vedo l'ora di riportarti nella nostra stanza. Ho un regalo di Natale anticipato che volevo darti in privato.»

Lei mi guarda sospettosa e io rido. «Davvero, lo giuro sulla testa di mia sorella.»

Lei scuote la testa ridendo. Sa che non ho sorelle.

∼

Rebecca

Il ballo è stato veramente divertente, una volta che la musica è passata al valzer. Ovviamente nessuno dei due sapeva come ballarlo, quindi ci siamo limitati a ondeggiare lentamente alla bella musica nel grande salone. Poi siamo evasi per passare un po' di tempo da soli nella nostra stanza. Normalmente non mi sarei persa nemmeno un momento di tutto questo – cioè, quante volte mi capiterà di partecipare a un ballo in un palazzo reale? – ma Connor aveva detto di volermi dare in anticipo il mio regalo di Natale. Vuole che siamo solo noi due, non una folla la mattina di Natale. Sono eccitata. Sono quasi sicura che sia un vero regalo e non stia solo cercando di sedurmi. Anche se so che, se lo facesse, cederei immediatamente. La tensione sessuale è cresciuta negli ultimi due giorni dato che non siamo quasi mai stati soli, o abbastanza svegli per rimediare.

Appena entriamo nella nostra stanza, Connor mi prende tra le braccia e mi bacia. Di colpo, siamo pazzi l'uno per l'altro. È selvaggio e bollente e l'adoro. Un momento dopo siamo nudi nel grande letto a baldacchino, uniti come possono esserlo due persone e lui mi sta trascinando sempre più in alto. Esplodo come un fuoco d'artificio, solo parzialmente conscia del suo grugnito quando si lascia andare.

Si appoggia me e gli avvolgo le braccia attorno, stringendolo. Il mio principe, il mio fantastico amante, il mio Costruttore Sexy. È tutto ciò che ho sempre voluto e non ho mai pensato di cercare nella mia app di appuntamenti. Non sapevo che esistesse un uomo come lui. Sono la donna più fortunata sulla terra.

Un lungo momento dopo, Connor alza la testa. «Torno subito.»

Sparisce in bagno e io resto sul letto, completamente rilassata. Spero che i costumi Regency non siano troppo stropicciati, buttati come sono sul pavimento da qualche parte.

Ritorna, si tira su i boxer e va dove c'è la sua valigia, togliendone un regalo avvolto nella carta rossa luccicante con un fiocco sopra. Si mette sul letto con me, appoggiandosi sul fianco e me lo porge.

Batto le mani e mi siedo. «Quasi lo dimenticavo. Prendo il tuo.»

Lui mi tiene ferma con una mano sulla spalla. «Apri il tuo prima.»

«Insieme?»

La sua voce è tenera, l'espressione dolce. «No, amore, devi essere tu la prima.»

Mi manca il fiato, il cuore batte forte. «Perché?»

I suoi occhi azzurri scintillano. Mi ha decisamente preso qualcosa di bello. «Perché sì.»

Tolgo con cura la carta con le mani che tremano. Oh, wow. È una bella scatola portagioielli di legno d'acero. «Connor, è splendida.»

«L'ho fatta per te.»

Lo fisso meravigliata. Il mio Costruttore Sexy l'ha fatta con le sue capaci mani. Roba da svenire. «Mi piace moltissimo! Connor, la lavorazione è divina.» La fisso e poi alzo gli occhi. «Penso di doverti prendere un altro regalo.»

Lui sorride. «Sono sicuro che mi piacerà qualsiasi cosa tu abbia scelto. Apri la tua scatola. C'è una chiave.» Indica il punto sul fondo dove ha attaccato una piccola chiave metallica con il nastro adesivo.

La apro ed esce un piccolo cassetto segreto sul fianco. «Un cassetto segreto!» Lo estraggo e trovo un sacchettino di velluto blu. Lo apro e ne tolgo un anello di diamanti. «Oh mio Dio.» Non riesco a crederci. Una scatola portagioielli lavorata minuziosamente con un cassetto segreto *e* un anello di diamanti. Tutto ciò che gli ho preso io è una piccola cosa che non ho nemmeno fatto io.

«Connor...» Smetto di parlare. È su un ginocchio di fianco al letto.

Mi porto una mano alla bocca. Ero così affascinata dal cassetto segreto che all'inizio non avevo nemmeno capito.

«Rebecca, mi sono innamorato di te la primissima volta in cui ci siamo visti e il sentimento è solo aumentato ogni giorno che passava. Vuoi passare il resto della tua vita con me ed essere mia moglie?»

«Sì!»

Lui si alza agilmente, mi tira fuori dal letto e mi abbraccia stretta. Mi scendono le lacrime quando lo shock diminuisce. Sono solo così felice.

Mi prende il volto tra le mani. «Il tuo progetto di vita ha funzionato, Rebecca. Sistemata prima dei trent'anni.»

«Non avrò trent'anni fino ad aprile» riesco a dire nonostante il groppo che ho in gola.

Lui sorride e mi bacia. «Quindi siamo un po' in anticipo rispetto al programma. So che ti piace.»

«Sì.» Mi asciugo le lacrime ridendo. «Guardami, che dico "Sì" prima del tempo. Non posso superare il tuo regalo, ma lascia comunque che prenda il mio.» Afferro il lenzuolo e me lo avvolgo intorno per stare al caldo e prendo una scatoletta dalla valigia.

Mi mordo il labbro e gliela porgo. «Non è un anello, ma...»

Lui strappa la carta e la apre. «Una chiave per me. Grazie.»

«Volevo chiederti di trasferirti da me. Il mio appartamento

è più grande e sembra che tu ti senta a tuo agio lì. Ti piacerebbe?»

«Mi piacerebbe moltissimo. Avrei dovuto aprire il tuo regalo per primo, come avevi detto, poi il mio sarebbe stato la ciliegina sulla torta.»

Gli getto le braccia intorno al collo e il lenzuolo cade. «Il tuo regalo è la torta, la ciliegina e tutte le decorazioni.»

Connor scoppia a ridere.

Fisso il mio nuovo anello. «Solo, se qualcuno lo chiederà, non dirò che mi hai chiesto di sposarti mentre eravamo nudi a letto. Sembrerebbe una cosa fatta nella foga del momento e non invece, sai, terribilmente romantico.»

Lui mi tira sul letto e ci copre, sdraiati fianco a fianco. «Non è stato nella foga del momento. È un po' che aspetto questo momento. Inoltre, chi vuoi che lo chieda?»

Gli accarezzo il petto e ammiro allo stesso tempo l'anello scintillante. «Tutti vogliono sempre sapere come ha fatto la domanda l'uomo.»

«Davvero?»

«Sì, le donne parlano.»

«Vuoi che te lo chieda di nuovo?»

Distolgo lo sguardo dall'anello e lo guardo negli occhi. «Lo faresti?»

«Certo, tesoro. Indovina come lo farò la seconda volta?»

Ci penso per un attimo. «Oh! Aspetterai fino alla Vigilia di Natale, mi tirerai sotto il vischio, mi bacerai e poi ti metterai su un ginocchio.»

«È esattamente quello che pensavo di fare.»

«Davvero?»

«No, mi hai appena detto quello che vuoi che faccia veramente» risponde Connor ridendo.

«È un buon piano. Assicurati che siamo soli, però. È un momento privato.»

«Potrebbe essere un po' più difficile da organizzare.»

Aggrotto le sopracciglia, cercando di immaginarlo. «Vuoi

che mi vesta e vagabondi per questo palazzo pieno di spifferi in cerca del vischio?»

«No, voglio che resti nuda a letto.»

Mi tira vicina, strofinandomi il naso sul collo, con le mani che vagano dappertutto. Non ho proprio intenzione di lasciare questo letto. Connor mi bacia il punto sensibile dietro l'orecchio. «Limitiamoci a *dire* che abbiamo fatto quella roba alla Vigilia di Natale e godiamoci il nostro fidanzamento molto più sexy proprio qui.» Connor mi bacia e sono perduta. Quest'uomo. Quest'uomo meraviglioso.

Quando finalmente mi lascia emergere per respirare, dico: «È impossibile resisterti!».

Lui rotola sopra di me e sorride. «Lo so.»

Non perdetevi il prossimo libro della serie *Rogue Devil - Brendan*, la storia del lento passaggio da amici a innamorati.

Rogue Devil - Brendan
    Brendan

Dal primo momento in cui ho visto Chloe Travers, sono stato travolto da un senso di protezione che non avevo mai provato. Nonostante il desiderio rampante, l'ho tenuta a distanza. Abbiamo un legame di famiglia, e questo significa niente rapporti casuali. Troppo grande il potenziale per conseguenze disastrose e futuri incontri imbarazzanti.

E poi lei si trasferisce alla porta accanto per l'estate. Increscioso? Più che altro mette alla prova la mia forza di volontà. Stiamo passando ogni momento libero insieme, da amici e mi sta facendo impazzire. Vorrei superare quel confine, ma, e se facessi una mossa e la perdessi?

Iscrivetevi alla mia newsletter per non perdervi le nuove uscite: Kyliegilmore.com/ITnewsletter

ALTRI LIBRI DI KYLIE GILMORE

Altri libri della serie Rourke, principi da sogno ed eroine tostissime

Royal Catch - Gabriel (Libro No. 1)

Royal Hottie - Phillip (Libro No. 2)

Royal Darling - Emma (Libro No. 3)

Royal Charmer - Lucas (Libro No. 4)

Royal Player - Oscar (Libro No. 5)

Royal Shark - Adrian (Libro No. 6)

I Rourke di Brooklyn:

Rogue Prince - Dylan (Libro No. 7)

Rogue Gentleman - Sean (Libro No. 8)

Rogue Rascal - Jack (Libro No. 9)

Rogue Angel - Connor (Libro No. 10)

Rogue Devil - Brendan (Libro No. 11)

Rogue Beast - Garrett (Libro No. 12)

L'AUTRICE

Kylie Gilmore è l'autrice Bestseller di USA Today delle serie: I Rourke; The happy endings Book Club; The Clover Park e The Clover Park STUDS. Scrive romanzi rosa umoristici che vi faranno ridere, piangere e allungare le mani per prendere un bel bicchiere d'acqua.

Kylie vive a New York con la sua famiglia, due gatti e un cane picchiatello. Quando non sta scrivendo, tenendo a bada i figli o prendendo debitamente appunti alle conferenze per gli scrittori, potete trovarla a flettere i muscoli per arrivare fino all'armadietto in alto, dove c'è la sua scorta segreta di cioccolato.

Iscrivetevi alla newsletter di Kylie per avere notizie sulle nuove uscite e sulle vendite speciali: kyliegilmore.com/IT-newsletter. Controllate il sito web di Kylie per trovare altra roba divertente: kyliegilmore.com.